布 兰 ◎ 著

南方出版传媒
花城出版社
中国·广州

图书在版编目（CIP）数据

奔跑吧，高跟鞋 / 布兰著. -- 广州：花城出版社，2022.3
ISBN 978-7-5360-9530-4

Ⅰ．①奔… Ⅱ．①布… Ⅲ．①长篇小说－中国－当代 Ⅳ．①I247.5

中国版本图书馆CIP数据核字（2021）第224030号

出 版 人：	张　懿
策划编辑：	陈宾杰
责任编辑：	李　卉
技术编辑：	凌春梅
封面设计：	鼎线视觉传达

书	名	奔跑吧，高跟鞋 BENPAO BA, GAOGENXIE
出版发行		花城出版社 （广州市环市东路水荫路11号）
经	销	全国新华书店
印	刷	广东鹏腾宇文化创新有限公司 （广东省珠海市高新区唐家湾镇科技九路88号10栋）
开	本	880毫米×1230毫米　32开
印	张	9.75　1插页
字	数	203,000字
版	次	2022年3月第1版　2022年3月第1次印刷
定	价	49.80元

如发现印装质量问题，请直接与印刷厂联系调换。
购书热线：020-37604658　37602954
花城出版社网站：http://www.fcph.com.cn

穿着高跟鞋在奔跑,别人看见的是漂亮,只有自己知道痛在哪儿。

序 / 柯绮

2019年1月我和布兰有过一次小聚,其间听她聊起正在写一部小说,当时还没太在意,毕竟小说不同于诗歌、散文等文学体裁,需要更多的时间去构思、去写作,是一项颇为繁杂的工程。1年后我们再次见面,她告诉我已经完成了创作,近14万字,着实令我大吃一惊,敬佩之余,更多的是想去了解她的初心,还原她的执念。

布兰毕业于华师大中文系,在企业和媒体两种不同的体系都历练过,目前任职于某大型金融机构。她说:"身为职场人,希望记录职场女性的真实工作状态,不花里胡哨,不漂浮云端,她们就是我们身边能触摸到的那些职场女性。"。

她爱看剧、看电影,那是繁忙工作外的最大的放松和乐趣;

她爱琢磨,常常会对那些看过的作品提出各种的问题及设想;

她更爱探索。"我经常在思索一个问题,我们在面试应届生的时候,往往会发现,女孩子普遍比男孩子表现优秀,无论是学业成绩,还是表达能力,以及亲和力。这些新人中,女生一点都不逊色于男生,甚至更为出色。但为什么30岁以后,走上中高层管理岗位的女性却比男性少呢？是因为女生不优秀吗？我认为不是的，在职业成长路径上，女性需要面对很多也许对男性来说根本不是问题的问题，比如，恋爱，结婚，生子，都有可能改变女性的职业选择和发展机会。当然越来越多的女性，直面内心，无论选择哪条路，都会是她们精彩的人生。"

正是这种想法，成全了布兰的创作冲动，而这份热情更源自她多年的职场经历及观察思考，并用文学的方式来表达。但愿读者尤其是职场上的女子能在她的作品中读到真实而又不一样的故事 。

奔跑吧，布兰；

奔跑吧，高跟鞋！

（柯绮，资深媒体人，作家，广东省文化传播学会会员）

目录 Contents

01　不完美的春天 /001

02　部门的女孩 /005

03　各路神仙 /009

04　自杀案 /021

05　交锋 /030

06　不疯魔，不成活 /043

07　夭折的稿子 /053

08　"我现在很喜欢广州，会再来的" /063

09　引爆一个炸弹 /070

10　干一架 /079

11　那个新闻的圣徒 /088

12　庆功之夜 /094

13　变天 /104

14　辞旧迎新 /114

15　她能行吗？ /121

16　青春飞扬的好年纪 /129

17　有人砸了店 /140

18　火烧起来了 /148

19　海的欲望 /167

20　黑色产业链 /179

21　种子苏醒了 /198

22　35岁的女人，不需要爱情 /208

23　小小的野心在燃烧 /213

24　你这一说完，我就服了 /228

25　空气里都有了不安的气息 /247

26　新世界的"酒" /261

27　该为她高兴呢，还是该为她可惜 /278

28　晋升 /292

29　等着我 /299

01 / 不完美的春天

林佩佩万万没有想到,她崇拜的御姐赵敏君说走就走了。作为集团在广东地区的公关总监,作为广东分公司初创元老之一,作为集团上下赞不绝口的风云人物,林佩佩一直认为,赵敏君这样的女王会一直存在到风光退休,留下一段江湖传说。没想到她在如日中天之时,辞职走了,去了一家同样如日中天的房地产公司总部,任职公关总监。

走之前,赵敏君请林佩佩喝了个下午茶。下午茶在珠江新城的西塔酒店70楼大堂吧。坐在落地窗边,窗外是广州塔的妙曼身姿,初春的阳光透过淡淡的雾霾散射着。珠江新城林立的高楼,拥挤的这个不大的圈子,是这个都市新兴力量的标志,是新的CBD,是新的财富聚集地。

赵敏君一身Dior的裙装,看着气色不错,如果不说,谁也看不出她已经40岁。精致的妆容毫无瑕疵,keep得很好的身材让她紧致又充满活力。林佩佩每次见她,都充满崇拜,不知自己到这个岁数时,会不会有这种状态。

咖啡的香味在空气里弥漫开来,精美的点心架也已摆上。

"赵总,你为啥要走呀?"林佩佩问。

"看在钱的分上,"赵敏君说,"趁自己还值点钱的时候,再把自己卖个好价钱呗。"

"这么说,薪酬double了?"林佩佩直接问。她从大学毕业入公司起,就在赵敏君的领导下,虽然林佩佩在佛山支公司,但赵敏君是广东地区的公关总监,在传播和公关领域,就是她的直线领导。这八年里,她和赵敏君的关系,既是上下级,因为工作的默契,有时也超越上下级,会像朋友一样交流。所以,在薪酬这个敏感问题上,林佩佩却是问得很自然。

赵敏君也没有避讳:"那当然,不然去那儿干什么。"她笑道。她笑起来很美,虽然眼角有些许淡淡的皱纹,但林佩佩觉得那是一种无与伦比的美丽,是她这个年纪所没有的。

"趁自己还值点钱,再把自己卖一次。"赵敏君说,"这是一家头部房地产企业,总部在广州,最近负面新闻不断。而它上市在即,正需要重新梳理它的公共关系和品牌形象,所以我觉得,在那边应该可以再干一番大事。再说了,我在翊源已经18年了,我的青春都给了它。要说不舍得,也真是有很多不舍得。但你想,我应该是已经到了天花板了,谁都知道翊源的潜规则,过了40岁,在翊源晋升高级干部的窗口就基本关闭了,再说,女性晋升谈何容易,除了看得见的跟一堆男人拼,还有很多看不见的潜规则。"

林佩佩说:"很多男人都不如你。"

"那当然,"赵敏君自信地说,然后笑了笑,优雅地呷了一口咖啡,"只是,作为女人,我有一个致命伤,我离不开家和儿子。儿子快要小升初了,马上进入青春叛逆期,我觉得我不能走开。不管怎样,我都希望多陪伴他。这点,是我拼不过男人的地方。男人一般不这样想,只要有机会,可以抛家弃子,异地工作,他们没有负担。"

她停了一下,看着窗外美丽的风景,又接着说:"所以,目前这个就是我最好的机会了。"

林佩佩觉得她说得很有道理。赵敏君已是广东地区的公关总监,如果要晋升,广州肯定没有机会,只有到上海总部去。先不说有没有机会,离家这么远,赵敏君是不会接受的。她在林佩佩心中,是一个把工作和生活都一直平衡得很好的女人,是她的偶像。

"赵总……敏君姐,恭喜你啊!"林佩佩说。

"我也恭喜你呀。"赵敏君笑着说。

"为啥呀?"林佩佩一头雾水。

"我跟王总推荐了你。"赵敏君说,看着林佩佩的眼睛,"他答应了。他也认为你是最合适的接班人。"

林佩佩一下子呆住了,也突然意识到,今天的这个下午茶,赵敏君约她,并不是单纯地跟她话别,而告知她工作岗位的晋升,才是今天见面的主要目的。

"怎么?很吃惊吗?"赵敏君问。

"啊,"林佩佩咽了一下口水,说,"主要是太突然了。我有点转不过弯来了。"

也许林佩佩的反应在赵敏君的预料内,她笑了笑说:"其实,也是顺理成章啊。首先,你的能力完全能胜任;再说,从佛山到广州来,不也是你的目标吗?"

是啊，这真是个好机会，不仅实现从佛山到省城总部来工作的目标，而且，还晋升一级。

林佩佩一时不知说什么好，脱口而出："谢谢敏君姐！"

赵敏君优雅又带着欣赏地看着佩佩，说："我看好你，你可以的。我相信我看人的眼光，你也要相信你自己。"

酒店70层外，轻云飘浮，阳光正好。

那是2015年3月的阳光。林佩佩研究生毕业，公关公司工作2年后，进入翊源集团8年。10年职场生涯，在自己34岁这年，职业生涯迎来了一个让人激动的新的开始。

让她遗憾的是，交往了2年的男朋友1个月前刚刚和她分了手。当初她想办法调到广州总部，就是想和男朋友在一起。现在，她终于可以到广州来了，但，人却已远去。不然，这将是一个多么完美的春天呢？

02 / 部门的女孩

接下来的调动、交接都进展得特别快。两个星期走完流程,林佩佩已经坐在了赵敏君曾经坐过的座位上。

独立办公室不大,但很整洁,赵敏君虽是个优雅的女人,但在办公室里却没有留下什么女性的特征,倒是空气中似乎仍有一股淡淡的香水味。

"林总早上好!"一个甜美的声音飘了进来,随着声音进来的是一个漂亮的年轻女孩子,林佩佩根据之前赵敏君给她的交接信息,知道她就是肖洁文,去年毕业校招进来,也是部门最年轻的。及肩中长发,挑染了棕红色,很时尚,但又不过分,配着职业装还是很搭。妆容也很美艳,正红色的唇膏更显得肤白貌美。她手里拿着一束鲜花:"这是送给你的。"肖洁文笑盈盈地说。

林佩佩看着花儿心里也很欢喜,想着,这个女孩子倒是很懂人意呢。

"呀,这里没有花瓶,我给你找一个。"肖洁文出去了,很快就把花和瓶子装好带了进来。

"林总,您看摆哪里好?"

林佩佩说:"你看哪里好?"

肖洁文活泼地转了一下,说:"我看窗边不错。"

林佩佩心里其实也是觉得这个位置是最好,心想,这个女孩子挺有眼光。肖洁文把花瓶摆在了窗边,整个房间似乎一下子亮丽了起来。

"真漂亮!"林佩佩说,"谢谢你啊!你真体贴。"

"客气啥,如果你喜欢,我以后每周给您带束新的,不麻烦。"肖洁文说。

"谢谢了!怕麻烦你。"

"不客气!一点不麻烦,我自己也很喜欢花,我可喜欢做这事了。"肖洁文笑着说,甜美的笑容让林佩佩喜欢。自己正式上班第一天,周围情况还不是很熟悉,有个贴心的美女下属照顾,觉得很温暖,让她对肖洁文多了几分好感。透过透明玻璃窗,林佩佩看到肖洁文的桌子上也摆着一束鲜花,看来她说得不假。

"要是没什么事,我就先出去了。"肖洁文说,笑盈盈地走出去了,身后一阵淡淡香风,像是Dior的绿色毒药。这款香水对一个年轻女孩子来说似乎成熟了些。

9时是每周一的部门例会,也是林佩佩上任以后第一个正式的工作会议。人陆续到来,在小会议室里坐下。部门人不多,原本5个编制,本来就缺编一个,赵敏君走时,把原来的一个主任骨干也挖走了,一个有2年工作经验的上周也辞职了,现在连林佩佩在内3个人,而且全是女性。肖洁文,也许是早上送花有过交流,她脸上仍是甜甜的笑容。坐在她旁边的白鹭飞,也很年轻漂亮,但她的漂亮和肖洁文的漂亮是不一样的,肖洁文是甜美,而白鹭飞则是清丽,特别是一头直发,带着点书卷气,看得出是知识分子家庭出来的。她比肖洁文早一年入司,中山大学毕业,家庭优越,所以气质中也有一种清冷,但眼睛里的聪明却也是林佩佩喜欢的。

林佩佩心想,果然,公关传播部也许是公司颜值最高的部门了吧,这里坐着的两个女子,哪一个不是气质高于平均水平的?当然,这也是必须的,公关传播部是公司的对外传播部门,分分钟代表着公司形象,招人要看脸也是必须的。就是清一色女性,性别有点不平衡,亟须将那两个空编赶紧招齐才行,而且,林佩佩心里已经想好,还是得招男生。

整理了一下思绪,林佩佩说,今天是我第一个正式的工作会议,感谢大家之前把我的办公室整理得如此整洁,让我省了很多时间。说到这里,她看了一眼肖洁文,对方也正以盈盈的笑意看着她。"下面大家把手上负责的事项都过一遍吧。"

听完两人的汇报,林佩佩的心情就沉了下来:"每个人除了一些日常的琐碎之事,没有一件亮点,也没有一件是重点,更糟糕的是,对于目前公司的核心业务开展,部门几乎一无所知,更谈不上深度参与。这意味着,目前,大家的工作非常轻松,可以朝九晚五,可能是全公司最不用加班的部门,但,如果跟公司的核心业务脱节,那我们离死也基本不远了。"

林佩佩说完,大家的脸色都严肃了起来。

"目前我们在集团的考核排名是多少?"林佩佩问。

"赵总在的时候第五,她离开这段时间,我们滑到了第八。"

白鹭飞说。

林佩佩心下理一理就明白了，赵敏君在离职前，估计人心也已不在，对于工作本身的关注度肯定降低，这两个小朋友吧，如果没有指引和督促，也就是以完成日常工作为主了，所以，考核排名下降也是意料之中的事。

"广东分公司作为集团最大的分公司，品牌工作的平台足够大，这个排名我们应视为耻辱。当然，跟最近人事的变动也有关系，所以，接下来，咱们的目标是追上集团前三，争取在年末考核时我们应该是第一。第一，才是我们应有的位置。"林佩佩说。

"还有，不能每天只满足干完日常的活儿，咱们得有一两件亮点，这个亮点，必须深度切入核心业务的支持中，这是品牌传播的价值，如果我们跟核心业务脱钩，我们存在的价值是什么？说不定过不了两个月，这个部门就要取消了。我希望大家明白这点。会议后，大家各自思考自己所负责的模块，比如，传播、营销支持、广告设计、公益开展这几个模块，都可以从哪些方面切入核心业务做支持？我希望明天，你们都能给我一份设想和方案。"

在两个女孩子看来，林佩佩看上去亲和力挺强的，没想到第一次开会就如此严肃，简直换了个人，而且如此快地进入了工作状态，并给她们立了目标。她们大气不敢出，赶紧回去整理工作计划和方案了。

03 / 各路神仙

王晓刚早在一周前，就发了邮件，定下周一晚上是欢迎晚宴。作为分公司的一把手，他掌管着财务部、人力资源部、行政部、法律部、品牌公关部。但这几个所谓嫡系部门，却是他平时花心思最少的部门，毕竟这几个部门，不是业务核心部门，而且几个部门经理都是几朝元老，身经百战，工作经验丰富，让他很放心。他平日里最关注的反而是业务核心部门，比如销售管理部，他身上的十几个KPI有一半来自这个部门，是他的安身立命所在。但一有机会，他会召集他所管辖的这几个部门，吃个饭，喝点小酒，增加一下上下级的感情。毕竟，他从湖南分公司晋升到广东分公司，家人都留在了长沙，他平时晚上基本都安排给了各种应酬。应酬过后回到住处，再处理一下工作邮件，洗个澡，睡觉，早上起来跑步。这是他平日的生活常态。

应酬让他晚上充实，让他很快适应了家人不在身边的孤独。早起跑步已是坚持了两年的习惯，在43岁的年纪，他消除了35岁以后慢慢隆起来的肚子，这让他爱上了这项运动。从长沙分公司到广东分公司，虽说级别都是分公司一把手，但分量不一样，公司的业务体量不一样，压力不一样。到广东分公司，意味着上级领导的重用,也意味着自己职业生涯的更多可能性。所以,他坚信,保持良好的体能,是翊源公司高级干部的修养。

林佩佩对今天晚上的欢迎晚宴既紧张又有点小感动。紧张的是,来分公司上班第一天,跟其他部门的经理还不算太熟,正好借一个不太正式的轻松一些的场合,跟各路神仙认识。感动的是王总为自己的到任特意安排了这个晚宴,显示了领导对自己的重视。

上午在王总办公室的工作汇报中,王晓刚说,佩佩啊,知道我为什么同意你调来分公司吗?

林佩佩一时不知怎么接,稍想了一下,说:"谢谢王总给我成长的机会。"

王晓刚笑了笑:"其实我对你还是有很深的印象的。"

"是吗?好像您之前来佛山也不多呀。"

王晓刚说:"对,次数不多,但有一次是陪同总部的陈心刚总经理去华南区视察,在佛山,是你做的接待,无论是会务安排,还是晚宴的安排,都很细致、得体,你很干练,也有亲和力,给我印象很深。佛山的业务最近也做得很出色,有两次很不错的线下传播活动,也主要是出自你的策划。这些,我都知道。所以,当敏君推荐你的时候,我觉得,她跟我想的是一样的。"

林佩佩正想说什么,王晓刚打断了她,说:"那些客套话就不必说了。分公司的品牌平台,要比佛山大得多。我也需要一个年轻干部在这个位置上,懂新媒体,懂新的传播策划,来支持业务的拓展。做那么两三件亮点,促进业务起飞,对内,打响广东分公司的标杆影响力,对外,让翊源的市场知名度进一步上升。"

林佩佩觉得王晓刚的想法跟自己是一样的，她感到了一阵激动。职场里，自己的想法能和领导一致，她知道这是一种可遇不可求的缘分。

晚宴就安排在公司旁边的喜湘逢。很显然，负责晚宴安排的行政部经理周明照顾到了王晓刚的湖南口味，选公司旁边，也照顾到了其他经理，免去路上塞车之苦。喜湘逢价位中档，装修得体，既不奢华，也不寒碜，的确是今晚这样的聚会的最佳选择。

林佩佩正收拾东西准备下楼，"佩佩，一起走。"一个声音从外面传来，随着声音进来的，是一个华丽精致的女子，人力资源部的经理邓美莺。因为之前面试，走调动流程，所以邓美莺是林佩佩在分公司相对熟悉的经理了。

邓美莺显然精心打扮过了，45岁的她，皮肤保养得很不错，脸上皮肤细白，除了一点淡淡的斑和细纹，那是岁月的痕迹，再贵的化妆品都抹不掉。但脸上很有光泽，这种光泽来自每周规律而昂贵的会所的保养，来自每天昂贵的护肤品的加持。她化了精致的妆，但似乎有点用力过猛，脸上的粉有点厚，腮红重新抹上有点跟她的年龄不太匹配的红，但整体还是精致的。她穿了一条深蓝色的连衣裙，设计不俗，一看就是高档货。

"莺姐你真是美啊，"林佩佩说，"在你面前，我蓬头垢面的，忙了一天，妆早就没了。等我一下，我马上就好。"林佩佩拿出化妆袋，迅速地补起了妆。

邓美莺似乎很享受别人注意到了她的美，她笑着说："不急呀，你慢慢来。你年轻，随便抹抹都是美美的，我们老人家可比不得了。"

"莺姐哪里老了,你的气质风度我们学都学不来。这条裙子可真美啊,就是为你度身定做的。"林佩佩一边飞快地往脸上补着粉,一边说。

邓美莺很高兴,终于有人注意到她的战衣了。她说:"还行吧,老公买的,算他有眼光。"脸上露出了自豪的笑,"买了一直没什么机会穿。"

林佩佩说:"你真是幸福的女人!"

邓美莺开心地笑着,45岁的她,在34岁的林佩佩面前,婚姻、财富和资历是可以战胜年龄的资本。

"快走吧,就这样,你已经很美了,"邓美莺催促道,"王总可是从来不迟到的,我们可不能比他晚了。"

林佩佩补完最后一抹口红,和邓美莺说说笑笑地下楼了。

在电梯里遇到了法律部的章立仁,说:"呀,跟两位美女同梯,万分荣幸啊。"

邓美莺噗笑着说:"说谁呢,你说的美女是这位新来的佩佩吧?"

章立仁忙说:"都说是两位美女嘛。"

邓美莺咯咯地笑着:"章律师的嘴,谁都比不上。"

来到包房,行政部的周明已经在和部长做菜单的最后确认,看到林佩佩进来,说:"哎,正说呢,佩佩你喜欢吃什么?"

林佩佩说:"我都可以,没有不吃的。"

"今天你可是主角呀,咱是借你的光,"周明说,"你看看菜单？"

林佩佩忙说："不用了，周总你是点菜能手，你点的肯定都好吃。"

周明呵呵地笑着，他从34岁开始做行政部经理，不知不觉6年，虽然年龄不大，已是三朝元老。点菜是门学问，作为一个资深老行政，他已驾轻就熟。今晚的菜基本还是按王晓刚的口味点的，跟老板出来吃饭这么多次，来喜湘逢也不是第一次，他心里已有一份现成的菜单。今晚男女比例是4∶3，男性多，况且今晚少不得要喝点酒的。王总无肉不欢，所以肉菜较多。经典的双椒大鱼头是必不可少的。

"老周，今晚喝什么酒？"邓美莺问。

"当然是白的了。"

"今晚看你的了。"邓美莺笑着对林佩佩说。

林佩佩心头一紧，白酒最不擅长，但王总好喝两口，酒品酒风酒量都很好，在公司里是人尽皆知，看来今晚逃不掉一战。

正说着，王晓刚进来了，大家都起身欢迎。王晓刚有着这个年纪的男人的稳重感，但没有中年人的臃肿身材，笑容亲和。

跟着王总进来的是销售管理部的经理冯雪杨。今年32岁，是分公司最年轻的经理。

王晓刚说，刚才一直在和雪杨开会，所以就顺便叫过来了。

轻巧一句，但林佩佩觉得，年轻的冯雪杨显然是王总的得力爱将啊。

冯雪杨身材颀长，虽然看上去瘦，但肩膀宽阔，穿着西装特别好看。他的双眼在林佩佩脸上扫过,眼里有着年轻的光芒,自信,精干,阳光。林佩佩后悔地想,如果知道有个这么帅的人来饭局,今天再怎么也应该化个精致的妆啊,现在只有一点粉底和口红撑着,她刚才还感觉良好,现在突然感到了一点不自信。

王晓刚很自然往中间的位置坐下来,周明说:"今晚佩佩是主角,佩佩,坐王总旁边。"林佩佩就在王总旁边的位置坐下了。

周明又说,另外一边肯定是莺姐坐了。邓美莺笑盈盈地坐下了。这时,门外闪进来一个人,说:"哎呀呀,不好意思,我迟到了。"

原来是财务部的田芳。43岁的她,跟比她还大两岁的邓美莺似乎是两代人。相比邓美莺的美艳,田芳则可以用朴素来形容。几乎没有发型的短发,素颜,身上是黑色的职业装,唯有胸口一枚闪亮的胸针,是全身的亮点。

田芳说:"不好意思,王总,今天总公司突然要个报表,很急,搞到现在。"

王总仍是亲和的笑容,说:"没事,快坐。"

周明让出了他的位置,让田芳坐,田芳说我来迟了,坐这里就好。周明说,我要进进出出,催个菜啊,上个酒啊,我坐外面最合适,你坐里面。章立仁也起身,让出位置,说:"财神姐姐呀,快来这儿坐。"

田芳也不推,赶紧坐下。其他人就像有了默契似的各自坐下了。佩佩看了一下,她和邓美莺分别坐在王晓刚两侧,今晚主题是欢迎她,她坐王总旁边是自然的。她心想,看来邓美莺无论是资历,还是其他都得到晓刚总的信任,都在财务经理田芳之上。田芳坐在了邓美莺的旁边,看上去很严肃。传说中分公司的女财神,管理严苛出了名,果然名不虚传,看样子就不太好惹。佩佩想,这财神姐姐可不太好沟通的样子呢。佩佩旁边坐的是律师章立仁,他美其名曰男女搭配,吃饭不累,并自嘲抢了个最好的位置。冯雪杨坐在章立仁旁边,而周明则坐在了田芳旁边,但他心系饭局,这回看人到齐,就起身对服务员说上菜吧,把酒也倒上。

上的是茅台,王总最爱的酒。浓郁的酒香扑鼻而来,可是对林佩佩来说这个味道并不好闻。

大家聊着天,自然围绕着王晓刚起的话题。先上了第一道汤,是炖青螺,汤色清美,是佩佩喜欢的口味。汤很烫,佩佩吹了几下都还喝不下去,这时王晓刚举起了酒杯,说,来,今天我们欢迎大美女林佩佩!走一个!大家举起杯,在一片和谐中都干了。对于不擅长喝白酒的林佩佩来说,那道白酒像一串火苗,顺着口腔直烧到咽喉,直冲进食道,直落到胃里烧了起来一样。林佩佩用眼角余光看看大伙儿,都脸不改色的,她只能控制着自己的表情,不要显出很难受的样子。毕竟,这是王总最爱的酒,这是为她办的欢迎饭局。

话题不断变化着,笑声也不断,菜很快上了三四道,前三杯由王总发起的大家干的酒已喝完,饭局进入了一个安静期,大家都在开始吃菜。这时林佩佩觉得应该是她敬王总了。她举起杯子说:"王总,谢谢你给我机会!请多批评指正!"王晓刚好像也在等这个仪式,很爽快地拿起酒杯说:"品牌传播很重要,舆情管理很重要,移动互联网时代,要靠你们这些年轻干部玩起来。"说完一饮而尽。林佩佩本来就不是很擅长把酒放豪言的人,觉得此时说太多会显得多余,就说:"必须的,不会让您失望。"也一饮而尽。

"看来佩佩酒量可以啊。"周明说,示意服务员赶紧把王晓刚的分酒壶满上。

邓美莺嗔笑着说:"呀,我看王总可是对佩佩寄予厚望呀,听得我们这些老人家都觉得要奋起直追了。"说着,端起酒杯说,"王总,敬您,我可是很久没机会跟您喝酒了呢。是不是也给我一点鞭策,好让我更进步才是。"王晓刚哈哈笑着碰杯又是一饮而尽,说:"你的工作我从来不用操心。"邓美莺笑着说:"那我可是把您这话当成夸赞了呀。"

林佩佩听着看着,心想,这女人,别看她精致、富足、无所求的样子,其实心计大着呢,刚才这一番话,话里有话,一是妒忌了王总对自己的重用,二是及时表现了一把,让王总当着众人面承认了她的资历和地位。这样想着,刚才下肚的酒都变成了湿热的汗。

这时田芳开始敬王晓刚,说:"甜美的话我不会说,以酒表达对领导的信任和支持。"干脆利落,酒已下肚。

"好!"大家叫好起来,王晓刚也喝了,呵呵地笑着说:"田芳是大将之风。"

菜不断地上,大家轮番敬完王晓刚,就开始对着晚宴的主角林佩佩来了。这酒是不能不喝,而且每个人的酒都得喝。然后按规矩,林佩佩还得挨个回敬大家,这样下来,林佩佩开始觉得晕晕的。

最后一个回敬的是冯雪杨,她感觉自己有点摇晃地走到他面前,冯雪杨立刻站了起来。

"多关照,也多合作,毕竟品牌传播就是为营销做支持的。"林佩佩说,身子微微晃了晃。

"以后多向你请教,"冯雪杨说,声音是好听的男中音,成熟又年轻,"你今晚喝不少了,悠着点。我们随意吧。"冯雪杨这句是轻轻说的,声音很轻,只有林佩佩听到,她心里一阵感激,看了他一眼,冯雪杨的眼睛也正看着她,月明星朗。她点点头,轻轻抿了一下,冯雪杨看着她,自己喝了一半。

本想悄悄回到座位,这时章立仁叫起来:"哎,怎么可以这样哟?怎么杯里还有酒哟?这可是作弊哟,这可不合规哟!"

他这么一嚷,大家都聚焦看他俩的酒杯,也都嚷了起来。

林佩佩可是脸红了,冯雪杨说:"是我是我,我怕她喝多了。我不对。"说着一仰头把半杯干了。

林佩佩觉得此时辩解也徒劳,也只能一口干了,火辣辣地烧到胃里。

章立仁唯恐天下不乱:"王总,这可不对,喝酒的规矩可不能坏。这杯不算,要不是我火眼金睛,就让他们得逞了。不行不行,再来再来。"

王晓刚乐得让大家起哄高兴,只是笑而不语。其他人看领导默许,就一起起哄起来:"再来一个,再来一个,再来一个!满杯,满杯!"

林佩佩满脸通红,不知如何应对。再喝一个满杯吧,估计就断片了,这可是她来分公司的头一餐饭,又是王晓刚作的东,如果就这么喝挂了未免太丢人,甚至可能或多或少直接影响到大家对自己职业专业素养的初步评判,虽然这个评判标准也没有什么逻辑性。如果抵赖不喝吧,在好酒的王晓刚眼里,这恐怕也不是什么好素质,甚至可能或多或少影响到对自己工作担当的判断。况且谁都看得出来,现在酒喝得正酣,大家就是要搞搞气氛,只是她和冯雪杨正好就撞上了这个节奏。林佩佩脸上笑着,心里可是一阵为难。

冯雪杨倒是不慌不忙,拿起了桌上他位置上的一个分酒壶,给林佩佩倒满,也给自己倒满,落落大方地一饮而尽,然后,看着林佩佩,眼里是鼓励。

大家都在起哄着,林佩佩也决定豁出去了,举起杯子,呷了一口——她惊讶地看向冯雪杨,冯雪杨满眼含笑地看着她。她极力控制着自己的表情,镇定自若地喝完了这杯,还微微呲了一下,好像被酒给辣到了。

"你那边的酒壶没了,这个你拿着吧。"冯雪杨自然地把刚才的分酒壶递给了林佩佩。

大家哈哈地笑着,因为抓到了酒桌上最年轻的两个人的把柄,让大家乐一乐,气氛又达到了高潮。随后大家又互敬了一轮。在热烈气氛中,林佩佩感激地看向冯雪杨,对方并没有看她,不露声色。

大家又开始说笑,但喝酒的速度慢了下来。三位女士都有点上脸了,也开始不太主动出击了。这时男人的主场正式开始,周明、章立仁、冯雪杨轮番出动,敬王晓刚,敬两位资深姐姐,敬林佩佩，各种说辞，大家乐呵呵，气氛达到高潮。

果盘也吃完，周明看王晓刚也喝得正好，心满意足，对今晚的气氛很满意，也放下了一颗心。

王晓刚说："那就这样吧，大家杯中酒，都干了吧。"

大家纷纷起来，端起酒，想着最后一杯了，都很豪爽的样子把它干了。

周明赶紧致电司机，让他把车开到门口。王晓刚健步走出了房间。大家一起跟着下电梯，司机早已把车开到门口，王晓刚上了车，向大家挥挥手，大家目送王总车开走，感觉都松了一口气。

"我得回去买单呢。"周明说着一溜烟跑上楼去了。

"哎哟，今晚领导兴致很高，可喝了不少呢，"邓美莺说，"这回有点晕乎乎了。"章立仁说："我送姐姐回家吧，顺路。"

邓美莺说："好啊，有帅哥送我，突然觉得很幸福呢。"

章立仁笑着说那可是荣幸啊。正好一辆的士过来，两人上了车。

冯雪杨对田芳说，"芳姐还好吗？要不我送你？"

田芳说，"好着呢，不用。"一扬手，就上了另一辆的士。

只剩他们两人了。冯雪杨转头看着林佩佩说，"你还好吧？"

林佩佩突然笑了起来："你，怎么做到的？"

冯雪杨笑了笑："你们都没留意，最后一瓶酒，是我主动去开的，那时特意留了一个分酒壶，装的是矿泉水，其实是给你准备的，就怕他们起哄，欺负你是新来的。嗯，我对付他们有经验，哈哈哈！不过，我喝的可是杯杯真啊。那个，真的是为你备的。"

林佩佩想说什么,冯雪杨做了一个"嘘"的动作:"那是我俩的秘密。"

林佩佩笑了,说:"谢谢啊。"冯雪杨说:"我看出来你不太能喝,但表现还不错。"

刚才接二连三来的的士,这时却一部都没有了。

"看来得打个专车。"冯雪杨拿手机开始约专车。经过刚才一战,他也喝了不少,但貌似没有丝毫影响。林佩佩呆呆地看着,觉得自己脑子转得很慢,觉得冯雪杨的侧脸其实很好看呢。

冯雪杨转头看见她呆呆的样子,笑了笑,说:"车快到了。"

林佩佩不好意思起来,觉得自己刚才的样子,借着酒劲,应该挺色迷迷的。她自己不好意思地低头笑了。林佩佩,你一个成熟女性,怎么这么肤浅?她在心里说。

车子到了。"你可以吗?"冯雪杨问。

"可以,没事了。我自己走。"林佩佩说着自己钻进了车里。

车子开了,林佩佩回头看看,冯雪杨顾长的身影站在那里,慢慢消失在夜色里。

领导的眼皮底下,居然有个秘密。她自己不禁扑哧地笑了出来。但心里还是挺感激,不然,都不知道今晚能不能过关呢。

04 / 自杀案

这新到任的一个月里，林佩佩是忙碌的，先是给人力资源部门提交了招聘申请，因为她想要补充男性，以平衡部门的性别，但偏偏这个岗位男性投简历的很少，HR推荐过来见的几乎都是女生，见了四个女生。林佩佩倒不是认为女生不好，正相反，她认为女生无论是形象，还是表达能力，都在男生之上。但林佩佩觉得，男女思维的长短处是互补的，部门最好还是能性别平衡。倒是有一个男生投了简历，林佩佩满怀期待，结果HR说，这个男生学历啥的都不错，但却没过情商测试，所以连推荐面试这关都没过。

林佩佩在茶水间见到邓美莺，说，好不容易来个男生，据说情商没过。情商测试这么重要吗？

邓美莺说："怎么说呢，面试，感觉，是感性的。才十来二十分钟，最多半小时的面试谈话，其实也很难完全准确地判断一个人。就像你看一个人挺健康的，但其实有隐疾，这得靠体检报告来验证。情商测试关于合群性、乐观性、抗压性等的指标，其实有时在谈话时很难判断的。这些指标如果不过关，未来在沟通合作、承受压力方面就会有问题。"

"明白了，"林佩佩说，"还是莺姐专业。看来我还得耐心等待。"

邓美莺一边往杯里的枸杞菊花冲着热水,一边笑着说:"别急,现在3月中旬了,想跳槽的也已领完年终奖,该发简历了。应届毕业生也会开始找工作了,简历应该会多起来。如果你不介意,招个毕业生也行的。"林佩佩说:"我不介意毕业生,只要是好苗子,有学习能力,我觉得毕业生更好。"

邓美莺说:"毕业生有毕业生的好,一张白纸,好调教,但如果你急着用人,那也费心,至少得调教一年。有两年工作经验的最好,会干活,但还不至于老油条。我就喜欢用有两年工作经验的,省心很多。"

林佩佩说:"我比不得莺姐你,我现在急着呢,是个男的就行。"

邓美莺咯咯地笑起来:"哎呀,你也这么饥渴了吗?"

这时有人进入茶水间,两人忍着笑不说了。

回到办公室,白鹭飞把整理好的费用表拿过来了。林佩佩看了一眼,觉得压力山大。作为全国最大规模的分公司,全年宣传费用有1300多万,但现在眼看一季度要过去了,因为赵敏君的离职,除了日常费用的使用外,所有费用都需要重新规划。而部门里,得力的懂费用规划的骨干也是刚离职,现在这两个貌美如花的女孩子,都没干过,帮不上忙,看来这个重要的急迫的工作只能自己亲自完成了。

正想要着手做规划,这时邮件系统一声响,有新邮件来了。林佩佩打开一看，是分管业务的方林生发的邮件：

各位今天下午4点在我办公室，开个紧急会议。

林佩佩看了一下，邮件发给了她，还有冯雪杨、章立仁，还有核保部的唐旭、白云区营业部总经理万哲，抄送了王晓刚。

这封邮件的上一封也附在了下面，是冯雪杨发给方林生的邮件，邮件有一个"紧急"字样。

方总：

今天早上接白云营业区报告，部门经理郭怀生被发现在出租屋里死亡。现场初步判定是烧炭自杀。原因不明。细节不明。公安已介入。特此汇报，请领导指示。

林佩佩看了下时间，差不多4点了。按翊源的文化，很少有临时召集的会议，如果有，那一定是特别紧急特别严重的事件。林佩佩拿上笔记本往方林生办公室走去。

房间里已坐了几个人，副总方林生坐在最中间的沙发上，左边是章立仁，右边是冯雪杨，另一个沙发上坐的，估计就是白云区营业部的万哲了。

方林生脸上看不出特别的表情，从业20多年，很难会再慌张。他不紧不慢地冲着茶，往精致的小杯子里分着茶，空气里弥漫着一股茶香。

"方总您这茶可真是好,闻着就香。"章立仁端起茶杯说,轻轻呷了一口,"真是好茶!"

"章大律师要是有空,可以常来我这儿,我没啥好东西,好茶倒是有一些的。"

"谁都知道您懂茶。"章立仁说。

大家都喝了一口茶,紧张的空气有点缓和。方林生说,人齐了,老万,说说情况吧。

万哲直了下身子,开始汇报:"今天早上是周例会,就没见郭怀生来,也没请假。我打了他手机也没人接。中午是他女朋友打过来的,说人死了,烧炭自杀。已报了警,也叫了救护车。我和部里两个经理一起赶过去时,救护车已走了,但听他女朋友说人已经不行了。派出所在现场取证,我看到窗子、门缝里都塞了毛巾,显然是故意为之。而且,这个季节了,也不该是为了取暖吧。总之,人是没了。派出所通知了他的父母,他的家人明天会到。"

万哲有浓重的湖南口音,听得有点费劲,方林生不禁皱了下眉:"之前有什么前兆吗?"

"没有啊,"万哲说,有点激动起来,"上周才和他面谈过,他还表示要好好干,争取拿到这个季度西北游的奖励,干劲很大的,一点都看不出有什么问题。"

"之前不是说他业务下滑厉害,可能会被降级吗?"方林生问。

"之前是业务下滑厉害,跟他面谈时他也知道,但表示要追上来啊,还是很有信心的样子。"

"没有逼他什么的吧?"方林生问,"微信上没有什么会让他家人抓着把柄的语句吧?"

"没有没有,绝对没有。"万哲把手机掏出来,说,"看,都是正能量满满的,我也不可能逼他。"

方林生脸色缓了些,说:"那就好。就怕他父母来,看到里面有什么不妥的语句,说是我们业务压力大,逼死他。这种事以前不是没有过。"

万哲说:"这个倒是可以放心。"

方林生问:"那他又是为什么自杀呢?你了解到什么情况?"

万哲说:"据我所知,他怕是借了高利贷,应该金额不少,怕是还不了了。"大家都惊讶地看着他。

"他其实没怎么说,是我猜的。因为他找我借过钱,也找部门里很多人都借过钱,少的三两万元,多的十万八万元都有的。我也问过他借这么多钱干吗,他不说。但我想,八成是借了高利贷了。至于为什么借高利贷,我也不太清楚。他一直没和我说。但我真的知道他找不少人都借过钱。"

方林生问:"他的父母什么时候到?"

万哲说:"明天。"

方林生喝了一口茶:"这样,先确定明天谁负责接待他父母。"

大家一阵沉默。

林佩佩想,刚才听万哲口述,口音很重,人也不太亲和,虽说他是郭怀生的直接领导,但让他直接面对情况不明的父母恐怕让人担心。倒是冯雪杨比较合适,形象亲和,只是他也是年轻干部,没见过这种情况,经验恐怕没有。

正想着,冯雪杨说:"方总,我来接待吧。"

方林生可能正等的就是这句话,脸上有一丝不易察觉的满意,他说:"好,我觉得冯雪杨也合适。你叫上章律师一起吧。主要是好好安顿好他们,听听他们有什么需求。"

冯雪杨说好的,领导放心。

方林生说:"这样看,郭怀生的死跟公司没有关系,但他毕竟也是我们的代理人部经理,雪杨,你让客服部查一下他名下的保险,看看情况,我们尽力按最好的方案来补偿。章律师,如果可以的话,看看公安那边什么调查结果。我现在最担心的是他的家人,所以,明天,雪杨,你沉住气,先安顿他们。从现在开始,我们这里这几个,就是紧急项目小组成员。雪杨,回头建个群,方便大家沟通。"

会议很简短,但林佩佩知道,事还没开始呢,得看明天的情况了。

离开时林佩佩看了冯雪杨一眼,对方还是那么自信满满的样子,看不出情绪。而这事目前跟林佩佩所负责的舆情还没什么关系呢,林佩佩却已感到一种隐隐的紧张。冯雪杨的双眼还带着微笑,似乎在传达一种信息,有我呢,紧张啥。林佩佩也安心多了。回到办公室,处理完邮件,不觉已是快7点了,想起今晚约了老同学唐樱,她赶紧收拾出门。路过销售部的办公室,里面仍灯火通明,隔着玻璃门看到冯雪杨在和同事在讨论着什么,西装外套脱掉了,领带也解了，敞着领子，有一种白天没见过的随意和潇洒，衬衣袖子里的手臂肌肉线条清晰可见。"这家伙貌似练过的。"林佩佩想。冯雪杨抬头看见了她，朝她笑了笑，跟他一起讨论的几个人也回头看她。林佩佩挥挥手赶紧走了，心里想着，希望刚才没有看呆了吧，真尴尬啊。

吃饭的地方是唐樱定的，离公司不算远，在这个下班高峰期，要冲出市中心那几条路也是相当费劲。还好在7点半时终于赶到了，eatingtable，号称夜景最美的网红西餐厅。门口排队的人已坐了三排。

唐樱见到林佩佩，说："哎哟，你可是比总理还忙。你再不来我就约帅哥吃了。"

林佩佩说："帅的没你家老丁有钱，有钱的没你家老丁帅，有钱又帅的没你家老丁爱你。你还是跟我吃吧。"

唐樱笑了起来，掩饰不住满脸的幸福，说："那倒也是。"

林佩佩说："快，点菜没，我饿死了。"

"我看着别人吃，我都馋死了。菜都点好了，上菜。"唐樱很美、很甜的那种保养精致的皮肤吹弹可破，让林佩佩心生羡慕，说："看你呀，白白嫩嫩的，我快成老巫婆了。我已经半个月没去护肤了。"

唐樱说："那怎么行，再怎么忙也不能忘了护肤。这皮肤呀，状态一旦衰退，很难回去了。"

"你也知道我刚调新岗位，忙得要死，很多事情需要重新梳理，部门人手又缺，很多活我还得亲自上。比不得你这个少奶奶啊。"

唐樱说:"风风火火,职业女性……哎,离我好遥远了。我好像也适合待在家里。大学时你就是学生会干部,整天忙碌碌的,要不是我天天帮你打饭,恐怕你饭都不会去吃吧。要不是我今天约你,估计你也忘了人世间还有晚饭这种事吧。"

"所以啊,我是劳碌命,你是享福命。"

"你乐在其中。"唐樱说,"我呢,傻人有傻福吧,老丁也不想我出去干活,反正把孩子照顾好就行,他对我没要求……对了,看,这是他上个月买给我的。"唐樱把身后的一个精致的小包包拿出来,是迪奥的lady小羊皮,挽把上缠着丝巾,跟唐樱的甜美很搭。

"好美啊,好衬你。"

"这条丝巾是我名字的字母,T。"唐樱脸上洋溢着幸福。

"每次看见你呀,我就三观破灭,你说啊,真是干得好不如嫁得好呢。"

"不能这么说,能量大的人,就应该多干事。我呢,负责请你吃饭,督促你别忘了护肤。就像在大学里一样,你在学生会忙得不亦乐乎,我负责帮你打饭,督促你早点睡,不要熬夜干了皮肤。"

"你对护肤这么有心得,没想过从事一些跟女性美有关的事情?"

唐樱说:"不想动脑子,一动脑子就累,我觉得现在挺好的,照顾一下女儿,照顾一下自己,就很忙了。"

菜上来了,两人开始吃起来,聊东聊西。

最后上咖啡时,唐樱问:"你也老大不小了,还是没遇到动心的？"

"没有。"

"你不急，我可是急死了。都说女孩子如果28岁前没嫁出去，就很难了，你可好，转眼都34岁了也不急。不过到你这个份上，倒不是没人喜欢，而是你能看上眼的越来越少了。"

"那倒是，我现在已出现了这样的症状，比我小的吧，看着就很幼稚，比我大的吧，也都有主了。"

"那就麻烦了。你越来越优秀，这不，又升职了，你能看上的男人恐怕更少了。"

"其实，我对我喜欢的，没有标准，就是……喜欢就好。"

"越说没标准的，其实标准越高，只是高到不知怎么总结了。当然，我觉得吧，你这么优秀，也不能将就，就是要等到自己喜欢的，但我觉得最重要的，是对方更喜欢你。"

"就像老丁对你。"林佩佩说。

唐樱露出幸福的笑："只能说，运气。我就不明白了，你这么优秀，人也美，怎么就没人喜欢？一定是你的问题。人生苦短，青春易逝，不要把所有的时间都给了工作。"

"好，听你的！"林佩佩喝一口咖啡，不知怎么，心里浮过冯雪杨和同事在讨论的样子，敞着领口，挽起了袖子，露出半截肌肉线条明晰的手臂，有那么点性感。

05 / 交锋

万哲经理说，郭怀生家人早上已经去了公安局，他们也派人去打听了结果，排除了他杀，定性为自杀。郭怀生哥哥说下午要找公司的人谈谈。按昨天的安排，由冯雪杨牵头主谈。

万哲负责去酒店接家属过来。冯雪杨在会议室等着，心情有点忐忑不安。那天他主动应下接待郭怀生家属，其实心里也没底，之前也没遇到过这样的事，但职责所在，先担了再说。这已是他的工作风格。

这时万哲带着几个人走了进来。两个白发苍苍的老人家，脸上岁月风霜，看不出年纪，60~70多岁都有可能。老太太有点驼，腿脚看上去也不是太利落。老伯要硬朗一些，脸上有点迷茫。冯雪杨断定这两人应该就是郭怀生的父母，看上去应该是长年在农村生活的人。一个30多岁的男人，跟郭怀生有几分相似，应该是郭怀生的哥哥。此时他面无表情，狠狠扫了冯雪杨一眼。还有一个中年男子，50岁左右，穿着气质与两位老人家和哥哥不一样，一看就是城里人。冯雪杨一时不知他的身份。

冯雪杨让同事准备了茶水。这时章立仁、核保部的理赔专家唐旭也都到齐了。

做了些必要的寒暄和慰问，那位不明身份的中年男子自称是郭怀生的叔叔，但不是湖南老家来的，而是在广州已经生活30年了。看他谈吐，倒是很平静，很有分寸。

冯雪杨基本断定，主要沟通对象应该就是哥哥和这位叔叔。

空气里有一种快要凝固的气息，冯雪杨只能先开口："各位辛苦了，我代表公司，对郭怀生的去世表示深切的慰问，也请各位家属节哀，特别是老人家，千万要保重好身体。同时，今天让各位来，也是想看看有什么需要我们帮忙的。"

空气又几乎凝固起来。

"是不是你们逼死他的？"郭怀生哥哥突然说，空气好像一下子裂开。

"今天我们也派人去公安那边打听了结果，相信你们应该也拿到结果了，是自杀。"冯雪杨说。

"他好好的，怎么就死了呢？"哥哥声音提高了，情绪开始激动。冯雪杨说："您先别急，你们的心情我们能理解，郭怀生是个很优秀的部门经理，他这样突然离去我们也很难过，我们接各位过来，也是希望看看现在有什么需要我们帮忙的。"

叔叔这时伸出手，安抚了开始激动的哥哥，然后说："谢谢你们这份心意。怀新性子急，你们见谅。只是，一个人好好的，怎么就自杀了呢，一定是有过不去的坎。之前也听他提起过公司的业绩考核的事，会不会压力太大了。我们也想知道你们什么态度。"这位叔叔沉得住气，但话锋也引向了公司。

"我弟弟这么努力，一定是你们压迫他，给他压力太大，他受不了才这样的!"哥哥吼了起来,拿出手机,翻到了一个信息,递给冯雪杨,"我有证据的,你看,上个月老爸70岁大寿,让他回去一起贺寿,他发给我的,说公司正在冲刺业务,他回不来。要不是你们这样压迫他,他怎么可能连老爸70大寿都不回来?!"

冯雪杨接过手机看了一下,的确是他们兄弟俩的聊天记录,当时郭怀生的确是写着公司正在冲刺业务,不能回来。他心里疑惑了一下,因为3月并不是公司的业务冲刺月,但他觉得这个时候辩解没有用,只会激发情绪,他想了想,说:"这个聊天记录也不能说明什么。如果说业务压力、业务考核,那其实对每个人都一样的,是公平的,不存在只针对他一个人。"

这时郭叔叔说:"我们就想知道,你们什么态度。再说,老人家年纪大了,这么大一个打击,也不能在这儿待太久。"

冯雪杨说:"是,我们理解。我们目前正在排查郭怀生名下的保单情况,今天晚些时候应该可以理出来,争取走绿色通道,尽快理赔。"

"大概会有多少钱?"郭叔叔问。

"目前不清楚。得全部理出来才知道。有消息会第一时间联系你们。"冯雪杨说,"要不,考虑到老人家身体,明天也不需要全过来吧,您看我们联系哪位合适?"

"联系我或者怀新吧。"郭叔叔把手机拿出来,让冯雪杨加了微信。

"为什么要拖到明天?明明就是你们逼死了他,还有什么好说的?叔叔,我看他们就是不想解决问题,就想拖着不了了之。今天如果不给我们结果,就不要谈了。"

哥哥显然处于激动的情绪中,冯雪杨决定不跟他硬杠。他对郭叔叔说:"那这样,一有消息,我马上通知您吧。"

"就是你们逼死他的,他都跟我说过,他最近业绩压力大,如果这个月考核不过关,要被降级,是不是?就是你们逼死他的!"

冯雪杨还想说什么,郭怀新又说:"不要拖着我们,如果明天没有结果,我就打报料电话,让媒体来报道你们逼死员工!"

冯雪杨说:"我们已经在全面梳理郭怀生的保单情况,会第一时间让各位知悉。各位这两天也辛苦,我们送你们回去休息吧,有什么需要我们帮助的尽管说。"

郭怀新气冲冲地,两位老人一言不发,步态蹒跚。唯有叔叔临走前和冯雪杨握了一下手:"劳你们费心了。"

冯雪杨一时也琢磨不出这位叔叔的态度和立场。

送走家属,冯雪杨马上去找方林生。方林生把章立仁、理赔专家唐旭、万哲叫了过来,一起商议。

冯雪杨把刚才沟通的情况先做了汇报:"现在看,他哥哥情绪比较激烈,而且一口咬定是我们公司逼死他弟弟。"

方林生问万哲:"你这边有什么问题吗?"

万哲这两天心神不安,已两晚没睡,眼下顶着黑眼圈:"我昨晚又细细想了一下,没问题吧,半个月前是跟郭怀生谈过一次话,他最近业绩下滑非常厉害,我说过如果他的业绩上不来,月底考核他极有可能就被降级。这个降级是按考核基本法来的,也不是我的个人决定。他也明白,他那时还说会追上来的,表现出来还是信心满满，充满斗志的。谁会想到他会自杀？"

冯雪杨瞪了他一眼，说："谁说他就是因为这个自杀了？"

万哲也意识到不妥，不作声了。

冯雪杨想，还好没让万哲做接待，这么讲话不经脑子，不知会惹什么乱子呢。"关键是有没有类似会被别人认为是逼迫他的聊天记录？"方林生提醒他。

"没有。"万哲很肯定地说，"我昨天看了手机聊天记录，没有什么逼迫他的语句，无非就是提醒他月底快到了，业绩要加把劲了。而且长期以来，我都是鼓励为主，没有说过什么重话。"

说着把手机内容拿出来给方林生看。方林生瞄了一眼，给了冯雪杨。冯雪杨看了一下，的确都是些常规的业务督导的话语，也不能因此断定是在逼他，心里稍微安定了一些。他最怕的就是白纸黑字的什么不妥的语言被对方拿了把柄，那就很不利了。

方林生点点头，转向唐旭说："目前他在公司的保险如何？理赔部理出来了吗？"

唐旭说："都列出来了。他在公司买有意外险和寿险，寿险保额是50万，意外险买的保额也是50万，但如果死亡鉴定书是自杀的话，按条款是不能按意外赔付的，只能给付身故金额。两者的差额是50万。"

方林生说："晓刚总的意思，再怎么样，也是我们的业务伙伴，我们还是应该尽力争取最好的理赔方案。这还得和总部沟通，争取通融政策。这些事咱得做，但对他父母这边，还是先稳定情绪再说，也让他们知道我们是在帮他的，但要在冷静的心态下。避免他们基于某种心态狮子大开口。"

冯雪杨说:"是的,特别是他的哥哥。我觉得他叔倒像是可以讲道理的人,毕竟像是见过世面的人。我看看明天情况,明天再约见面,就不让这么多人一起了,让他们来两个能做决定的就可以了。"

方林生点点头:"那雪杨,明天辛苦你继续跟进,核赔部门尽快与总部沟通,最好能申请到通融赔付。这事最好能速战速决,关键是3·15快来了,这种纠纷啊,投诉啊,最好能尽快解决,免得有人借机做文章。大家辛苦!"这时已下班,冯雪杨还是重新梳理了一下今天的会面,为明天的再次面谈做些准备。分公司有2万多这样的代理人,人多了,什么事都会发生,但自杀这样的事件还是第一次遇到。他感到压力,但还是决定正面迎战。没处理过的事情,对他不就是一次磨炼的机会吗?他冯雪杨什么时候怕过直面挑战?

他觉得目前最棘手的就是理赔部门要向总部申请通融赔付,这个恐怕明天不一定有结果。万幸的是万哲并没有什么所谓"逼迫"他的文字证据。他相信只要好好沟通,还是有希望的。那位叔叔,应该是家乡家族里的叔叔,看上去是讲道理的人,可以从他入手。

但接下来的两天也颇不顺利,向总部申请的通融赔付政策仍未有定论,毕竟公安出具的死亡证明白纸黑字写着"自杀",自杀是不符合意外死亡的定义的,按常理不能按意外死亡赔付。要申请通融政策,也需要有足够的理由,这个方林生这两天也正在和总部不断沟通。

但郭怀新有点等不及了,这天他又过来了,他在工作场所大叫:"就是你们逼死了我弟弟!"引得一些不明真相的员工闻声还跑来小会议室张望,让冯雪杨不胜其烦。

叔叔也多次问:"那公司什么态度呢?想怎么处理呢?"

在通融政策明确之前,冯雪杨既不能做任何保证,也不能做任何许诺,只能一遍遍说:"我们也经过调查,公司不存在逼迫他的事情,我们对每位代理人的业务考核都公开透明,如果你们有什么证据,也欢迎提供给我们。而郭怀生在公司是有保单的,他生前既是我们的代理人,也是我们的客户,我们目前也在努力跟总部沟通,争取最有利于他的赔付政策。"

话是滴水不漏了,但家人不买账。"我要告到媒体,让媒体曝光你们逼死员工!"临走前,郭怀生大声叫着,声音在大堂回响。

第二天下午,当林佩佩接到冯雪杨电话赶到会议室的时候,一进去就感觉到了空气里弥漫的紧绷气息。

会议室里除了仍怒气冲冲的郭怀新,脸上没有表情看不出情绪的叔叔,还有《南粤早报》一线民生栏目的记者余锋。

《南粤早报》是广州市民最受欢迎的都市类报纸,敢报敢说,风格较猛,也促进了很多问题的解决。特别是郊区住宅区垃圾焚烧场兴建项目的跟进和报道,可谓震动一时,促使市政府重新考虑二噁英污染问题,最后政府取消了这个项目。都说全国的媒体,属广州的媒体生态最丰富,胆气最足,政府也最开明,而广州的都市类媒体里,《南粤早报》又是其中的佼佼者,无论是订阅量、广告量,还是百姓口碑,《南粤早报》已超过了几个老牌报纸。余锋热爱这份工作,他已经在《南粤早报》做一线民生记者五年,一直是出稿量最多的一个。当年能进《南粤早报》的门,也是百里挑一,他引以为豪。

接到报料任务赶去翊源的路上,余锋心里在想:翊源保险,如日中天的名字,名气和业绩上升最快的保险公司,为业绩逼死员工,如果事件属实,又是劲爆的民生头条吧。保险行业他不太了解,觉得那些做业务的平时的培训都像是打鸡血,网上很多关于保险骗人的故事。这次倒是要好好了解一下这个行当。

林佩佩一眼就看到了余锋,一件黑色T恤配牛仔裤,一头及肩长发扎了个小马尾,有点摇滚青年的样子。林佩佩心里想,一般这种外表狂野不羁的,都是最难对付的。

眼下面对这一触即发的气氛,最好是将记者和当事人隔离。林佩佩对余锋说:"你好,我是公关传播部林佩佩。"说着递上了她的名片,"我们去旁边小会议室吧,有什么情况需要了解的你可以问我。"

余锋倒也无异议,跟着林佩佩到了旁边一个小会议室。

"有几个问题我想了解一下。"坐下来后,余锋单刀直入。

林佩佩说:"有采访提纲吗?"

余锋说:"没有。但我想也是简单地了解,你先听听。"

林佩佩点点头。

从见到余锋的第一眼,林佩佩就觉得他带着一双探寻的眼睛,这也是长期职业习惯养成的气质。这个外形不羁的记者,态度谈不上友好,但也不傲慢,从态度的微妙上林佩佩觉得他对保险行业不太了解,也不太有好感,似乎总想找点什么要印证他的想法。

"了解可以,如果是要正式采访和拍摄,我们也是有我们的流程的,也请您理解。"林佩佩很客气,但公司的新闻纪律也必须坚持。

余锋采访过不少企业,多数人猛一下看到记者采访,要么慌张失态,语无伦次,要么就态度强横,强行阻挡。而林佩佩有礼数、有配合的态度,也讲原则,跟他见过的其他大公司的企业公关不一样,这个让他有点意外。

在这间小会议室里,跟郭怀生家人分开了,这很明显也是公关策略。但余锋并不着急,如果回头要采访郭怀生一家,他有的是机会。他倒想听听公司怎么说。虽然他对保险业不太了解,但多年的一线记者的职业素养,让他尽量排除偏见,保持客观,另一方的意见也是很重要的。

"郭怀生的自杀跟贵司的业绩考核有关系吗?"

"公司有严谨科学的业绩考核制度,这个制度对所有人适用,是公平公开的。他的去世我们也很难过,也正在帮助家属,解决他们的需求。"林佩佩说。

滴水不漏。林佩佩也在暗暗观察余锋。这个名字她有印象,《南粤早报》的首席名记。他带着一种痞痞的气质,倒不是那种让人不愉快的坏痞,而是那种谁也不怕的痞。所以,对这样的人,强压不行,还是得尊重他的专业,以理服人。这种记者,不服权威,只服理。余锋又提问:"之前郭怀生有什么异常迹象吗?"

林佩佩说:"我们这两天也向他所在部门了解了一下,并未发现他有什么异常,在周四的部门例会上,他还向经理表示他要好好干,实现季度的表彰目标。所以,对于他的突然离世,我们的确也感到很意外。"

"听说贵司的业务压力很大是吗?"

林佩佩微微笑了一下,说:"是哪里听说的呢?压力大小的标准是什么呢?"心里想,你套路我呢。但还是面带微笑。

余锋嘴角微微笑了一下,心想这姑娘倒是一点也不怯啊。

林佩佩说:"刚才我们也说了,我们的业务考核标准是公开的,公平的,对任何人是一样的。目前也没有任何证据,证明他因为业务压力而选择自杀。我们也在等待公安更多的调查结果吧。在公安的调查结果出来之前,妄自下任何结论都是不负责任的。"

一番话说得不卑不亢,有理有据。作为跑了五年的一线民生记者,余锋当然知道证据和事实的重要性。他又微微一笑。

"那贵公司将如何处理家属的赔偿诉求?"

林佩佩说:"我们已成立了专项小组,对郭怀生在我们公司所购的保险合同,我们都将第一时间调出来,将根据事实和合同约定,尽最大努力为他争取最大利益。"

话同样也是滴水不漏。

"你们觉得郭怀生是因为什么原因自杀?"余锋盯着她问。

"我们也想知道。但这个的调查恐怕还需要由公安介入。我们目前能做的是尽量安抚好他家人,并尽快将他生前自己所购买过的保险做一下梳理,按合同约定,给家人尽快做出理赔。"

林佩佩特意不用"赔偿"一词,而是用了保险业务的专用术语"理赔"。

看余锋在划弄着手机，林佩佩主动过来说："我们加个微信吧，以后方便联系。"余锋微微一笑，给她扫了二维码，通过了她的好友请求。

林佩佩看着他的眼睛说："我看过你的很多报道，知道你的名字，如雷贯耳。今天终于见到真人，也是我的荣幸。《南粤早报》的首席名记。"

余锋呵地笑了一声，虽然不否认，但他心里的确也是这么认可自己的。

"《南粤早报》的公信力在广州读者心中口碑第一，我也相信以余大记者的专业素养，也不会不顾事实。接下来我们对郭怀生保单的调查和处理也会加快，后续有什么信息，我也会第一时间反馈给您的。"林佩佩说，眼睛里是微微的笑意。

但余锋听出来她是不会再有更多的消息透露了。他决定先撤，回头再跟郭怀新了解一下情况。虽然手上没有太多有用的素材，但风闻保险公司以严苛的考核著称，他也想借此机会了解一下这个行业。况且，人命案，向来都是新闻的流量担当。

送走了余锋，林佩佩稍松了一口气。她路过会议室，看到冯雪杨正在和郭怀生一家沟通，对方情绪已平稳下来。核赔部的唐旭也在，估计在和郭怀生家人梳理保单权益。

希望一切能顺利过去吧。林佩佩想。

忙乎了一下午，大家送走前来交涉的郭怀新和叔叔，又聚到方林生办公室碰头。

"记者今天没有在这里得到什么信息,但我觉得他会抓住不放,不排除他会和郭怀新接触。"林佩佩说。

"但我们的确没有什么不利于我们的微信聊天之类的东西,是不是可以不用担心?"万哲问。

"说不准。余锋,《南粤早报》的首席调查记者,可不是容易对付的。"林佩佩说。

"理赔那边谈得如何?"方林生问。

唐旭清了清嗓子,说:"今天跟他们理清了郭怀生在公司买的所有保单,以及按合同条件所能得到的理赔金额。根据对他们一家目前的经济状况的不完全了解,50万理赔款是不小的一笔钱了,但郭怀新还是不能接受他弟弟自杀,他觉得公司还是有责任。但因为向总部申请的通融政策还没答复,所以我们也不能承诺他什么。"

方林生叹了一口气,说:"总部总是这样磨磨叽叽,也不知道我们基层的艰难。"

案件拖着几天没能利落解决,他也变得有些烦躁,连冲茶的兴致都淡了。章立仁赶紧接下了这个活,冲茶,分茶,紧张的气氛里弥漫着茶香。

"雪杨,你怎么看?"方林生靠在沙发上问。

冯雪杨放下茶杯,说:"今天他们带来了记者,明显想借媒体的力量给我们施压。同时我们也和他们理清了保单理赔的基本情况。他们纠结的是,公司是否逼迫他弟弟,使得弟弟自杀,他们一直固执地认为是,所以公司应该要负责任。他们希望在50万的基础上加码。"

"他们知道郭怀生到处借钱吗?"方林生问。

"他们不知道。考虑到他们的情绪,我们也没有提起。"冯雪杨说。

"这样,"方林生从沙发上直起来,"万哲,你等会儿马上收集一下你们部给郭怀生借过钱的人的情况,虽然不确定他是不是卷入了网贷,但这个证据和信息很重要,也是和他们谈判的筹码。我等会儿再跟总部沟通一下,争取通融赔付政策,按晓刚总意思,如果能按意外赔付就按意外赔付,但让家属知道,这个是我们争取的关怀和通融政策,并不是公司应负的责任。要让他们明白这一点。争取周末前结案。"

06 / 不疯魔，不成活

散会时已是晚上7:30，林佩佩才觉得饿得有点腿软。冯雪杨走到她身边时说："有安排吗？一起吃饭？"

林佩佩几乎没有犹豫地说："好啊。"

两人都笑了起来，冯雪杨说："想吃什么？"

林佩佩说："就近吧，都饿死了。"

"那就旁边的流金岁月吧，上海菜。"

"行，"佩佩心里想的也是这家，心里想，"心有灵犀啊，一根葱啊。"步履也轻快了起来。

流金岁月里，不见一般中餐馆的热闹，却很安静、复古的装修，林佩佩非常喜欢。已经过了晚餐的高峰期，两人要了一个靠窗的位置。餐厅里灯光柔和，窗外是无声的车水马龙。

冯雪杨说："这家流金岁月，是我觉得广州做上海菜最正宗的，我觉得你也会喜欢。"

林佩佩说："光看环境，我就喜欢。"

冯雪杨说："想吃什么？"

林佩佩说："你熟悉，你点吧，我什么都爱吃。点菜这么苦的差事，就有劳你了。"

冯雪杨笑了笑，说，"好，那就听我的。"

林佩佩喜欢这样恰到好处的强势。

冯雪杨显然是常客，熟练利落地就点好了几个菜。上菜倒是很快，有红烧小黄鱼、蟹子豆腐、龙井虾仁、鸡毛菜、灌汤小龙包。林佩佩想，他怎么知道这些也都是我爱吃的呢？能吃到一块去的人，也能说到一块去的吧？

"怎么样，都合你口味吗？"

"挺好，都是我爱吃的。"林佩佩说，"看来你是常客。"

"不常来。我平时加班都吃外卖的。今天请你，算是有个改善伙食的理由。"

林佩佩笑了起来："你们销售部加班真挺多的。"

"习惯了。我一毕业就来翊源，已经习惯这样的工作压力和节奏。我也没在其他公司待过，就像一张白纸，被翊源的工作文化塑造。"

"在翊源多少年了？"

"今年正好10年。"

"10年，从毕业生到部门经理，成长很快啊。"林佩佩说，同时心里盘算了一下，22岁大学毕业，10年，今年应该32岁。32岁，翊源广东分公司，系统内最大的分公司的核心部门做销售部经理，晋升速度超过平均水平。

吃得有些热了，冯雪杨把西装外套脱下了。身体的肌肉线条在熨得平整的淡蓝色衬衣下隐隐突显，宽阔坚实的胸肌、肩膀到手臂的肌肉线条几乎把衬衣的袖子撑满,但却也恰到好处,显得结实有力。林佩佩有那么一瞬间有点心荡神驰,觉得这是她见过的男人穿衬衣最好看的样子。

"你呢?也是一毕业就到翊源?"冯雪杨问。

林佩佩收回荡开的思绪,忙说:"啊,不是的,我做了一年多记者,才到翊源的。"她觉得脸有点麻麻的,估计是红了,她为自己刚才飘荡的思绪有点不好意思,但尽量做到平静如水。

冯雪杨似乎没有注意到她的窘态,夹了一块红烧小黄鱼到她碗里,说:"赶紧趁热吃,这个是他家的拿手菜,我每次来几乎都点的。"

"我看晓刚总对你很器重呢,最近连接几个大型的业务启动活动,对你的表现都赞誉有加。"林佩佩说。

"说起来,王总是我的贵人。"冯雪杨说,菜香中,两年多的时光在脑子里晃过——

2012年春天,王晓刚到任。在他之前,翊源广东分公司已经连续5年业绩增长低于市场行业平均水平,5年里换了三任老总,每个都铩羽而归,以至于高层干部谈广东翊源色变,都怕被派到广东翊源来。虽说论规模体量,广东翊源是翊源系统内最大的分公司,但连续5年的低迷状态,成了高层干部的滑铁卢。而最要命的是,连续5年的业绩低迷,因为业绩达不成指标,员工也就拿不到丰厚的年终奖。一年两年也罢了,这个5年时间,让很多员工没了信心,而这时市场上一批新兴的保险公司纷纷招兵买马,开出优厚的报酬,一时间，不仅普通员工离职率远超于健康值的10%，高峰期达到了20%，最要命的是，一批在翊源成长的中层干部，特别是那些营业区经理，也纷纷投奔新兴同业，奔着优厚的薪酬和更好的位置去了。

但5年的业绩低迷再加之人才迅速流失，也开始面临干部无人可用的状况。2012年，王晓刚到任时，就是这样一片狼藉，留存下来的员工也士气低迷。

"我们需要一场胜利来证明自己，我们需要一场胜利来重树信心。"冯雪杨非常记得在第一次全体员工见面会上，王晓刚说的这句话，在他28岁躁动的心里燃起了火焰。

当时的翊源广东分公司在广州城区15家营业区，有3个总经理离职，全省16个地市级城市支公司，有3个总经理离职。职能部门有2个经理位置空缺，其中最核心的销售部经理，前任刚被同业以2倍年薪挖走，在新公司坐上副总的位置，分管销售，也将是翊源未来强劲的竞争对手。

王晓刚当务之急，是要解决这8个中层干部的人选问题。连续几年的高流失率，使得广东翊源放眼忘去，有经验的干部似乎已无人可用。

"那就全面启用年轻人！"王晓刚做出了这个决定，把当时一批只有二十七八岁的年轻人大胆启用，并把这个启动年轻干部的项目取了个名字，叫"常青藤"计划，取青春活力、事业常青之意，让这批年轻的潜才挑重任，在工作实战中成长。一般来说，在大公司，这个年龄只是职业起步，而当时被起用任命到中层干部的8个年轻人,包括冯雪杨,也只是销售管理部的主任级别。但这份信任和重托,是年轻人最大的成长动力。这个"常青藤"计划启用的一批年轻潜才,公司内部人称"青年近卫军",也是成为后来翊源触底反弹的重要干部中坚力量。

"我们需要一场胜利来证明自己!"为此王晓刚提出的策略方针是"深挖洞,广积粮"。深挖洞是将广东翊源的基础平台做扎实,包括业绩考核体系的落实,人力发展策略的调整,业绩突破点的策略。广积粮就是发展人力,毕竟个人寿险业务归根到底还是人的业务,保险仍是蓝海市场,专业化的保险方案,都需要一对一的服务。没有人力基础,就没有业务提升的空间。另一个层面就是客户拓展。没有客户就没有业务。王晓刚提出,除了利用公司政策拓展新客户外,老客户的价值不容忽视。老客户群体是座宝藏,很多早些年买了保险的客户,保险意识肯定有,但早年的产品是否适合成长了的客户,比如以前为自己买,现在成家了,家庭成员是否有了保障?比如之前10万的保额觉得够了,现在客户也进入了成熟期,上有老下有小,加之通货膨胀,10万保额恐怕已不符合风险保障的要求。王晓刚提出,为老客户检视保单,既是服务老客户的责任,也是拓展新业务的突破点。同时,市场上都觉得买了保险以后,再也见不到业务员的状况,也是保险行业服务口碑低的原因,正是要借此机会,让老客户觉得服务就在身边,也是提升翊源服务美誉度的重要举措。

策略层层传达下去,也给士气低迷的代理人注入了新的思路和新的动力。一场轰轰烈烈的老客户回访开始了。

王晓刚4月到任,用2个月时间做策略调整,士气调动,关键转折点是9月,即第三季度结束的考核,如果广东翊源仍然低迷不振,那对全年任务达成就极为不利了,而王晓刚的职业经理人生涯恐怕也会像几任前任那样遭遇滑铁卢。

所以,当时的业务推动,王晓刚提出了"9月保卫战"的概念,就是保卫广东翊源的荣誉,保卫代理人的收入,很接地气,也很通俗易懂。

冯雪杨记不清自己有多少个加班夜了,他每天都会和王晓刚在一起碰撞业务推动方案,分析业务数据,从数据中找出问题。王晓刚身上那种背负巨大压力,但仍充满斗志的气质深深吸引他。

作为销售部历年来最年轻的经理,他也需要一场胜利来证明自己。他和他的平均年龄不到30岁的部门团队,几乎是忘我地工作,晚上11点下班已是常态,确保第二天一早把昨天的业务推动数据发到全省各营业单位,并开始新一天的业务追踪。在业务激励方案上,更是殚精竭虑,要用新意激发代理人的冲劲。在那两个月的时间里,他瘦了10斤。

回访老客户的策略得到了大部分代理人的认同,而这时,冯雪杨提出了一个大胆的激励策略:9月末业绩达成前100的代理人,奖励迪拜豪华游,一人一间房的待遇,光这点就很振奋士气。前100~200的代理人,奖励巴厘岛豪华休闲游,五星酒店也是一人一间,这也是以往没有的待遇,让更多潜能代理人充满了干劲。前200~400的代理人,奖励云南香格里拉豪情游,全程五星酒店,这个激发了代理人冲天的热情。而在人力推动方面的激励投放也空前豪壮，只要在9月末增员3人，就可以享受越南芽庄豪华美食之旅，增员一人，就可以享受杭州西溪湿地豪华休闲之旅。这个激励方案比以往也降低了难度，使得人人增员的热情和积极性高了起来。作为销售管理部的经理，他当然知道一年用于营销的费用是多少，对于这一拨的重磅投入，冯雪杨当然知道这是背水一战。如果业绩达成，广东翊源排名在翊源全国共30家分公司中排名能挤进前15，则可以得到三季度总部的一笔奖金，那么四季度布局年底业务冲刺就又有了新的资源，而更重要的是，士气起来了，这对于疲软了多年的广东翊源来说，比什么都重要。如果败，则广东翊源已无资源布局年底业务冲刺，那今年的业绩达成和来年的开年都将是压力山大。而自己提出的这么激进的业务策略如果失败，自己也将背负责任。

"你有没有信心？"深夜12点的办公室里，王晓刚问他，眼里是期待。

"有！"冯雪杨说。那年才28岁。现在回想起来，少年轻狂，无知无畏啊。

凭他这句话，王晓刚签下了激励方案的字。冯雪杨知道他背负的责任更大，而这份信任，他没理由不去拼。

冯雪杨天天盯着业务指标，对于进展缓慢的营业单位几乎是夺命连环追，一日一追，一周一检视，一月一考核。三个月下来，冯雪杨有了江湖名号"冷面锦衣卫"，就是追踪业务狠、准、急，不讲情面，管你是资深老姜，还是新上任的嫩瓜，都不留情面。而业务活动率也显著提升，由原来低迷时期的30%提升到了平均70%，有些机构甚至推动到了90%。

而他最佩服的就是王晓刚在这巨大的压力之下的儒将之风。每次对部经理以上的代理人开会，都是那么充满必胜的信心。对于王晓刚，是否能稳坐翊源最大分公司的第一把交椅，成败在此一战。对于冯雪杨，临危受命，是骡是马，也是在此一战。他们没有理由不全力以赴。

奋战100天，9月30日，业务报表出来，广东分公司业绩达成率全系统内排第15，比第16名只多了0.5个百分点，也真是险胜。但这一名之差，是第四季度高达2000万业务激励费是否能到手的差别，是重振士气的差别，是广东翊源能否重振雄风的差别，意义重大。况且，广东翊源疲软多年，这一战，虽然排名第15，但却是前15名中业务规模最大的分公司，NBEV（新业务内含价值）是前面5家分公司之和，所以，意义重大。

业绩数据一出，全分司上下沸腾，已经很久没有过这样的激动人心的时刻了。记得业务考核最后一天的凌晨，冯雪杨和他的团队围在电脑前，看业务数据最终的定格时，大家不禁跳了起来，抱在了一起。

"广东翊源崛起""王者归来"的字眼充满了各种业务战报。王晓刚，一战成名，打破广东翊源是高层干部的滑铁卢的魔咒，人称福将。冯雪杨，一战成名，成为分公司最年轻的B级干部，坐稳销售管理部的核心位置。被临危受命的8个常青藤年轻干部一战成名，日后都成了广东翊源销售的骨干力量。断层的干部梯队又重新搭建了起来。自此，广东翊源在系统内一骑绝尘。

说起工作，说起战绩，冯雪杨眼睛里闪着光，是那种在热爱的事物面前才有的光。"不疯魔，不成活。看来这话是对的，你把自己都献给翊源了，怪不得单身狗，哈哈哈！"林佩佩笑着说，其实是在试探。

冯雪杨倒是一点不生气："是啊，工作上被赏识的机会不是经常有的，所以要及时抓住。至于恋爱嘛，随遇而安吧。"

林佩佩低头喝了一口茶，这个回答至少让她了解了两个信息：一是冯雪杨没有女朋友。二是他的价值体系里工作绝对排第一位，感情不知排到第几，至少，感觉不会在前三。

吃完饭出来，林佩佩和冯雪杨站在路边，她离他很近，其实已经超过了普通社交的距离，她的手臂时不时能碰到他的手臂，很结实有力的感觉。这是她第一次近距离接触他，他身上有她喜欢的，也有她把握不定的东西。

冯雪杨手机上叫了个车，一辆黑色的凯美瑞出现了，停在了他们前面。林佩佩正要走过去，冯雪杨一把拉住了她："小心！"话音间一辆送外卖的电动车呼地从凯美瑞和他们面前掠过，要不是冯雪杨拉住，就会重重地撞上了。

林佩佩惊魂稍定，才感觉到冯雪杨几乎是把她拉进了自己的怀里，而这一刻他已意识到了，马上松开了手，但还是护着她上了车。两人隔着玻璃挥手告别。

车子穿行在夜里10点的繁华马路上，冯雪杨的身影早消失在车后。她不知道他是否会一直看着她的车子消失，她觉得这个念头有点太少女心。她手臂上有一种紧紧的感觉,是刚才他拉她的时候留下的力度,似乎还在,她有点不愿意让这个感觉消失。她在车上仔细地回想刚才那两秒,每个细节都不想放过。她隐约记得她几乎是扑到了他的怀里,她的记忆里有清晰的碰触到他结实的胸膛的感觉,甚至还闻到了淡淡的男士香水味。

这样一个工作狂,不知会把多少时间的分量给他喜欢的人?林佩佩想,心里说不出是喜欢还是不喜欢。

07 / 夭折的稿子

余锋那天从翊源人寿大楼出来,他决定潜入郭怀生所在的翊源白云营业区去做个暗访。从郭怀生家人那里得不到太多有用的信息,他觉得可能在营业区会有些收获。

他从事调查记者8年,获誉无数,是《南粤早报》首席深度调查记者,也是《南粤早报》稿费最高的记者。有些调查工作险象环生,但困难从来吓不倒他。本着对真相的执着,对新闻的热爱,挑战这些困难反而是他的乐趣,也是他的成就感所在。

三个月前,他接手了佛城私宰灌水牛肉的举报,单枪匹马进行了调研。不查不知道,佛城私宰牛肉的现象真是触目惊心,对牛肉灌水以牟取更高的利益。对牛肉灌水的程度已超出了能想象的底线,这样一头牛能至少多赚1万元,一个月下来,一个小的私宰点就能多赚60万元黑心钱。而这些灌水私宰牛肉冲向佛城及周边镇区的小市场、火锅店,甚至流向广州。监管缺位,又如此大的利益驱动下,佛城牛肉私宰已成了一个公开的秘密,巨大的利益驱动又使得劣币驱逐良币,使得原来本分的屠宰点利益受损。

随着调查的渐渐深入,余锋手上绘出了佛城地区私宰点的分布图。而一些嗅到风声的私宰老板开始打听他,甚至有不明身份的人打电话约他见面,让他出个价。他连夜回到广州赶稿,就怕夜长梦多,当地各种保护势力也非常复杂。

稿子激起千层浪,那天的报纸早早卖光。进入移动互联网时代以来,已经很久没有出现这样的现象。而报纸APP上的阅读和转载也创了新高。工商管理部门闻讯自然立即清查这些私宰网点,那份报纸上的手绘私宰点分布图起到了很大的作用。因为这篇文章的影响力,当地工商管理部门有两位负责人被撤职调查。

虽然纸媒的黄金时代已过去,现在买报纸看的人不多,但不代表人们不关心时事,不关心真相,相反,移动互联网、社交媒体的兴起,会让人们更有机会探知真相,但同时带来的真假消息也很多,让人难辨真伪。《南粤早报》作为曾经的"新闻终结者",在这个互联网时代的冲击下,这几年也开始出现广告收入的断崖式滑坡。

就是昨天,报社新闻部老吕主任把余锋叫到办公室,欲言又止,最后说,小余啊,你是一个非常优秀的记者,也是我们南粤的骄傲,不过,今天我要告诉你,深度调查部要撤销了,并入民生部。

说完老吕主任轻轻叹一口气。

"为什么?"余锋问。老吕主任是他的实习老师,也是他进入《南粤早报》的恩师。按说以余锋的毕业院校背景,在如日中天的《南粤早报》眼里,一点都不占优势。8年前能进《南粤早报》的,不是985就是211,复旦、武大新闻系的一抓一把。而他一个不起眼的普通一本大学,简历按理在人事部第一关就会被扔进垃圾桶。但他的实习经历让老吕主任赞不绝口，极力推荐。老吕是《南粤早报》的创始见证人，资深新闻记者，对新闻有热忱，但对做官没兴趣，所以，虽然是元老级别，但在职位上一直就是新闻部的主任。他对余锋的天分和努力极为看重，认为报社只认学历不认工作能力也是很片面的。在他的极力推荐下，学历背景不占优势的余锋得以进入了他梦寐以求的报社，成为他梦想中的一名新闻调查记者。他对老吕极为敬重，亦师亦友，他想，老吕都无能为力的事情，应该也是不能改变什么了。但他还是想问一个为什么。

"为什么？报社这两年的经营困难，你也是知道的。现在要开源节流。我们《南粤早报》是市场化的报纸。深度调查的成本很高，成稿时间长，等我们做完一个深度调查，恐怕热点早就过了几轮了。所以，报社领导只好撤销了这个部门。我也争取过，但现在生存是第一位的。也希望你能理解。"老吕说得诚恳，但以余锋对他的了解，老吕一定在这个决定之前，没少和领导较劲，甚至拍桌子，就像当年坚决维护一篇深度调查稿子必须上稿一样。

余锋却很平静地接受了。其实这个结果他早在差不多半年前就已经料到。他做这么多年的新闻调查，透过事实看本质，他早已预料到可能会有这一天。

"没事，吕老师，在民生部一样的，民生也是新闻，不是吗？"余锋笑着说。

"小余，我希望你好好干。"老吕拍拍余锋的肩膀，"你是《南粤早报》最好的记者之一。当然，下个月我退休以后，你就是第一。哈哈哈！"

的士突然停了下来，把余锋的思绪再拉回来，已经到了翊源白云营业区门口，他顺着指示牌按了电梯直上。这是下午的时间，营业区没什么人，因为代理人大部分上午回来开会学习，下午会出去拜访客户。

看到一个小培训室里有五六个人在讨论什么，余锋站在门口问："请问郭怀生是在这里吗？"

五六人立刻停止了讨论，看着他，其中一位中年女子问："你是谁？找他有什么事？"

"他约我过来谈谈保险。约的今天这个时间。"

"这样啊，"中年女子说，"郭经理已经几天没回来了。你要不打他电话看看。"

"哦，打他电话也没人接。"余锋说，心里想，看样子，他们不知道郭怀生自杀了。

"我了解一下，保险好做吗？"余锋走近来，套起了近乎。

"你是郭经理的准增员吧？"中年女子很热情，"怎么说呢，有的人做得好，有的人做得不好。"

"郭经理做得好吧？"余锋问。

"他？他最近不太好，据说都快被降级了。"中年女子说，随即掏出一张名片，上面写的是另一个部门的经理，"他最近都没回来，可能家里有事吧。如果你想了解保险，不如找我。"中年女子热情邀请。

余锋接过名片，说："你刚才说郭经理要被降级？"

"业绩为王,如果业绩一直下滑,当然要被降级。"

余锋说:"压力挺大啊。"

中年女子说:"翊源的文化就是这样,没有压力,哪来动力?保险业务都是讲个人努力的。我也有压力,但我做得好啊。你要不要考虑到我部门来?"

其他人都笑着说咱菲姐可厉害了,我们都是她的组员。

"那,平时怎么考核?会不会很严?"余锋问。

"怎么说呢,"菲姐说,"说严当然也是严的,比如,对考勤有要求啊,如果连续两个月出勤率达不到,就要被辞退。如果三个月保护期过去,自己做不到业务,也是要被清退的。做到经理这层,如果所辖人力下滑,业绩下滑,是要被降级的。听说最近郭经理业绩就连续达不到,他这个月要是再达不到,就要被降级了。"

余锋不动声色地听着。

"小伙子,做保险啊,跟人要跟对,我看你不错,你要不考虑一下来我这儿?"菲姐发出了邀请。

看来他们还不知道郭怀生的事,余锋笑着说:"好啊好啊,我回去再想想,到时找菲姐你啊。"

林佩佩正在整理万哲收集过来的郭怀生在部里借钱的证据。

"这么多?"她看着这些材料,都惊呆了,"他借这么多钱干什么?"

冯雪杨说:"这也正好证明他借了高额网贷,具体干什么暂时不知道,但在还款上出了问题,所以他拼命找身边的人借钱。他的部里几乎每个人都借过钱给他,金额不等。"

"看来逼死他的应该是网贷。"冯雪杨说。

"我就怕那个记者听信家属片面之语做文章。这年头,命案总是吸引眼球的。"林佩佩很担心地说,"我有预感,他可能今晚就会出稿。"

"那怎么办?"冯雪杨也担心了起来。

"理赔那边有答复了吗?"

"还没有。总部也是磨磨叽叽。方总正在给他们打电话。"

林佩佩说:"只是我怕明天来不及了。万一记者今天写了,明天就出稿了。能不能今晚就和郭怀新或者他叔叔谈,挑明郭怀生借网贷的事,让他们打消对公司的疑虑。同时告诉他们,如果他们不向媒体撤稿,那我们也不会跟他申请通融。咱就按合同公事公办。你看呢?"

冯雪杨说:"好,我约约看。他哥哥情绪很波动,如果他们愿意晚上见,就好办。"

冯雪杨立刻联系了郭怀新。可能他们也想早点有结果,这次郭怀新并没有拒绝见面,而且带着那位叔叔来了。

当知道弟弟借了网贷的事后,郭怀新也不敢相信自己的眼睛,看到一张又一张弟弟向同事借款的借条或借款转账凭证,他无语了。过了一会儿,双手捂脸久久没放开。冯雪杨也深感同情,毕竟失去的是自己的亲弟弟。他也陪着沉默。

过了好一会儿,郭怀新才缓过来,说:"其实他借贷的事我们也知道……他也向家里借过钱,也不说做什么,就说是要支持他的事业……"

林佩佩说："你们的心情我能理解。毕竟我们对失去一位部门经理也感到很难过。关于他的保险理赔，之前也跟您和叔叔沟通过，你们也明白，如果按合同，自杀是按身故来领取保险金。目前我们正在争取通融政策，也希望能给到家人多一些安慰。我们的想法是一样的，我们也是站在家属的立场上一直在争取的，但前提是大家要站在一条线上。你们去找媒体，那就不是站在我们这条线上，你们也知道真正导致他自杀的原因跟公司无关。所以，我们希望你们跟媒体撤销投诉。如果不撤销投诉，那我们无法也没有理由再为你们争取什么通融政策了。"

郭怀新默默地点了点头，不作声。旁边的叔叔这时说："我们现在打电话吧。但也希望你们明天给我们一个好的结果。"

说完叔叔拿出电话，拨通了余锋的手机。

"余记者吗？我们不投诉了……对，不投诉了……没啥为什么，就是不投诉了。之前有些误会。也谢谢你关心……啊……没什么，就是不投诉了……好，好，谢谢。"

看到他打完这个电话，林佩佩心里也踏实下来："我们正在全力争取通融政策，我们先送你们回去休息，明天有消息第一时间联系你们。"

这边余锋稿子已经写完，接到了撤诉电话，他心里很不爽。毕竟稿子还没发，难道翊源用了什么手段？

他正疑惑着，手机叮一声响起，是林佩佩的微信。

难道是她作什么妖？余锋心里想着。

林佩佩的微信写道：余大记者好！关于郭怀生自杀案，目前我们调查清楚，主要原因是他卷入了网贷。我们也已收集到他陷入网贷的证据。我们已安抚家属，并会全力协助家属处理后事。目前家属已消除误解，也希望死者安息，不想再起纷扰。也感谢您前期对此案的关心。

余锋看着微信，心下有些愤愤然，回了一个："有什么证据？"

林佩佩发了几张借款的截图："这只是其中一部分。太多了，不一一发了。只是让您了解。"

余锋回复："我认为贵司严苛的考核压力也是其中一个原因。我手上有采访证据。"

林佩佩看了这条，心下一惊，这人，什么时候去采访什么人了？我怎么不知道？他手上有什么不利于我们的东西吗？看来这人不发稿不罢休？

她果断地打通了余锋的电话。

"余记者，当事人已提出撤销投诉，事实我也已经给您解释清楚，难道贵报还要发稿吗？"

"网贷可能是其中一方面，但贵司的考核压力也确实大。在考勤、业务指标、人力指标方面，都比同业严格得多。这可能也是他承受不了的重要元素。"余锋说。

林佩佩强行压下了心头火，尽量不让自己的声量提高："余记者，请问，贵报没有考核吗？难道在贵报上班是爱来不来吗？难道贵报的记者也是爱写不写，几个月不写稿也可以活得滋润吗？难道贵报的经营业绩也不用考核吗？据我所知，贵报的经营业绩考核压力也是比同业要严格繁重得多。但，这难道不是贵报比同行优秀的所在吗？请问现在这个社会里，还有光拿钱不干活的美差？"

林佩佩一口气质问了这么多，余锋倒是被她问住了。

"况且，当事人家属已向您提出了撤销投诉，请您体谅他们失去亲人的心情，尊重他们的意愿，不要见诸媒体了。"林佩佩说。

放下电话，余锋心里万般不爽。他承认自己在采访中没有关注到死者借了巨额网贷的事，而且重要的是，家属已提出了撤销投诉，那稿子是不能出了。

但他也承认他所采访的所谓业绩考核的严苛，他一直认为这是逼死郭怀生的重要元素，但经刚才林佩佩那么一连串质问，他的确觉得她讲得也有道理，自己所在的《南粤早报》，也有考核啊。这世上，只要是份工作，都有考核压力。他内心知道，也许是自己对这个行业没什么好感，带了点固化偏见，才这么执着想做这个稿子，但目前看，采访证据的确不足以证明什么。

但他心里还是不爽。做记者这么多年，没被人这么质问过，而且还觉得对方有理，这种感觉太糟糕了。但又挑不出对方什么毛病，人家有礼有理，进退有度，竟把他这一天写的稿就这么给废了。翊源人寿，咱慢慢走着瞧，这么大的林子，不怕你飞不出几只幺蛾子。他恨恨地想。

总部终于有了回复，同意广东分公司通融赔付的申请，郭怀生自杀案按合同给予身故金50万元,公司考虑其生前为公司也做出了贡献,同意给予死亡补贴50万元。合计100万元。也就是按意外身故死亡金额给付了,但法理上不能说按意外赔付,只能用公司补贴的说法。

从50万元争取到100万元,郭怀新和叔叔对这个结果是满意的,郭怀新也一改之前的暴躁,对冯雪杨和林佩佩连说谢谢。送走这家人,看着两个人蹒跚的步伐,林佩佩心里不禁唏嘘。

直到看不见他们了,冯雪杨才舒了一口气,转身对林佩佩说:"那个记者没再跟了吧?"

林佩佩说:"我这几天都在关注着,没见出稿,应该是不会再出了。但是,貌似也跟他结下了梁子。我感觉他很不爽。希望有机会跟他和解吧。"

冯雪杨伸出手,做出击掌的动作:"这算咱联手第一战吧?"

林佩佩和他击了一下掌,看着冯雪杨阳光灿烂的脸,心情像是雨后彩虹。

08 "我现在很喜欢广州，会再来的"

好不容易找到了一个男生，长得一表人才，中大毕业，谦和有礼，林佩佩高兴得不行，以为捡了宝。可是不到三个月，等新人培训班学习、营业区实习等一系列新人培训结束，终于可以踏踏实实地坐下来好好干活的时候，这个男生说他不想干了，要出去继续读书。

出去读书也许是真的，也许只是给彼此的一个体面的借口。现在的90后城市孩子，普遍家境优越，不差钱，很难安静下来从零开始去学习，而一个应届毕业生，头一年没有奖金，只有每月5600元的基本工资，在广州这样的地方，要自己租房的话，如果没有家里补贴，日子真的有点难。而对于家境优越的孩子来说，这样的工资起点，恐怕也难支撑他们早已习惯了的生活，也不想从零开始。他们的选择其实很多的。这是这一代人的福气吧。林佩佩想。

辞职申请林佩佩很爽快地签了，虽然觉得这两个多月的时间，眼看一个苗子快长成了可以出点活了，却被拔走了，但，人是自由的，谁都有选择的权利。听说财务部的田芳经理会千方百计地阻挠员工辞职申请，这是林佩佩想不明白的，好聚好散，又何必呢。心里闪过田芳那张焦虑严肃的脸，林佩佩心里想，真可怕，我不想成为那样的女人。

在跟邓美莺提重新招人申请的时候,林佩佩说:"我是爽快的吧?对于这些辞职从不阻拦。倒是听说有些经理不是这样的,千方百计不签字。"林佩佩没说谁,试探地问。

邓美莺倒不避忌:"有啊,有这样的,田芳就是这样。上次她部门一个小女生要调总部去,据说是男朋友在上海,她呀,就是拖着不批,生生把那小女生逼着辞职去的。辞职去和调动过去,性质可不一样啊。我后来也说了她,何必呢。"

听邓美莺说起来,林佩佩也不避着了,直接问:"听说她对手下很严苛?"

邓美莺嘴角撇了一下:"女人啊,在工作上过于严格的时候,很容易变成老巫婆。我有时也跟她说,何必为难自己,为难别人呢?与人为善不好吗?她还说工作就是要以严格为标准,年轻人不磨炼怎么能成才?唉,这不,把她部门原来的几个骨干都磨炼走了。她整天绷着脸,看着就让人紧张。"

说到这个,林佩佩想起因为项目费用的事,跟田芳打过几次交道,发现沟通起来很费劲,坚持原则本是财务工作的美德,这个林佩佩倒是没有意见,但是有些话,本可以说得顺滑一些,也许别人会更容易接受吧。像田芳这么刚的人,在职场里,可能也只有王晓刚这样心胸开阔的领导能包容了。

邓美莺继续发表着自己的看法:"我有时跟她说,芳总,对人对事有时倒也不用这么剑拔弩张的。她倒是一副无所谓的样子。反正吧,人各有活法。但我总觉得,女人还是得像个女人的样子,要

08 "我现在很喜欢广州，会再来的"

以柔克刚，不然，女人也像男人了，那要男人干什么？"

林佩佩听得笑了起来："莺姐是有人生智慧的人。"

邓美莺听到夸奖高兴起来，看着林佩佩说："你现在还是单身吧？要抓紧啊，别浪费了青春好时光。你可别变成田芳第二啊。"

林佩佩笑着说："我以你为榜样。第一个目标，争取早点把自己嫁出去。"

人手严重不足，工作总是一拨接着一拨，哪件都不省心。林佩佩发现两个女孩子其实都很能干，资质和天分都不相上下，但工作经验是需要积累的，而且只能在工作中积累，也只好把女人当男人用了。

这不，正当大家都忙着应付日常工作时，总部的一封邮件让林佩佩头大，三季度的业务研讨峰会要在广州召开。广东分公司作为东道主，自然是要承担会务和接待工作的。看着简单，其实千头万绪，任何一个细节都可能出问题，也可能出彩。只是把会务和接待做好，只能说是及格，要做到卓越，还得要在会务中、过程中体现出广东的人文和特色，那才是一个团结的、胜利的会议。虽说接待任务是行政部为主力，但工作千头万绪，涉及面多，来的又都是全国各分公司的一把手，所以，其中的宣传工作也很重要，公关传播部也是逃不掉的。

林佩佩把白鹭飞和肖洁文两人叫来，说："锻炼你们的机会到了。"

白鹭飞心思细密，严谨认真，所以林佩佩把整体的统筹、策划交给了她。肖洁文伶俐聪慧，林佩佩让她负责总部各专业公司的高层领导的接待。每位领导到达的时间各不相同，出发地点也不一样，有飞机，有高铁，而且领导们的时间总是会变来变去没个准信，也难怪呢，领导们总有开不完的会，总有这么多突发的临时的会议让他们又改变了行程。光落实他们每人的到达时间和到达方式，就已经不是个简单的事。

除了会议这个主线，会议之后，专业公司的几位高层会去河源翊源所负责的扶贫点做个慰问活动，这个单独拿出来，又已经是个很大的组织策划，涉及不同的领导的行程。目前已经知道的，去参加慰问活动的几位领导的返程时间和目的地都各不相同，有去上海的，有去深圳的，有继续停留广州的，这就涉及不同的用车需求和不同的行程安排。

除了这个慰问活动，其他的参会代表，须安排一个一天时间的激励活动。既不能太远，也不好太近，又要有广东特色。广东向来不是以风景旅游著称，要让大家感兴趣，这个也是个难题。这恐怕要踩几次点，梳理出一条合理的路线。

时间紧，任务烦琐，线头多，千头万绪，这两个女孩子，无论如何得扛起来。

兵分两路，白鹭飞去河源扶贫点踩点，肖洁文跟旅行社确定一天的激励活动的安排和踩点。但随后集团发了邮件来，说本着节约成本、务实求真的态度，会议不安排激励活动了。但扶贫点的慰问还是保留。至少少了一项活动，林佩佩轻轻舒了一口气。

三天以后，白鹭飞踩点回来，很快就提交了一份扶贫活动的安排，此外，整体的会议接待安排方案也已经提交。林佩佩不禁欣赏地看了她一眼，这个文静清秀的姑娘，虽然话不算太多，但干活踏实、主动、严密，值得信赖。

方案逻辑清晰，比如整个接待每个节点的安排都列得很清晰，每个环节需要的工作人员和物料也清清楚楚。扶贫点三天的踩点，基本确定了去参观当地的留守儿童幼儿园，参观茶园，安排领导采茶品茶体验，访谈农户，安排很充实。整个方案林佩佩非常满意。

"方案做得不错，可以按这个走相关流程了。时间很紧，项目的主牵头是你，这次责任重大。"

白鹭飞说："没问题，兵来将挡，水来土掩。没什么大不了的。"

订酒店，订车，安排接机接高铁的时间表，高层领导考察路线的沟通确定，一切都紧张又有序地开展着。看着两个能干的女子，林佩佩不禁感慨，女生多好用啊，要不再招一个女生？目前看的简历，其实女生都比男生优秀啊。那些优秀的男生去哪儿了？那些优秀的男人去哪儿了？

日子飞快地过去，会议如期地到来。一切还算顺利。白鹭飞的方案严谨细密，安排周到，工作人员各司其职。伶俐可人的肖洁文负责迎来送往的接待，能说会道又甜美的她，很快受到各位来开会的领导的关注和喜欢，也为会务工作增色不少。最后一天，白鹭飞带着几位高层领导去河源扶贫慰问了，虽说取消了激励活动，但来自湖北分公司、海南分公司的两位老总想去广州老城走走，然后再去机场。林佩佩向周明申请了车,让肖洁文陪同两位老总去逛逛老城。

两位老总都是70后,平时难得放松一下。肖洁文带着他们去了上下九,那些老骑楼有着美丽的彩色玻璃的满洲窗,让时光一下子从珠江新城CBD流转到了百年前的商业中心。一路吃吃小吃,伍湛记的粥,银记布拉肠,还有咸煎饼、蒸粽子。路过陶陶居,肖洁文给他们讲这个老字号酒家的由来,这三个字是康有为所书。湖北分公司的江陵风很兴奋,对肖洁文说:"看来这里才是老广州的精髓啊。"肖洁文说:"这里也是传统的西关所在。广州有句话叫西关小姐,东山少爷。你们知道是什么意思吗?"

江陵风说:"你说说看。"他对眼前这个活泼伶俐的女孩很是喜欢。偷得浮生半日闲,自己第一次没有像往常一样开完会就马上去机场,而是选择了半天时间给自己在这个城市走一走。说不清对这个南方古老的城市到底有种什么感觉,总觉得这个城市的魅力,应该跟他有某种他无法说清楚的关联。应该不只是珠江新城那个妖娆的小蛮腰,应该还有更深厚的东西。

肖洁文说:"西关就是今天广州我们现在所在的这一大区域,主要是指荔湾区,清朝以后闭关锁国,只留了广州这里可以对外通商。当年的十三行就在这里。所以,西关云集了很多富有的商人,我们刚才看的西关大屋,就是当年富商们的典型的豪宅。富商的女儿们就统称西关小姐。因为出身富裕家庭,所以这些女孩子们都受过良好的教育,衣着也很时尚,思想很进步,是时代先进女性的代表。像鲁迅先生的夫人许广平,就是西关小姐啊。还有《烈火中永生》里的女主角的原型,陈铁军,也是西关小姐。"

两位老总听得津津有味,江陵风感兴趣地看着肖洁文。

"东山,就是广州城区的东山区,当年是国民党高官住宅比较集中的地方,所以东山少爷就是指官二代了。以前的联姻,东山少爷配西关小姐,就是很门当户对了。"

江陵风说:"原来是这样。没想到你这个小丫头还懂得很多啊。"

肖洁文笑笑说:"这都是听来的,只是觉得有趣,所以就记住了。"

江陵风看看手表,跟海南袁总说:"老袁,时间差不多了,咱得去机场了。"

肖洁文连忙打电话给司机让他把车开过来。

江陵风对肖洁文说:"谢谢小肖,你是个不错的导游,希望下次来还有机会让你做我们的导游,哈哈哈!"

肖洁文说:"这次时间太紧张了,下次你们来,预多一点时间,我再带你们到处转转,广州有意思的地方很多呢。"

江陵风说:"好!一言为定。因为你今天的导游做得好,我现在很喜欢广州,会再来的。"

江陵风礼节性地握了握肖洁文的手,就上了车。这个手小小的、柔柔的,那点小诱惑的感觉在他手掌里停留。

车子一路向机场飞驰。江陵风隐隐觉得,自己跟这个城市的缘分应该不止于此。

09 / 引爆一个炸弹

继深度调查部撤销以后,经济部的记者在三个月不到的时间连接辞职了三个记者,还有一个休产假了,人手严重不足。余锋又被调去了经济部,这对于他是一个全新的领域。余锋觉得,跑一下经济线,对于丰富自己对业态的理解倒也是极好的,况且深度调查部撤并以后,他有时一天两天都没活跑。对于一个忙惯了的人来说,这种突然闲下来的感觉一点都不好,反而让人心慌。

余锋正好接手的是刚离职的保险线跑线记者的活,他突然又忙碌了起来,他心里闪过翊源人寿,上次那篇夭折的自杀案他一直耿耿于怀,现在,他可以有更多机会去了解这个行业了。但他发现,做一个财经记者可不是那么容易上手的,要学和要了解得太多了。

中秋快到了,林佩佩张罗着跑线记者们的一个小聚会,她在审阅白鹭飞拿过来的邀请名单时,赫然发现了余锋的名字。

"余锋?他什么时候跑保险线了?"林佩佩问。

"刚换的,"白鹭飞说,"原来跑线的小斌不是离职了吗,他跟我说接手的是余锋。"

"既是坏事,也是好事,"林佩佩说,"你还记得上次郭怀生自杀案，不是有个记者很执着地跟进吗？就是他。"

"啊？"白鹭飞吃了一惊，"那可不好打交道吧？"

"所以说是坏事，"林佩佩说，"但，从上次打交道看吧，我觉得他倒是挺敬业的，毕竟是做深度调查出身的，虽然痞痞的，但不是人品坏的痞。至少，我觉得他人品不坏，不是老油子。现在他跑线，我们倒是有机会进一步跟他接触。这也是个好事。"

记者交流会紧锣密鼓张罗着，白鹭飞和肖洁文也没少踩点，最后选了老东山区的一幢民国小别墅。红砖碧瓦花地砖，彩色满洲窗，小情小调的也深得年轻记者的喜欢。一片欢声笑语中，推进熟络，增进感情，对于记者，对于翊源，都是互利的。

聚会快结束时，也没见到余锋的影子。林佩佩尝试发微信，他也只是简单地回了一句："今晚要赶稿子。"

林佩佩心里想，这结下的梁子看来不好解啊。这人看来有点油盐不进的样子。林佩佩心里有点不安，这个人既然已经是跑线记者，又结下过梁子，这回不来参加记者聚会，释放着不友好的信号，须小心对待。有上次的隔阂在，而这个余锋现在却是行业跑线记者，这让林佩佩总觉得这就是一颗定时炸弹。上次打过交道以后，林佩佩各种渠道搜索了关于余锋的信息和江湖传说，得出一个结论——一个新闻狂人。看来不是能用小恩小惠打点的。能打动他的，只能是新闻本身。

余锋一周前接到翊源中秋记者聚会的邀请，他考虑了一下，还是决定不参加了。他也知道这类聚会一来是认识同行,二来与跑线单位搞熟络了以后采访方便,但他还是保留了做调查记者的习惯,就是对所有采访对象保持距离。他当然知道这类聚会少不了会有些礼物,但他也不稀罕这个。吃了嘴软,拿了手软,那以后这些公司如果有问题,他们这些记者怎么下手呢?这个问题他也没整明白。他还是希望保持自己的独立性。

他记得三年前参加过怡居房地产公司的记者发布会,房地产公司的发布会给的车马费一向大方,但他当时在签到台面对房地产公司的美女递过来的车马费时,说了一句震惊四周的话:"不用了,谢谢,报社给我工资了。"他非常记得当时那个美女看他的表情,一双漂亮的大眼睛吃惊地瞪着,仿佛在看一个外星怪物。而排在他后面的人也面露尴尬。

后来怡居房地产公司因为建筑质量问题,玻璃脱落砸中了一个六岁小女孩,当场身亡。怡居花巨资做公关,各家媒体基本没有报道,但《南粤早报》还是报道了,并且不仅报道了这家房地产公司建筑质量的问题,更是通过大量的调查和证据,把整个房地产行业在房价暴涨的引诱下,赶工赶量,建筑质量严重不达标的行业问题也揭露了出来。报道一时轰动,网上转载也超过百万。《南粤早报》的锋芒再次被世人津津乐道。

这篇让怡居几乎遭遇创立以来最严峻的声誉损失的报道,就是来自这位当年不拿车马费的余锋。这篇轰动的报道后,当年这件不拿车马费的事不知怎么就传开了,成了《南粤早报》的传奇。

余锋现在毕竟也年长了几岁,做事不再像当年那般冲和愣,他知道如果自己去了不拿礼物，不仅让主办方尴尬，也让同行尴尬，所以，最好的办法就是不去。当然，不去的话，那个公关总监，那个叫林佩佩的女人，可能会认为他不友好。不过，他不在乎谁的看法。

今天，经济部的主任老齐转给他一个投诉材料。"整理一下，今天晚上上稿。"老齐说。

他迅速翻看了一下，又是翊源。他饶有兴趣地从头看了起来。虽然对保险行业还不太熟悉，但凭多年的新闻嗅觉，余锋觉得，这份材料，将会是保险行业一个重磅炸弹。

"不用采访翊源了吗？"他问。

"我问过行业协会了，情况属实。你只须把它整理好，做好标题就行。"老齐说。

余锋又看了一遍，也没看出什么不对，况且个中情节还挺吸引眼球。他只是心底有一丝丝疑惑，为什么老齐自己不写名字，而是让给我呢？他心里滑过了老吕主任的身影，他的恩师，以前也是这么提携他的。况且对于经济部来说，他还是新人，他不再怀疑，赶紧改起稿来。

自从调入经济部以来，他还没出过什么好稿呢。他决定引爆这颗炸弹。

一早在去公司的路上，林佩佩就收到白鹭飞的微信，转了一条自媒体的文章，标题一看就让人头发直竖：《男子溺水身亡，翊源带头11家保险公司抱团拒赔》。

按她的专业判断，公司做出拒赔决定一定是非常谨慎的，人命关天，如果没有充足的不符合合同的证据，公司一般是不会轻易做出拒赔决定的。里面一定有文章。

　　下了车林佩佩快速冲回到办公室，高跟鞋"嗒嗒嗒"地在走廊回响。她也顾不得化妆了，迅速仔细读这篇自媒体文章。文章说，符先生半个月前晚上自驾车冲进了水塘，车内溺水身亡。此前在11家保险公司都购买了意外险，但让人意外的是，以翊源保险为首，做出了拒赔处理，其他几家保险也跟进，同样做出了拒赔处理。家属多次请求无门。请问，保险的责任担当何在？买保险容易，理赔难上难。这样还有人相信保险吗……

　　文章因为标题劲爆，案件涉及人命，情节如此离奇，又涉及保险行业一众叫得出名字的公司，阅读量很大。看发布时间是上午8:00，现在才过了半小时，已经开始3万的阅读量，按这个速度，大有成为热点话题的可能。

　　白鹭飞也回来了，进办公室就说："我看了，原来这个帖子还不是原文，原文竟然是《南粤早报》发的稿，今天的《南粤早报》！"

　　"谁写的？"

　　白鹭飞把早上头到的《南粤早报》翻到那一版："看，经济新闻，整整半个版。记者余锋。"

　　"我就猜到是他。"林佩佩说。冤家。她在心里说。他想搞什么？

　　"我们要第一时间赶紧搞清楚发生了什么。理赔部的同事回来了吗？得马上开个会。"

这时电话响了，林佩佩想应该跟这事有关，果然，是理赔部包经理的电话："回来了？11家保险公司拒赔的事知道了吧？移步我们的18楼会议室一起商量一下？"

很快大家已聚在了18楼的会议室，有负责理赔事务的包经理和他手下两个同事，法律部的章立仁律师，林佩佩，白鹭飞。

"哪冒出的幺蛾子？"章立仁说。

"我来说说吧。"包经理说，"这个案子有一段时间了。这个当事人，姓符。一年前在我们公司购买了一份高额的意外险，意外保额是200万元。一个月前据家属报案，说符某晚上自驾车发生意外，冲进了水塘，符某溺水身亡，申请意外险的理赔。

"因为属于高额理赔，我们当然第一时间响应，并派出人核查。这时我们发现，在差不多同样的时间内，符某除了在翊源，同时在另外10家公司都购买了意外保险，保额翊源最大，200万元，其他都是100万元。这自然会引起我们核查人员的关注的，因为不是一个正常的操作。短时间内在多家保险公司购入高保额保险，本身就很可疑。同时，更重要的是，公安所给出的死亡证明上，对于死亡原因是排除他杀，但未明确是否是意外。"

"那为什么做出了拒赔处理？"章立仁问。

包经理继续说："我们从警方那儿继续得知，现场有很多疑点，暂时不能下结论是意外还是自杀。如果结论是自杀，按照意外险保险条款，是没有赔付金的。家属很急，来闹过好几次，这回就直接找报社了。但找报社这事，我们真的不知道。今天早上就出了这么一篇。唉!"

"之前没有来过采访?"林佩佩问。

"没有。"包经理说,但他想了一下,好像想起了什么,说,"哎,昨天家属也来过一次的,但好像多了个人,之前没见过,也问了一些问题……难道是暗访?"

大家一时都沉默地看着林佩佩,好像她知道答案。

"也有可能。"林佩佩说,"但,只要我们的做法有理有据符合流程,就不必再纠结。毕竟报道已经出了。我们现在要想的是如何消除坏的影响。"

大家又陷入了沉默。处理理赔纠纷、调查案件,是包经理这个部门的强项,但如何处理舆情,他是没有概念的。他也万万没有想到昨天会有记者过来暗访。

林佩佩想了一下,说:"公安没有下结论,一定是有很多疑点。这样,包经理,你让调查组的同事再去一下公安局,最好能拿到他们的详细检验报告,看看疑点是哪些。这对我们接下来的回应很重要。最好上午能拿到。第二,这篇文章虽然标题冲翊源来,但这个案子涉及的保险公司可不止翊源一家,基本上这个市场上能叫得出名字的保险公司都有涉及,只是保额最大是翊源罢了。所以,这已不是我们一家的事,可以说是保险行业的大事了。我们要向保险协会汇报,争取他们的支持。当然,汇报材料如果有公安的详细检验报告,是最好的。我们分头行动吧。然后,我们公关传播部会根据现有的事实,出一个回复口径,希望能稳住舆情。"

经林佩佩这么一理,大家思路清晰了很多,也不再沉浸在报道带来的慌乱中。

林佩佩在行业多年,深知如果没有特殊原因或重大疑点,保险公司是不会轻易做出拒赔结论的。但一来这个行业太年轻,民众的契约精神也还没有很好的法律基础,加之社会上戾气盛行,总觉得靠非常规手段闹一闹就能得到更多,而媒体对保险行业总是戴着有色眼镜,加上这个行业本身也是需要足够的专业知识才能了解,所以,一旦发生纠纷,往往媒体都会选择性地忽略事实,站在客户这边,并通过舆论放大影响,久而久之,就形成了对保险行业的刻板印象。

况且,这篇很明显是冲翊源来的,估计就是报上次撤稿之仇。那么,沟通起来就更麻烦了。通过公关监测公司发来的数据,这篇文章的转载已超过30万了,更严重的是,底下的评论几乎一边倒,都在骂保险公司,更多的是骂翊源。

"保险都是骗人的!"

"大公司就是霸道,说不赔就不赔。"

"11家都抱团?他们好大胆啊,消费者还有没有活路?"

更有人在底下晒出自己和保险公司打交道的不愉快经历,林佩佩看了一下,都是事实不清的一面之词,但这些评论的副作用就是进一步强化这个事件的负面性。

不管怎样,这已妥妥成了一个话题热点。

林佩佩撑着头,让自己冷静一下,心里祈祷那些事实材料能早点到手。

余锋此时也在盯着网上转载的数字，30万了。心下有点暗暗得意。之前就有财经记者前辈跟他说，财经领域，天生就是流量王，涉及上市公司丑闻、财富、高管变更、高管绯闻、消费者维权，哪一条拉出来都是自带流量的话题王。果不其然。虽然自己目前刚接手保险，但今天这条新闻，也成热点了。翊源，果然还是飞出了幺蛾子，被我逮到了。

他看着下面的海量流言，这么多都是骂保险行业的，看来，这个行当，真应该好好挖掘，也太多黑暗面了吧？他既兴奋，又有点不解。如果说这个行业，或者说翊源，是以"骗人"为手段，业务何以做这么大？不正气的东西，何以长久？这个疑问纠缠着他的理性。

10 干一架

这真是一个漫长的煎熬。直到调查部的同事终于把公安局的调查报告复印件带回来。

会议室里,焦灼和兴奋交织。

"看,案子的疑点都很确凿。"包经理把资料复印了发给参会的人,"比如,从车辙痕迹看,车辆没有刹车、制动的痕迹,是正常速度开进水塘的。而前面并没有障碍物,同时,水塘离大路有30米的距离,客观上应该不存在不小心车子滑进水塘的可能,是必须主观故意开进去才能到达水塘。这是一个疑点。另一个疑点就是,从现场打捞看,死者生前仍坐在驾驶座上,连安全带都没有解开,现场没有挣扎的迹象。也就是说,他没有一点求生的本能反应,这就很可疑。正常情况下,在没有受到重创的情况下,当事人都会挣扎求生,至少是解开安全带。"

现场大家都沉默着,大家都在脑海里浮现着那个画面。

包经理继续说:"这段时间让核查人员进一步对符某本人进行了调查,发现他前两年欠了不少债,生性好赌,是失信人员,目前我们能调查到的已经有好几百万元。而在两个月前,我们查到了符某前来我们门店办理业务,将保单变更了受益人,也就是将法定受益人变更为指定受益人。"

章立仁说:"那意图很明显啊。按照保险法,如果受益人是法定,那死亡赔偿金将作为遗产处理。如果死者生前有债务纠纷,必须先偿还,剩余部分才能按照继承人顺序继承。指定受益人的话,死亡赔偿金支付给指定受益人,法院不可冻结。"

林佩佩说:"那可不可以这样理解:基本推断他的动机是,他欠了巨债,还不了了,所以在短时间内向11家市场上主要的保险公司买了高额意外险,然后,在某个晚上,把车开进了水塘,造成意外死亡的事故,希望逃脱债务。而保险公司的钱能让家人得到生活保障。"

章立仁说:"理解正确。但有一个重要的前提,就是警方必须出具意外死亡的证明。而目前,这么多明显的疑点在这里。"

林佩佩说:"既然我们有了这份调查报告,我们得兵分几路,第一,我们基于事实马上先出一份声明。第二,章立仁律师,辛苦你的人,在这个调查报告的基础上写一份严谨的汇报,发给行业协会,汇报此事,争取在他们的层面得到支持。第三,这份报告也要给到我,我们会找合作的自媒体,将真相以第三方的形式公开。第四,我,得去会会这个记者。"

事不宜迟,大家分头行动。离这篇稿子出街目前已过去了快4个小时。处理紧急舆情的时间窗口眼看就要过去,公司如果没有回应,那舆论一边倒的情况将很难掰回来。

半小时后,公司官方微信号出了一条回应:关于某媒体报道的符先生溺水理赔案,我们对符先生的去世感到遗憾,对当事者家属表达深切的慰问。目前此案仍在调查流程中,我们会最终根据事实依据及合同约定,妥善处理后续事宜。感谢大家的关心。

此回应非常简短,白鹭飞发完,有点不解地问林佩佩:"就这样可以了吗?为什么不把今天拿到的报告放上去?"

林佩佩笑笑说:"报告不能放在我们官方号上,要发到第三方媒体里,让它传播。不要我们自己说。因为上午《南粤早报》这篇报道,让公众的舆论是倒向了死者一方的。但这篇报道显然事实不全,而且带着较多的主观引导。如果我们在自己的号上为自己辩解,反而让人觉得不可信,所以,这时,要借助第三方。我们官号,出一个回应,提供简洁的、有限的事实,表达的其实就是'我知道了,事件正在进行中'就可以了。这时自己跳出来说太多,反而不好,况且,这个案子,还涉及其他10家保险公司呢。"

白鹭飞点点头,又仔细看了一下这份官方回应,第一句,表明了关注和同情的态度;第二句,告诉了公众事实,就是目前这个案子其实并没有结案,还在流程中,其实也是间接告诉公众,目前所说的"拒赔"并不存在;第三句,告诉了公众未来我们会怎么做,也就是措施。妥妥的"FAT"危机公关三元素啊。白鹭飞不禁佩服地看了一眼林佩佩。

章立仁这边也很快整理出了一份汇报,把公安调查的结果和疑点写得很清楚。林佩佩看完,点点头,跟白鹭飞说:"发给保险一休哥,刚才跟他通过话了,他正等着稿子。"

"保险一休哥"是一个有点名气的财经自媒体人,也是林佩佩签下的第三方合作商。这也是林佩佩在上任不久后签的第三方合作自媒体之一。林佩佩当时审视了公司的公关处理资源,发现缺失了第三方自媒体大V,在与王晓刚沟通后,选签了保险一休哥。看来今天要派上用场了。林佩佩不禁为当初的这一决定庆幸,如果当时没有果断补上这块,今天,面临这种情况,就会缺失一块重要的阵地。今天这个11家保险公司抱团拒赔案已是热门话题,作为一个公众号,能贴热点,又能拿到第一手独家,何乐不为?一休哥拿到稿件,立马发送。在看不见的网络里,一场真相保卫战正在打响。

接下来,就是要会一会这个余锋了。

此时,已是下午5点,林佩佩在报社的门口。按林佩佩的了解,一般这个时间,记者们大概率都会在报社赶稿子。她拨通了余锋的电话。

"喂,余大记者,关于今天这篇稿件,我想跟你聊聊。基于一些事实,我们觉得贵报这篇报道有失公允。"林佩佩直截了当。

余锋还没来得及接话,林佩佩接着说:"我已在楼下,你看我是直接上去找你呢,还是我们在旁边找个地方聊两句?"

余锋想,来和谈了?看看她出什么招?

报社楼下的星巴克里,余锋虽然脸上没表情,但看着保险一休哥的公众号上的这篇文章,心里阵阵翻腾。这篇文章是一个小时前发的,目前已过10万+。

文章提到:

经涉案公司调查了解，符小华生前经营不善，债务缠身，入不敷出，并购买了巨额保险。11家保险公司认为符小华有驾车自杀嫌疑，单纯以保险公司的能力和权限很难还原事故真相，遂提请公安市局立案侦办。经司法鉴定，认为符小华符合溺水致机械性窒息死亡。经交通事故司法鉴定，车辆经过田地的车辙无明显顿挫，突拐，变粗、侧滑轮迹，表明车辆从驶离路面到冲入水前的30米田地行驶中，未采取有效的制动措施，落水前车速较高，以致车辆沉入跟水塘坡脚28米处。

根据调查提供的信息，符小华案存在四大疑点：

一、被保险人符小华在前方无任何障碍物的情况下突然左拐至田地，并在经过田地时未采取任何制动措施，且尸体打捞出来时，仍未解开安全带，仅右前门风窗玻璃开有宽约9厘米的缝隙。从驾驶理论上分析，正常或非正常落水的车辆驾驶人在自身未受重伤的情况下，均有足够时间来解除安全带并逃出车外（至少可松开安全带），但符小华并无逃生自救举动。

二、被保险人自2015年起在11家保险公司投保，投保额度达到1100万元。今年年中开始，被保险人又逐一变更受益人，涉事保险公司认为，由法定变更为指定，存在逃避债务的嫌疑。根据《保险法》规定，受益人为法定，死亡赔偿金为其遗产，如果死者生前有债务纠纷，必须先偿还，剩余部分才能按继承人顺序继承。指定受益人后，死亡赔偿金支付给指定受益人，法院不能冻结。

三、被保险人符小华身故后，有不少债权人到涉事公司打探符小华保险理赔情况,要求保险金给付债权。

四、被保险人符小华经济情况不好,有借钱记录,并有赌博恶习,曾被公安机关拘留。

在公安没有定性之前,保险公司不能做出理赔决定,也是对当事人的负责。但就有那么一些自以为是的媒体,不懂专业,还想带节奏,扰乱视听,让公众误解保险,那么报纸的公信力和责任担当在哪儿?

余锋看着这篇文章,他知道这次被人当了枪使,原来背后还有这么多他不知道的事实。也是因为他刚接手保险这个行当,对保险不了解,才被人当了枪。他心里五味杂陈,不知怎么跟林佩佩解释。

林佩佩看着他,奇怪刚才还瘪瘪拽拽的人,怎么现在突然不作声了。看来,事实胜于雄辩。

"贵报的报道出来,的确让很多人对这件事情加深了误解。在没有充分了解事实之前就出这样的文章,似乎有点不太符合贵报的一贯水准。为了挽回不良影响,我们希望,贵报能把网上的电子版撤掉,以免造成更大的误解和传播。同时,如果可以的话,再出一篇公正客观的文章,以正视听。"

余锋看着她的眼睛说:"我的确不知道这背后还有这样的调查报告,因为文章不是我亲自做的采访⋯⋯在这里,我觉得解释什么都没有用,不过相信我,我会搞清楚的。如果这篇事实不全,我会争取再出一篇。"

本来以为他会拽拽地不听意见，但余锋这态度让她有点意外，不是他干的？那是谁？什么目的？难道是因为他是新人，拿他做了挡箭牌？这些念头在林佩佩心里一闪而过。

余锋站在经济部老齐的面前，质问这篇文章采访来源的可靠性。

老齐看着眼前这个怒气冲冲的小伙子，感到有点好笑，说："这是死者家属的陈述，完全属实。我们也电话问了几家保险公司，确认是有这个案子，没有赔付。这有问题吗？"

"可是保险目前没有赔付，只是因为公安没有下死亡的定义，并不是他们不愿意赔付，这个在导向上我认为有问题。况且，这篇文章没有公安的详细报告，是不够客观的。这难道不应该算是一个新闻事故吗？"

老齐看着这个年轻人，决定好好教育一下他："你看，这篇文章，是热点，也给我们带来了流量啊。现在这个世道，流量为王。再说，今年经济部也有自己的经营任务，不敲打一下这些大公司，广告合作从何而来？翊源这样的大公司，今年的合作并不多，不敲打一下，怎么行？"

"我们的经营要靠这样的手段吗？可以置新闻事实不顾吗？"余锋愤怒地问。

老齐觉得这个人怎么这么不开窍："小余呀，你也要转变一下观念和思路了。现在你是经济部的人，也是要背任务的，做事不能这么一根筋。"老齐语重心长，但余锋觉得他的语重心长和他的恩师前辈老吕主任的教导已是南辕北辙。他愤愤然地摔门而去。

　　保险一休哥的自媒体文章阅读量一路飙升，网络也在转，很快评论风向就有了明显改变。在调查报告的事实面前，公众不再一味地批评保险公司，而是转向质疑当事人的动机。

　　在余锋的坚持下，也因为有了保险一休哥的文本出来，最后经济部还是同意出了一篇文章以正视听，把调查结果公开，并引导读者，自杀一般不能申请意外理赔的常识。

　　两三天后，网上的舆情就渐渐冷下去了。

　　林佩佩看着白鹭飞拿来的舆情监测数据，总算是松了一口气，脑海里闪过余锋的脸。从上次当面沟通他的反应看，他似乎并没有完全了解这个事情，有点像蒙在鼓里，看上去他不像是故意为之。发生了什么？而且后来很快他出了一篇，算是客观公正的，也是挽回舆情方向的关键，这点上，他倒是行动干脆。所以，感觉这事，至少不是余锋故意冲翊源来的，但除了他刚接手保险线，对专业还不太熟悉外，应该还有一些内情。如果不是，那就是他演技太好。如果是前者，那值得探究一下。如果是后者？林佩佩想，那就太气人了。但，他是这样的人吗？至少她的直觉告诉她，他不是。

　　但有一点她肯定的是，他是冤家。一接触就要干一架。

　　虽然说舆情已渐渐平息，但前期造成声誉损坏是需要修复的，这也是品牌危机处理的最后一个环节：声誉修复。过了两天，已策划好的修复文案按原计划在公众号和签约矩阵发布，分别有意外险的权威解释、自杀是否可以得到赔付、购买意外险需要注意的事项等几篇不同角度的,对意外险做了一次很好的消费者教育普及。特别是分公司自己的公众号的意外险权威解释,阅读量在3小时内飙升至6万,看来这正是代理人现在需要跟客户们普及的一个重要话题,所以创下了这个公众号近期的阅读新高。公众的关注风向改变了,这一轮舆情风险也可以说暂时化解了。但最后这个案子怎么处理,还需要看11家保险公司和保险协会、银保监局的意见,这不是一时半会儿能解决的。但无论结果如何,都是低调处理,不想再掀起舆论热潮。

"这就是这个行业的委曲求全,大家都觉得保险行业很土豪,很霸道,其实无论我们有理没理,只要出了事情,我们一定是处理舆论的弱势一方,因为公众有同情弱小的心理,总觉得是我们店大欺客,但公众不知道的是,一年有多少骗保的事情发生啊,如果我们不擦亮眼睛,被骗的可是多数人的权益,这些,公众是不知道的。"白鹭飞在部门会议上对这个事项做了复盘和反思。

"而媒体也一向喜欢抓着这些纠纷来夸大和做文章,也造成了公众抗拒保险行业的原因。"林佩佩说,"看来和《南粤早报》的关系也需要重新修复。"

11 / 那个新闻的圣徒

中秋节前夕，兵荒马乱的，林佩佩本来想去近处找个地方发发呆，最近工作繁忙，需要释放一下压力。试探性地问了冯雪杨，这家伙居然假期要加班，真是无趣，但也约了中秋夜一起晚餐，地点让林佩佩来决定。这个邀约让林佩佩很高兴，打消了出门的想法，毕竟节假日交通堵塞实在太吓人。

中秋的晚餐林佩佩定在了白鹅潭边上，一个老宅子改的私房菜，阳台上就是无敌的江景。广州的中秋晚上，不再闷热，江边的微风让人舒适，天空月朗星稀，两个忙碌的人，终于能坐在一起吃个饭。

冯雪杨今天不再是领带衬衣，而是一件圆领黑色T恤，这休闲的一面林佩佩还是第一次见到。

"过完中秋，年底业务冲刺大战就要开启了。"坐下来，说不到三句，冯雪杨又回到了工作中。

林佩佩虽然不想在这个中秋之夜的约会里（至少她是认为今晚就是一个约会）谈工作，但看到一谈工作，冯雪杨的眼睛里就发出了亮光，心里轻轻叹一口气，唉，这个工作狂啊。

但她还是喜欢看见他双眼发亮的样子："有什么新目标吗？"林佩佩问。

"当然，"冯雪杨兴致勃勃地说，"不然怎么叫广东军？今年的年底业务冲刺目标是30个亿。"

"30亿？"林佩佩惊讶地睁大了眼睛，"那比去年可是增长25%。"

"这一战如果成功，可以成就王晓刚总了。"冯雪杨带点神秘笑容地说。

林佩佩笑了笑："那你也跟着再升一级。"

冯雪杨意气风发地笑了。

"我们能不能换个频道，不谈工作。"林佩佩刚说完，这时手机响起来，林佩佩直觉不是啥好事。果然，是理赔调查部的电话。

听完电话，林佩佩无奈地说："今晚的晚饭泡汤了，我可能要赶去现场。"

"怎么了？"

"广佛高速公路发生一起特大交通事故，6车连环相撞，死伤情况比较严重。我们的调查部已出动去现场排查是否有我们的客户。这么大的事，我得跟一下。"

"我陪你去。"

"不用了，"想到现场还有别的同事，见到他们在一起可能会觉得奇怪，林佩佩说，"我自己去就行。出事地点离这不算远。只是，我们的中秋约会……"

"没事，你去吧。刚才你还怪我只会谈工作，现在看看谁是工作狂。"冯雪杨调侃道。

林佩佩叹口气,她可不想这样呢,但职责所在,她还是打了个车,奔赴现场。

余锋今天值班,别人都有家有口,或者要拍拖,他单身,自然承担了值班的任务。他已经习惯了这样的安排,以前安之若素,但不知怎的,今年的中秋,格外五味杂陈。这半年发生的变化太多,一是深度调查部撤销,接着是自己从深度调查转为民生线,又从民生线转到经济线。他倒是喜欢变化和挑战,多年的深度调查工作,挑战各种难度是他的乐趣所在。但今年这样的变化,无论是报社的经营方针,还是个人的发展,总有一丝丝莫名的焦虑环绕自己。特别是最近那篇以翊源为首的11家保险公司拒赔案,真相放一边,目的只是想促成保险公司和报社合作,这样的操作让余锋不齿。他有点怀念以前,可以心无旁骛做新闻的日子。

正在翻看着金融保险业发展史,手机铃响起,是突发部小陆打过来的。

"锋哥,今天你值班?"

"是啊。"

"广佛高速路发生一起特大交通事故,你看……我……"

"行,没事,我去吧。你安心约会。"余锋二话没说答应了。小陆是他一年前带的实习生,刚转正,在突发部,今天中秋,跟女朋友回家见丈母娘。余锋自己反正了无牵挂,帮个忙不在话下,况且,这样的事也不是一回两回了。

打了个车直奔事故现场。

6车相撞，又是发生在中秋之夜，满满都是新闻点。余锋骨子里的新闻"嗜血"症被激发，投入拍摄、采访中。他的师父老吕主任曾说过，新闻五大自带流量的话题王，灾难、绯闻、丑闻、战争、政要变更。

在相机的镜头里，一个熟悉的身影闯了进来，这不是翊源的林佩佩吗？她怎么也在？

余锋走过去跟林佩佩打招呼，林佩佩一回头看见了余锋，也有点惊讶，心想，怎么哪儿哪儿都有他？又要干一架？

"你怎么在这儿？"他们几乎同时问出这句话。

"我今天值班，正好赶上了。"余锋简短地说。因为上次的事，他面对她时有点拽不起来。

"特大事故，怎么少得了保险公司？至少，翊源是在的。"林佩佩说。

"噢？"余锋突然来了兴趣，他刚接触保险，对这些操作不熟悉，但他相信这领域老百姓也跟他一样不熟悉，这里会不会有什么新闻点呢？敏锐的他想了解一下。

"特大重大事故，比如飞机失事、重大交通事故等，我们都是第一时间排查的，看是否有我们的客户。看，那边几位，就是我们的调查员。他们反应很快，今天比交警还早了5分钟到现场呢。"

余锋看见了三位身穿翊源红背心的调查人员在忙碌着："原来这样，我，或者说普通人可不知道这个呢。我们一般认为是交警、救护人员会到现场。"

"是啊,大部分人不知道,其实在灾难现场的,还有一群人,就是保险公司的调查员。这个群体,也是了不起的,只是无人知晓他们的故事。对了,等会儿他们会去医院,进一步了解情况。"

余锋迅速地抓拍了几张调查员的工作场景。

"如果有进一步的客户信息,可不可以也第一时间告诉我?"余锋说。

"怎么?又想写一篇翊源客户索赔无门?"林佩佩逗他。

"怎么会!"余锋连忙解释道,但他很快发现对方是在开他的玩笑,"这个交通事故大家肯定很关注,但保险理赔这方面以前大家了解很少,如果真的有,让公众知道,也是保险行业的正能量啊。"

看他说得认真,林佩佩笑了:"好啊,有消息我这边同步告知。"

此时眼中的余锋,面容虽然严肃,但那是在工作状态中的严肃,但眼里有光,是那种投入工作中的光,这种光,让林佩佩心有触动,觉得他也没那么讨厌了。

余锋避开了林佩佩看他的眼睛。自从上次那个报道,他一直心里膈应,他最珍贵的新闻尊严,他要找回来,特别在这个女人面前。说不清为什么。

经过一个晚上的紧急调研,目前已发现有3名死亡的翊源客户。翊源理赔部已为这3名客户开通了绿色理赔通道。余锋觉得有些意外。"贵司速度真快啊。"他回复。

"在重大事故面前,这些都是我们的日常操作而已。"林佩佩回复他。

林佩佩本来对这个事就没什么指望,因为以往记者似乎也没有人到过现场,如果有大额的理赔,最多发一个小豆腐块罢了。但第二天翻开《南粤早报》头版,就是余锋的那篇突发报道。让林佩佩意外的是,文章的最后一段,居然有她昨天发给他的信息:"在事故现场,还有一群不为人知的群体,他们是保险公司的事故调查员。据翊源保险公司的调查员反馈,目前已排查出3名翊源的客户,翊源已为这几名客户开通了绿色理赔通道。"

报道秉承客观公正的角度,如实反映了昨晚的事故现场,也提到了翊源的服务,这让林佩佩很惊讶,也很惊喜。看来,这个余锋,并不是想象的那么难打交道。同时也证明了自己的判断,这个不来参加节日活动拿礼物的记者,是一个真正的新闻信徒,只有用新闻本身来打动他。

12 / 庆功之夜

忙碌的一年过得飞快，很快已是年底。

年底业务冲刺打得水深火热，最强劲的对手金粤保险的竞争明显冲着翊源而来。翊源主打的年底业务冲刺产品是新推的"泰福年年"，一款年金产品，金粤保险推的新产品叫"粤享人生"，也是一款年金型产品。年金型产品在年底业务冲刺期间是保险公司最喜欢推动的产品，可以在短时间内积累保费规模，为来年的业绩打下良好的基础。

在传播资源的争夺上也白热化。金粤保险毕竟是老牌国企，财大气粗，买下了人流量密集的地铁一号线沿线的广告资源。而且在年底业务冲刺的节点上，比翊源保险要早推出10天。

因为这两年被翊源人寿追着打，多项指标都被翊源超越，特别是FYP（新单保费指标）、人力增长率这两项关键指标明显超越，意味着无论是获新客还是增员，翊源都显出了引领的优势。而市场份额之差也在不断缩小。为此金粤人寿已撤换两任一把手。现在这位新任一把手上个月刚到位，来势凶猛，势必要保住金粤人寿市场一哥的地位。要知道如果在广州失守，那全国的市场情况则更堪忧，所以在营销资源的投放上颇为豪爽。

兵临城下的感觉。

"相同的定位，相同的产品设计，我们却没有强悍的预算，时间上还晚10天，怎么打？"在营销讨论会上，冯雪杨问林佩佩。大家都看向她。

林佩佩说："这就是硬杠的节奏。那拼的就是信心。他们买下一号线，那咱们买三号线。"

"人家可是整条一号线车厢啊。你想想一号线的人流量，我们怎么能比？"其他人问。

林佩佩笑了一下："虽说他们包下了一号线的车厢，但从传播的角度看，并不是最理想的选择。你想，正因为一号线人流密集，车厢里挤满了人的时候，谁会看车厢里贴了什么画？所以，关注度并不高。再说，车厢的画面要迁就车窗、位置的设计，所以画面的完整性是大打折扣的。"林佩佩看着大家，自信地翻了一页PPT，继续说，"我们的方案也是地铁，在有限的预算范围内选择的是三号线2个人流量最大的中转站，也就是体育西站和客村立交站，我们做的不是包车厢，而是包站，也就是这两个站的站台资源，包括立柱、灯厢，全包了。这两个站是中转站，人流密集，大家在中转和等地铁的时间内，视觉都会被冲击到，传播效果是很好的。而且，坐三号线的人，以珠江新城和天河的白领为主。他们很多住在番禺，每天三号线往返于珠江新城、天河和番禺之间，他们才是我们这个产品最须聚焦的人群。而一号线，人流量比较杂，外地游客或老城区的人比较多，很难定位，所以，要说精准度，不如我们。这么看，我们还是有信心的。"

林佩佩讲完，大家恍然大悟，欢快了起来。林佩佩眼角的余光似乎感受到了来自冯雪杨注视她的目光。

"难道金粤不懂这个道理？"有人提出疑问。

"稍作思考，并有专业精神的人，相信都能想到，只是——"林佩佩笑了一下说，"都知道金粤人寿是国企，里面人际关系复杂，利益关系复杂。有时候一些决定，并不完全体现专业精神。"

冯雪杨欣赏地看了一眼林佩佩，然后对大家说："那么，干吧！"

转眼年底来临，但大家没有感到轻松，反而压力山大，因为年底意味着过去的一年成绩即将清零，新的任务又要下达，按翊源的文化，不管市场环境如何，任务只有增长，不会减少。然后就是任务的分解，资源的分配，计划的安排。而翊源的计划前置文化要求是非常精准的，什么时候完成多少任务，匹配多少资源，什么节点做什么活动方案，都是一板一眼的。所以年底的时候，每个部门的负责人、骨干，都像是能预测未来的巫师，在即将过去的一年的最后时间里，脑子里却已把新的一年预演了一遍。

在即将过去的一年里，总经理王晓刚意气风发，业务指标广东分公司排名系统第一，让广东分公司当之无愧地成为老大。而更让同人们羡慕妒忌恨的是，王晓刚所带领的广东分公司，不仅是系统内的老大，更是在这一年，特别是在刚结束的年底业务冲刺市场争夺战里，无论是业务人力的增长，还是新单保费的规模，都全面超越了第二梯队的主要竞争对手，而业务总规模市场占比直逼第一梯队,这又成了圈子里被津津乐道的话题。

而在翊源前线18年的王晓刚,知道市场每一步都是如履薄冰,战战兢兢,新一年来临,一切又将清零。难得的是广东这帮战将,够忠诚,够骁勇,历经一年奋战,实现了年初他提出的目标,人力和新单保费干掉对手,市场份额逼近对手。所以,都说广东人实干,是真的。

他决定把年终会议放在三亚,让大家沐浴一下亚热带阳光,也是放松一下。有鞭笞,也要奖励。他深谙领导的艺术。

12月底的三亚仍是暖风习习,阳光明媚,让人心情舒畅。会议当然是团结的,成功的,热烈的,也让王晓刚的威望达到了巅峰。两年前他来广东分公司任职,提出人力、新单规模、业务规模超主要对手,当时大家都觉得不可思议,觉得无非是新官上任的激情演说,大家鼓鼓掌就是了。况且他刚来的时候,大批业务骨干跳槽去了同业,面临的骨干流失压力也前所未有。当时提拔起来一批年轻的干部,大家也都不看好。但随着一连串措施的落实,大家的确感到了平台搭建起来后的业务飞跃,士气被激发,越战越勇。那批新提拔的年轻人,现在个个都是猛将。他们的晋升机会是王晓刚给的,飞跃的舞台是王晓刚搭建的,这批在市场上拼出来的猛士,都是王晓刚的忠将。

年底的这份成绩单,的确是大家的骄傲,对王晓刚的崇敬又深一层。这成绩,当然也意味着大家的年终奖今年是个丰收。大家都私下津津乐道说,虎将手下出虎兵。王晓刚就是一名虎将,将翊源在广东市场的多年沉寂打破了,广东翊源人已把他当成福将。而他,在广东今年的这份业绩,也是他在翊源职业生涯的一个巅峰,他也认为广东是他的福地。

晚上的庆功宴华丽又盛大,金碧辉煌的宴会厅,男士西装革履,女士衣香鬓影。宴会才开始没多久,各片区、各分支机构的敬酒就已排队开始了。

"当老总可不容易啊,看这敬酒的队伍。"林佩佩跟坐在身旁的邓美莺说。

邓美莺今晚也打扮得很用力,真丝的露背长裙,最耀眼的是脖子上梵克雅宝的项链,镶钻的四叶草经典,是她老公在美国带回的生日礼物。除了腮红打得有点过,其他都没毛病,华贵雍容。她笑道:"在翊源做高管,首先要有铁打的身体,充沛的体力,超强的抗压能力,还得有过人的酒量。这是标配。"

林佩佩点头说:"还真是。看我们班子领导,基本都符合呢。"

邓美莺说:"所以我这样的不能抗压的,就不能升官了。"说完笑了起来。佩佩说:"莺姐你哪用去抗压,你只负责美就行。抗压的事由老公来。看,这条链子多美啊,真衬你。"邓美莺掩盖不住喜悦,又说:"老公远在美国,我看他是不想回来了,就拿这些哄我呗。"

林佩佩说:"他一直在美国工作?"

"是啊,做项目。我看他是习惯了,也喜欢那边,怕是不想回来了……"

两人正说着,行政部的周明站了起来说:"走,该我们了。"

他一直在观察着敬酒的队伍,各分支机构都敬得差不多了,现在王晓刚总正在和培训部的团队聊着,"我们一起过去。"

行政部、财务部、人力资源部、品牌传播部、法律部都属于王晓刚亲自直管的部门,几个经理手里拿上酒杯,周明另一只手拿了一瓶酒,大家走过去。

王晓刚和培训部的正聊着,眼角余光看见了等候在后面的他的几个直管部门,他笑说,行,就这样,我的直管部门来了呢。显然在这样的场合,他也想放松一下,接受一下大家的祝贺和恭维,具体工作可是不想谈的。培训部几个也很识相,赶紧给领导加上酒,可见刚才已喝过一轮,大家一饮而尽。林佩佩想,王总可不是第一杯,之前这么多支公司已过来敬过酒,王总都是这么认真地一杯一杯地喝,不是只是抿一口,酒风酒量酒胆都是很正了。林佩佩心里不禁佩服。

周明帮王晓刚把酒倒上,量拿捏得正好,不能多,不能让领导有负担;又不能少,不能让下属觉得领导敷衍,正好是能豪爽地一口干完。

王晓刚端着酒杯,看着他们几个,说:"你们几个部门,说是我直管,其实我管得最少,一方面也是说明你们的工作能力,一直让我放心,让我没有后顾之忧,可以全身心在业务线上。所以,感谢你们!"

大家都碰着杯,说,让领导放心就是我们的职责,应该的。邓美莺说:"领导不管我们,也是对我们的信任。正是因为信任,反而我们更不敢懈怠,不敢偷懒呢。"话说得中听,王晓刚爽朗一笑，一干到底。

回头一看，后面又排了一队人马，是运营管理系列的三个部门，早就等着了。王晓刚转身又跟他们说说笑笑举杯畅饮。这时看到方林生正在和他直管的销售部的人马在聊着喝着，转头看见了他们几个，方林生说，唉，来来来，这几个掌管资源的领导，咱得敬一下。

周明说，哪敢哪敢，我们正想敬您哪，一边说着一边把酒给大家倒上。林佩佩很佩服周明的倒酒技术，不会太多让自己为难，又不会太少显得敬领导没有诚意，正好是1/4。在轰轰烈烈的这种大会议敬酒场合，这个量是又有诚意又安全的量，显然是"酒"经沙场的老将。

方林生对销售部的人马说："敬我们资源部门的领导，得有个样子，都是年轻人，把酒加满。"方林生业务出身，酒量过人，酒胆豪迈，在公司里是出了名的。冯雪杨拿酒第一个把自己的倒满了，周明一看赶紧说哎呀可以了可以了，咱慢慢喝慢慢喝。冯雪杨给其他销售部的团队也倒上了酒。林佩佩看着他，额头和双颊已显出红色，看来刚才就喝了不少。今天是庆功宴，今年业绩大红，销售部自然功不可没。今天跟领导喝，跟各分支机构的销售团队喝，怕是跑不了的。

方林生说："感谢资源部门几位大佬，给前线一如既往的支持。兵马动，粮草行。这几位都是杠杠的。"

邓美莺说："哟，领导您这么一表扬，我们不多喝点都不行了。来，周明，我们也都加一点，看人家这几位帅哥都是满杯呢。"

周明笑呵呵地给大家加上酒,当然不是满杯,但也接近一半了。大家碰着杯,说着互相祝贺互相感谢之类的话。林佩佩的杯和冯雪杨的杯碰在一起,他们的目光也碰到了一起。那双月朗星稀的双眼,很多话在里面。今天他的衬衫显然精心熨过,很挺。林佩佩眼睛逃开了,脸有点麻,也许是酒的原因。

酒干完,这一大杯下肚,有点不好受。环顾四周,从刚开始的集中向王晓刚开火到现在开始混战一片,气氛里带着豪迈,带着解脱,带着自信。

邓美莺拉着林佩佩往座位走:"快走,赶紧吃点菜,等会儿估计还得喝。"

两人才坐下吃了一口刚上的海南鸡,江门支公司的人马杀到,说是要给两位美女敬酒啦。类似这样的场景就这样重复着,林佩佩也不知喝了多少酒,头开始有点晕眩。

她决定逃离一下,再这样喝下去怕是要倒了。她拿起手包往洗手间去,尽量让自己的高跟鞋走得稳一点,不摇晃。

在洗手间补了妆,整理了一下发型,看着镜中的自己,脸上微熏的粉红,洁白的脖子,露肩的黑色小礼服,配了Dior 999的正红色唇膏,御姐范带点小性感。

林佩佩用水湿了手,轻轻拍了拍发热的脖子,让自己冷下来。她想如果这个时候再回到宴会厅,估计得喝过头。她决定悄悄消失一会儿。

走出洗手间,不远处的宴会厅人声嘈杂,热烈的气氛不减。外面的椰林小道在夜风中摇曳，婀娜多姿，她走出去，晚风让她清醒，也让她自由。

"佩佩。"一个熟悉的声音响起来，让她心跳不已。

不知什么时候冯雪杨也出来了。原来一丝不苟的领带拉开了一些，反而让他多了些放松的感觉。"你也在啊。"林佩佩说。她喜欢他刚才叫她佩佩。

"喝多了，出来歇会儿。"

"你们是大功臣，理应多喝点。"林佩佩说，"我看今晚王总兴致很高呢。"

冯雪杨微微笑了笑，又把领带拉下了点，长呼一口气。林佩佩看着他露出来的颈窝，觉得很好看，很性感。她对自己的小心思笑了起来。这是酒的副作用。她想。

"笑什么？"冯雪杨看着她。

"不告诉你。"

"嘿！"冯雪杨深不可测地笑了笑。

晚风吹着椰林，不远处海浪在低吟。

两人没有目的地走了一段，远离了人声。

"2015年，我有两个最大的收获。"冯雪杨说。

林佩佩看着他，期待着。

"一是完成了一个看似不可能完成的任务，把广东分公司的业绩做起来了，也没有辜负王总的信任。"

不远处海浪声清晰可闻。他们不知不觉朝着海边走了，夜色中的海已隐约可见。

"另一个收获呢？"林佩佩问。她似乎猜到他要说什么了，因为看到了他此时的眼睛看着她。

"另一个，就是认识了你。"冯雪杨轻轻地说，然后托起了她的脸，亲了下去。

在期待中，又在期待外，期待之外是没想到会在这样的场合，没有任何前奏，而且貌似充满了危险，但又如此合理。她突然觉得她的内心深处好像一直在等这一刻，从见他的第一面开始。

他的吻很霸气，有点不容置疑，像极了此刻的他，少年得志，春风得意马蹄疾，没有什么征服不了的。

林佩佩从热烈的吻中挣脱出来，她拉下他的领带，打开他的领子，看到那个性感可爱的颈窝。她吻上去，她不想错过它，不想让它逃走。

"去我那儿。"冯雪杨在她耳边轻轻说。

"你一个人？"

"嗯，借了会务总管这个身份的便利。"

她第一次没有去想会不会碰到同事，她只觉得她不想错过他，她想要得到他的一切。她34岁了，她不想去在乎别人说什么，她只想在乎她自己想要什么。

他的肌肤是光滑的，他的肌肉是紧致有力的，就连摩擦到她的脸的胡子小茬儿也是令人愉悦的。也许是酒的助兴作用，也许两人的举动在会议期间多少带点冒险的性质，这两样都让他们感到更兴奋。

13 / 变天

2015年说走就走了，2016年说来就来了，也没有什么仪式感，无非还是计划、工作、出差。从海南回来，自那一晚后，隔在林佩佩和冯雪杨之间的一层好感和暧昧撕开。周末他们会很自然地约会，聊天，做爱的感觉也很和谐，按理两人应该是在恋爱吧，但林佩佩又有一些说不出来的不确定，因为在平时，冯雪杨几乎跟她没有更多的互动。她想，会不会因为两人是同事，所以，他想低调呢？在分公司，虽然是两个单身男女恋爱了，也是很正常的事情，但大家还是更愿意把它当作八卦来做解压的素材，毕竟在沉闷的工作日常里，没有什么比男欢女爱的事更让人好奇和有探究的冲动了。这也是林佩佩觉得冯雪杨还在保持低调的原因。而冯雪杨，平时更多时间还是给了工作，加班、出差是常态。有时林佩佩会问自己，自己也老大不小了，为什么对男人还是抱有浪漫的幻想，觉得他们应该把自己捧在手心，应该在繁忙的工作之余，还会记得问候一下同样也是忙碌的自己？是自己想得太多了，还是对方没有把她放在心里重要的位置上？

但这一切也没有影响他们的性爱，林佩佩甚至觉得他带给自己的感受是最好的，在性爱中她感到他是爱她的。但日常里她又那么不确定。林佩佩一直有些迷惑的是，他俩到底是什么状态呢？是和谐的性伴侣？还是心有灵犀的知己？还是走在了爱情里的情侣？如果不是偶尔会想起自己34岁了，她其实也不愿去纠结这个问题。这样亲密又各自独立的关系，不也挺好吗？好吗？不好吗？

2015年是广东分公司的荣誉之年，这一年，无论是保费业绩，还是市场份额，都全面碾压集团内的兄弟公司和市场竞争对手，总经理王晓刚自然是红人，内部已在风传他即将晋升，将进入总部班子。这则消息大家都觉得很正常，因为广东分公司已是集团内最大的分公司，如果要晋升，只能是进总部班子了。让大家有悬念的倒不是王晓刚的晋升，而是谁来接他的位置。

内部呼声最高的是湖北分公司的江陵风。湖北分公司2015年的业绩表现也相当亮眼。如果是江陵风来接任广东分公司一把手，也是顺理成章的事情，翊源的干部晋升路径，就是从地市级支公司到小型省级分公司副总，到城市型公司一把手，到小型省级公司一把手，到中型省级公司一把手，到北上广深公司一把手，到总部班子，到集团班子……

各种传闻在内部流传着，在3月的中旬，也就是林佩佩到分公司任职公关总监的一周年的时间，内部的传言终于被证实了：王晓刚将晋升为翊源寿险总公司副总经理，分管华南地区业务，湖北分公司江陵风任职广东分公司总经理。

看到内网上的任职文件后，林佩佩不禁佩服内部小道消息的强大。他们传闻的准确度已经达到了90%以上。想到王晓刚要离开，她心里颇为复杂。王晓刚总难得的是一位认知品牌建设重要性的领导，对她的能力也很信任和赞赏，在几个重要的品牌项目上都认真听取了林佩佩的意见，并放手让她去做。当然林佩佩也没有辜负王晓刚的期望，在新产品推出、人力发展投放传播等项目上，传播项目都做得相当漂亮。在年底的考核中，虽说林佩佩是3月入职，但王晓刚还是给出B级考核，对于一个非业务部门而且是分公司人数最少的部门来说，这是一个相当高的考评结果了。

而林佩佩这一年的成绩也很亮眼，实现了第一次部门会议时立下的目标，让广东分公司的品牌工作考核在系统内进入前三。年底成绩是第三名，在人力如此缺乏的情况下，这样的成绩林佩佩还是对自己手下这两个小美女很满意的，也对得起王晓刚给的B级考核评价。

林佩佩对王晓刚还是很感激的，虽然平时也没有机会做直白的感谢，但唯有更努力的工作作为回报。而王晓刚的领导魄力、思维模式、价值观、待人接物，都是林佩佩认可的，在为数不多的一些内部饭局里，听听王晓刚聊天，也是一位有思想有学习积累的干部。作为领导，甚至作为一个兄长式的男人，林佩佩都觉得王晓刚是自己的职场贵人。对于他的离任，虽说也为王晓刚的高升感到真心地高兴，但更多的，是对自己职业发展的一丝丝担忧。按翊源的考核晋升标准，必须连续两年年终考评B级以上，才可以晋升一级。佩佩现在是副经理级别，如果要晋升为经理，则需要明年的年终考评也得B才行。但信任和欣赏自己的王晓刚走了，谁知道下一任领导会给自己一个什么评价呢？

高层领导的变动带起了一股子暧昧的气氛,行政部周明已经开始在忙活"辞旧迎新"宴的安排,选点、时间、宴会用酒、菜单。HR邓美莺也忙碌了起来,平时"嘚、嘚、嘚"的优雅步子也变成了"嘚嘚嘚嘚",确定新旧两位领导交接的时间、晚宴的时间,晚宴的主题就让她想破了头,既要体现王晓刚的丰功伟绩,又要体现迎接江陵风的到来。而更头疼的是晚宴的内容和流程安排,既然是"辞旧迎新",既要体现欢送王晓刚晋升的欢乐气氛,又要体现欢迎江陵风的热情,两者的关系都得拿捏好,这欢乐又不能过于欢乐,这热情又不能过于热情,要让王晓刚带着大家的感激和祝福高升,又要让江陵风觉得大家对新领导的尊敬和欢迎。要体现出广东分公司的"家"的团结与温暖,又不能显得好像前任领导根子太深。这些流程安排够让她想白头。她也深知这个晚宴,对于新领导对于她的印象也是极其重要的。压力与兴奋并存,走廊里更是经常听到她的高跟鞋"嘚嘚嘚嘚"地响。

邓美莺跑去跟林佩佩说:"美女啊,晚宴的主题还是你来想吧,反正就是要大气磅礴,继往开来的感觉。你是才女,非你莫属了啊。最麻烦就是新旧领导一起来,你说,先送了老领导,然后过两天再迎接新领导,那么就简单了,现在两个搞在一起,哪边都得处理好,头疼。"她皱了皱眉,说,"你帮我想想,回头请你吃饭。"

林佩佩倒是很乐意操这个心,毕竟欢送自己最敬佩的王晓刚晋升,自己也愿意付出心意。虽然不太了解江陵风,但上次全国会议见过面，也是年轻有为、文质彬彬的样子，能被派到广东翊源来任职一把手的，想必都不是普通将帅，也必有过人之处。

而在林佩佩思考用什么晚宴主题的时候，她发现身边这些中层干部都在暗地里各种渠道地打听江陵风什么来头，什么风格，内部再次发挥作用。听说他爱兵如子，对营销员一向关爱有加，深得民心，这也是湖北分公司业绩高增长的重要原因。听说他的管理风格很细致，要求很高。听说他酒量超好，也好酒……林佩佩觉得倒没什么好打听的，再打听，也是听人嘴里的江陵风，也许与真实差之甚远，她更愿意自己去感受江陵风的领导风格。就像她来广东翊源之前，就听说王晓刚很严厉，不近人情。但她自己的感觉却完全相反，她觉得王晓刚的严厉来自对工作的原则，但对于员工和干部，却是有人情味的，从上次郭怀生案子的处理方法就可以看出来。与其乱打听，她宁愿信自己。

公司里弥漫着一种看不见的蠢蠢欲动的气息，让人兴奋又让人紧张。

今天晚饭的气氛让唐樱很不适应，虽然这样的气氛其实也不是今天晚上才出现的，但导火索的引爆，却让她始料未及。老丁这大半年已经很少回家吃饭，但对于一个生意忙碌的人，唐樱自己认为这是很正常的变化。但两人说话却是少了很多，唯独没少的是每个月给她的花销，所以也没让唐樱觉得有什么不对。

只是最近女儿果果的学习成绩问题越来越搞不定，之前老丁也没怎么关心这个事，但这学期期末考试倒数第二，这个不能再让唐樱安之若素，她觉得老丁也应该关心一下女儿的成绩。

老丁是典型的潮州男人，挣钱养家天经地义，但不喜欢女人出去工作，他认为女人在家把孩子搞好，多生儿子，就是天经地义。但唐樱娇弱，生第一个孩子时，妊娠反应特别剧烈，她是无论如何也不愿意再生一个的。"可惜是个女儿。"老丁每每提起，始终觉得这是个遗憾。按他们潮州老家的观念，多生儿子才行。

唐樱决定给果果请一个家教，一对一全面补习。今晚让家教老师来家里吃个饭，也让老丁参与一下。可是明显老丁很不高兴，在饭桌上，说起最近的考试，老丁生气地说："你说你一天到晚都干吗了？啊？只是让你把孩子照顾好，把她学习搞好，你看看你干得怎么样？倒数第二？这就是你照顾的结果？"

这番话让唐樱措手不及，万般委屈一时竟无法应对。家教老师赶紧打圆场："别急，孩子还小，学习这事啊，也不是家长急就能搞好的……"

老丁开了个头，似乎火气有点收不住了："你说，啊，你整天在家，也不用干啥事，就让你把孩子照顾好，现在来告诉我她倒数第二，这算啥啊，你能干什么？"老丁气呼呼地离开了餐桌，唐樱也委屈地跑去了洗手间哭，留下家教老师一时尴尬无比。

其实让唐樱紧张的倒还不是果果的倒数第二，而是老丁的态度。以前那个对她百般宠爱的大男人呢？毕竟，她现在所享受的一切，都是来自这个大男人的给予，他刚才说她没把孩子成绩搞好，她无言以对，也是这个原因。她感到了一丝不安，这个不安感在两人关系中已存在一些时候了，只是有时候她选择忽略，或者不愿意承认这样的微妙变化,直到今天老丁当着别人的面数落她。

但无论如何,今晚得把他再哄高兴了。

她去厨房亲自煲了红豆糖水。以前老丁应酬回来,喝多了,就爱喝这个。她凉好了,看到老丁在书房,就端了过去。她坚信,没有什么比一个女人的温柔更具修复力。

但是她错了。

她看到了另一个女人的杀伤力。

老丁去洗澡了。一般来说唐樱平时也很少进他书房打扰他。他的电脑开着,微信在上面一闪一闪,唐樱把糖水放在桌子上准备出去的时候,还是禁不住回头看了一下,因为,那个叫珠珠的头像也确实有几分美艳,而一些刺激她视觉的文字跳入了眼帘。

"这么说你今晚不过来了吗?"

"人家想你了。"

……

唐樱禁不住往上翻,肉麻和热烈,让她如五雷轰顶。那个她认为宠爱着她的男人,其实也在宠爱着别的女人。通过以往的聊天,唐樱猜到这个女人也是老丁的生意伙伴,两人一起有不少大合作。他们开始这样的亲密关系也有至少半年时间了,正讨论着下个月起去巴厘岛度假呢。

而这一段聊天深深刺激了她:

丁:"她哪里比得上你?她啥也不懂,反正她的一切都是我给的,她能把我怎样?"

当老丁洗完澡出现在书房门口时,她的世界已经崩塌了。

那个惊讶只是在老丁脸上出现了一瞬,随之就是无所谓。他的确是这么想的,眼前这个傻白甜,每月的花销也没少给她,她过着超越大部分同龄人的优渥生活,她还想怎样?

"是,我喜欢她,她聪明,能干,情商又高,能帮我周旋很多关系,帮我不少忙。你就别折腾了,我不养你了吗?不要你了吗?不养孩子了吗?你自己折腾啥?你连油钱都赚不回来吧?别闹了。我就这点事,你别管我。"

而这才是深深刺伤唐樱的。

她从来没有过此时这般无助,她唯一能想到的人就是林佩佩了。

在号称景观最好的eatingtable西餐厅,听唐樱抽抽嗒嗒地讲完,林佩佩也觉得很不可思议,唐樱一直是她心目中嫁得好的代表,每当自己处在极大的工作压力之中的时候,每当自己拖着疲惫的身体回到自己的小窝,没人疼没人关心的时候,她在心里无数次地羡慕唐樱,觉得她这样像小鸟一样,无忧无虑,享受女人该享受的生活,有一个值得依靠的男人,衣食无忧,该是多好的福气。可是今天看见她梨花带雨的,如此无助和委屈,心里一时半会儿接受不了。童话故事真的是骗人的?

唐樱泪水涟涟:"更要命的是,那天晚上,他那样说我,我竟无言以对。我真的觉得,我一无是处,就是一个蠢女人……"唐樱呜呜呜地哭了起来。

林佩佩生气地说:"谁说你就是蠢女人?他这么说你就这么

认?他就是认为你靠他养着,所以他才敢这么欺负你呀。"

唐樱说:"对的呀,他不就是觉得我得靠他,离不开他,所以他才这么肆无忌惮吗。"

唐樱擦了擦眼泪,说:"我原以为,我是世界上最幸福的人,我真是太傻太天真了。"

林佩佩说:"那你接下来怎么想?"

唐樱说:"我不知道呀……太难了。"

林佩佩心里也五味杂陈。自己最好的朋友,自己心目中曾非常羡慕的女人的生活,竟是这么脆弱的幻象。

"我真羡慕你,佩佩,"唐樱说,"你这样真好,经济独立,有自己喜欢的工作,能干,果断,不像我……"

"我以前可是一直很羡慕你呢,"林佩佩说,"但是吧,我的确觉得,经济独立很重要,它是女人自主权的基础,也是女人人格独立、思想独立的基础。"

唐樱说:"你说,我一把年纪了,离开职场又这么久了,哪里还能找到工作呀?的确如他说的,怕是找的工作,连付油钱都不够的。"

"别这么丧气,别被他洗脑了。他说你不行就不行啊?就算不够付油钱,那大不了就不开车了呗。"林佩佩说,"樱子,你是我最好的朋友,你跟我说,你是想为了继续过他给你的所谓舒适的生活,然后对他的出轨睁只眼闭只眼呢,还是有勇气离开他,靠自己的能力,过你自己的生活?也许这样的生活,至少一开始,可能远远低于你现在的生活水准。"

唐樱睁着一双无辜的大眼睛，眼里是一片迷茫："我当然想过我自己的生活，我当然不想再忍受这种被他当傻子耍的日子，哪怕挣得少一点，够日常开支就行。可是，如果真的离婚，我没有工作，我用什么养孩子？而且，我能找到工作吗？"

14 / 辞旧迎新

翊源一贯的高效作风,没有时间去怀念过去,永远都是清零,然后再出发。

江陵风说到就到了,上午干部见面会。王晓刚即将赴任翊源人寿总部班子,副总,但不分管华南区,而是分管西南片区业务,包括四川、重庆、云南、贵州、广西。

见面会上林佩佩仔细看了看江陵风,之前虽说会议有打过照面,但没有打过交道,她倒是记得是部门的肖洁文曾接待过他,陪他在广州城转过,回来汇报时对江陵风倒是评价很高,说是温文尔雅,待人也是很亲切的。林佩佩想,能把省级公司经营得很成功,又能在众多备选干部中被选中镇守广东,肯定不是表面的温文尔雅就能胜任。这样的人,心有猛虎,细嗅蔷薇。

江陵风38岁,正是男人最好的年龄。眼睛有神,声音很有感染力,一看就是干营销出身的干部。这个年龄当上系统内最大的风头最劲的分公司一把手,真是春风得意。但从外表看,的确是温文尔雅。西装穿得一丝不苟,林佩佩注意到他穿的是有袖扣的衬衣,这在衣品相对随意的广州不多见,看得出是对衣着有很高要求的男人。

流程简短，进展很快，马上就到了江陵风讲话。他轻轻扶了扶眼镜，说："谢谢总部领导信任，把这么大的一个担子放在我肩上。作为华南区也是全国最重要的分公司，广东分公司在王晓刚总的励精图治下，业务、人力发展、NBEV都做到了全系统最大，真是非常了不起，也体现了广东的踏实开拓、勇于进取的精神，我相信这也是广东分公司的核心精神。我接过这个重任，内心既有压力，又有信心，压力是，王晓刚总画出了一个更高的起跳线，后人要超越，无疑难度很大，而今天看到在座各位广东分公司的中坚力量，我又充满无比的信心，有大家的上下一心，我相信，踏在前面的坚实的基础上，我们广东分公司，可以继续创造更好的成绩！"

会议室响起热烈的掌声。林佩佩做了个初步判断，嗯，中规中矩，听不出更多个性化的东西，但在这个场合，就是很得体了。逻辑清晰，表达准确，语言简洁，应该不是磨叽的人。声音很好听，有男性低沉的共鸣声，中气也十足，说明身体健康，充满活力。林佩佩脑子里闪过这一串，不禁对自己的无聊也觉得好笑起来。

见面会很简短，半小时左右就结束了。大家散去。回到电脑前，面对一堆的工作，林佩佩有突然换了朝代的感觉，一时不知道这些该如何汇报了，只能对着邮件一一仔细看，在自己权限内能处理的就先处理了。还好，看完几十封工作邮件，暂时没什么大事需要向新领导汇报。她想，像周明、邓美莺这种老干部，都已是几朝元老了，不知他们是怎么应对的。又一想，不管谁做领导，咱只是靠专业吃饭的，也没必要想这么多吧，干好自己的活就是。

欢迎和欢送宴在文华东方酒店举行，格调不低。晚宴的主题最后选了林佩佩设计的主题——"刚毅再前行,坚兵聚凌峰"。一是暗含了两位领导的名字,刚是晓刚,凌峰是"陵风"的谐音。再前行暗含王晓刚高升,而晚宴的主力则是来自各营业区和16个地市级支公司的老总,都是带兵打仗的人,可谓"坚兵","凌峰"则有登顶之意,也暗喻广东分公司在系统内第一的地位。邓美莺喜出望外,连说:"才女啊才女!就知道找你没错,改天请你吃饭。"

这晚大家都正装出席。晚宴首先播的是一个赶着制作出来的视频。翊源的干部任免向来雷厉风行,说来就来,说走就走,从正式发文到今天的欢迎欢送会,不过5天时间,这个制作视频的活儿自然又落到了林佩佩身上。还好她平时就注意让团队分类收集好王晓刚总各种场合的工作照片,视频资料,会议讲话要点,只要理清了视频思路,倒也是不难。都说台上一分钟,台下十年功,很多功夫的确是在平时做的。难就难在这个晚宴,既是欢送王晓刚的,也是欢迎江陵风的,这就需要平衡了,不能只做王晓刚的内容,还得把江陵风的也放在视频里,这才是难度大的,毕竟林佩佩对江陵风真的不了解。

这个视频任务交给了白鹭飞来做,因为时间紧,任务重,又有很多需要平衡、协调、判断的细节,白鹭飞经验足,也踏实,佩佩觉得交给她放心。白鹭飞很快找到湖北分公司的行政部老朋友,平时开会也都有交流,说了需求,很快湖北分公司就把江陵风的一些照片、素材发过来了。关于篇幅,考虑到毕竟王晓刚的过往业绩是重点,而且王晓刚也即将升任总部领导,所以视频的篇幅安排是2:1,王晓刚2分钟,江陵风1分钟。

视频王晓刚几乎没有修改就通过了。这让林佩佩舒了一口气，时间如此紧张，如果有大改动，怕是要累脱一层皮。同时她也有些失落。说实话，这一年多来，她与王晓刚的磨合很快，他要她负责的讲话稿、视频，几乎是很少修改的，就是改也只是微调，这就是一种默契。这默契建立在王晓刚对自己的信任上，建立在王晓刚那种敢于授权的大将之风的工作作风上，才有这样的高效和开阔的发挥平台。不知这位新任的江陵风，能不能也很快建立起这样的默契和信任呢？

虽然在制作和审核时，林佩佩已经看了无数次这个视频，但现场再看，仍是有点感慨。那些图片所记录的点点滴滴，很多也是自己亲自参与的，见证着这位自己敬佩的领导的魄力。想着作为一个职场人，上司的选择是被动的，如果能遇到一个信任自己、赏识自己的领导，能放开手让自己去做事，是一种幸福。这种幸福，可遇不可求。

视频把大家的情绪调动了起来，大家都有点感慨，坐在林佩佩身边的周明低声对她说："视频做得不错。"林佩佩微笑着点点头，没说什么，此时她心里也是对王晓刚万分不舍。

主持人副总经理方林生作为代表，把一本精美相册送给了王晓刚。这也是林佩佩的团队制作的。看得出王晓刚很满意，这本相册汇集了他近三年在广东分公司的点滴。这本相册是林佩佩亲自选的照片，制作的过程也有她对这位敬重的领导的情意。林佩佩想，也许领导并不在意是谁、是哪个团队做的这本东西，但，我做了我想做的事，表达了我的知遇之心，就够了。

晚宴很快就进入了高潮，大家开始轮番敬酒。特别是各个营业区，在江陵风总的位置周围已排起了队。今晚江陵风似乎很健谈，也许他想更快地熟悉这帮带兵打仗的将士，他们，是他未来在广东分公司建功立业的主力军。

王晓刚这边也没闲着，也是排着队呢，特别是在他任上得到提拔重用的年轻干部，每个人都有一肚子话，但最后都化为一杯酒。王晓刚也来者不拒，酒风、酒量一如既往地让人景仰。

行政、财务、人事、法律、品牌这几个由一把手直管的部门，则周明领队，瞅着一个空，也给王晓刚敬酒。私人的话说不了了，林佩佩只有干了，表达自己的心意。

然后大家转向新领导江陵风敬酒，王晓刚向江陵风一一做着介绍。江陵风看上去也是酒量不错的人，刚才经过这么多营业区的敬酒，仍丝毫不乱，脸也不红，镜片之后的眼神仍很清明。看来又是一个"酒"经考验的猛将啊，林佩佩想。

王晓刚介绍完，江陵风转身加了一点酒，有半杯了，说："这就是我的嫡系啊，拜托大家了，都是资源部门，希望各位多支持我。"如此情形，周明赶紧说："领导都加酒了，咱也得加上。"说着赶紧把手中的分酒器里的酒都给其他人加上，这时也不讲究了，态度才是最重要的，哗哗地倒到杯里，每人也是半杯了。

大家在团结上进、欢快和谐的气氛中一起干了杯，江陵风果然好酒量，半杯酒一下子就干完了，面不改色。要知道他已经和各营业区都干过了的。大家不敢怠慢，也都一饮而尽。佩佩想，这喝的不是酒，是态度呀。

回到座位坐下，刚才这一轮敬酒时，菜基本上完了，也放得有些凉了。林佩佩拿眼角的余光搜索了一下那个熟悉的身影，冯雪杨正在和方林生以及几个营业区老总一起围着碰杯，今晚他应该有所克制，脸没有很红，但外套脱了，衬衣下依稀可见结实的臂膀线条。

邓美莺在旁边夹着菜，一边说：“这一轮酒下来，菜都凉了，可惜了这些美味啊。"吃了一口，看了看林佩佩说，"想什么呢？"

林佩佩说：“没想啥，觉得江总真是好酒量。"

邓美莺说：“酒量，在翊源，那是高级干部的标配。不过——"她停了停，笑着说，"如果再往上走，比如像晓刚总那样再高升到总部进入总部班子，那就不需要酒量了，想喝就喝，不想喝，喝矿泉水，也是一种范儿。而且，做到那个位置时，也是中年，该养生了，不会再这样喝酒了。"

"真是佩服莺姐啊，观察得这么细致入微。"林佩佩说。

"难道不是吗？你看晓刚总之前的李总，在广东分公司时也是殚精竭虑，我记得呀，他来半年后头发就半白了。当时经常和业务销售总监们喝酒，也跟我们职能部门喝，我们的酒量，就是那时练出来的。后来胃出血做手术了。后来高升到了总部，这不，上次去总部出差见到他，他说他现在过得可健康了，只喝枸杞红枣养生茶，不喝酒了，滴酒不沾，连烟都戒了。人也瘦了，更精神了。"

"也是，在分公司压力是别人很难想象的，特别是广东分公司这种超级机构。"林佩佩说，"我看晓刚总也是啊，我去年初刚来时，感觉他很年轻，这一年下来，刚才跟他喝酒时看到他已经两鬓飞霜了。真不容易啊。"

邓美莺说："所以，咱看这位江总，年轻、儒雅地来，看大半年后咋样。"

"我都觉得我老了很多。"林佩佩说。

"你呀，这样老单着不行。"邓美莺说，"没有爱情滋润，才是女人老的根源。"

不知怎么话题一下子转了向，说到这个来了，林佩佩不敢接话了。正好这时有营业区的几个老总来敬酒，这话题就躲过去了。

晚宴很紧凑，但气氛还是很好的，达到了目的，既体现着广东分公司对老领导王晓刚的祝贺和情谊，也体现出广东分公司对新任领导江陵风的热情欢迎和大力支持。

回家洗漱完躺在床上，脸上还有酒后带着的微热，头也有些微晕，林佩佩拿起手机给冯雪杨发个微信：

"你觉得新领导如何？"

对方过了一会儿，回复："少壮派。"

这等于啥也没说。林佩佩有点失望。虽然两人有着亲密的关系，但似乎又还隔着什么。那么，我应该主动往前一步两步吗？还是维持这样的状态？

王晓刚上调，新领导的风格也是未知，自己身边没有什么可以交流和释放压力的人，林佩佩被孤独感围绕。

15 / 她能行吗？

早上醒来，就是新的一天了。

改朝换代了，但上班的习惯不会变。9点上班，林佩佩仍是8:15就到了公司。这是她摸索出来的适合她自己的节奏。因为广州大部分时间天气热，如果在家化好妆再出门，到公司基本就融化了。而且化完妆出门的时间就是最塞车的时间，广州的交通就是神奇，在早上7:45—8:00这个神奇的时间段里，早5分钟出门和晚5分钟出门，那最后到达目的地的时间可不是晚五分钟，极有可能就会晚20分钟到半小时。所以，林佩佩决定每天7:55出门，租的房子离公司不算太远，这个时间段路上不太塞车，正常的话8:15可以坐在办公室了。这时她有足够的时间，好好化个妆。然后，还可以用5~8分钟的时间，匆匆吃个早餐。这时她会偶尔望出窗外，这是珠江新城第二高的写字楼——翙源大厦。望出窗外，如果天气晴好，感觉会在云端，有轻轻的云在不远处的小蛮腰尖尖上轻轻飘过，早上还不算太猛烈的阳光光线透进70层朝东的窗子里来，这是一天里最美也是最安静的时候，这种安静，像是躁动前的安静。8:50，在同事们纷纷回来的这个时间段里，看到的就是一个衣着得体、妆容精致、充满元气的林佩佩。9:00，打仗一样的模式就开启了。

旁边大会议室里,江陵风正在召开班子会议,估计得开一个上午。新的领导,自有新的战略,大家都得尽快适应和领悟。品牌传播部门是资源部门,向来也是领导关注的,林佩佩觉得可能很快江陵风会找自己了解工作项目,特别是了解营销传播费用的安排。所以她安排了白鹭飞,把部门各模块工作做了一个清晰的梳理,同时,用excel表格将全年的费用安排整理好,以便江陵风随时问询。她倒希望他越早召见越好,这样早点领悟领导的要求,也好早点适应新的工作风格。

正在忙乎着,收到了唐樱约她吃午饭的微信。

也不知她和老丁两人怎样了,林佩佩秒回了她:"下午可能有会,要不你来我楼下的小山吧。"

小山日料最大的好处就是就算中午人很多,但也比一般的中餐馆要安静很多,而且多数是在翊源大厦和附近上班的白领,吃完就走的,所以1点以后人就少了很多。

"那厮,居然要我放宽心,说外面那个就做小,我还是大。"

以往在唐樱嘴里无限甜蜜说出来的"老丁",已经换成了"那厮"。

"他不就是欺负我没有工作吗,不就是觉得我离了他活不下去才说出这样的话吗?"唐樱气鼓鼓地说。和上次相比,不同的是,上次如果说有点茫然失措梨花带雨,而这次除了气,眼神倒是坚强了很多。

"所以,我想,我要尽快找到工作,我经济独立了,我就不怕他。可是，我最近投了几份简历，只面试了两个，一个说基础岗位，他们更愿意要大学毕业生，肯吃苦。一个说我这么多年没工作，怕是一切都得从头来，而他们想要的是一个熟练工。昨天还有一个约了面试，但我一看，工作地方也实在太远了，恐怕也不太适合我。我也得考虑以后我独自照顾孩子啊。"说到这儿，唐樱很沮丧，"我现在觉得，我8年前最大的错误决策，就是辞职在家做了全职太太。"

林佩佩安慰她说："不要这么责备自己，任何一个选择，当时都有它的道理。你要不是做了全职，能把果果带得这么好吗？"

"唉，"唐樱叹口气，"可是成绩是个问题啊，就是因为这个老丁说我没带好孩子。我也觉得我这几年真是一事无成。"

"成绩慢慢来。果果才多大。"

"可是，我现在怎么办呢？"唐樱说，"那厮就是吃准了我没有收入来源，才这么明目张胆的。"

"那……你有没有想过做一个保险业务员呢？"林佩佩试探地说。

"啊？做保险？"唐樱非常吃惊，"我还真没想过。我怎么可能做保险呢？"

"先别否定自己，你先问问自己，你觉得不可能做保险的理由是什么？"

唐樱想了一下，没想出来："我脑子乱糟糟的，我也不知道，总之，我真是从来没有想过。"

"是因为觉得自己拉不下面子？"

"……会有一点。不过,你在保险行业这么多年,我又跟你这么好,我心里还是很认同保险的,你也知道,我很早就给自己和家人买保险了,我不抗拒保险……不过,我之前一直给朋友的印象都是衣食无忧的全职太太,突然去做保险了,的确会觉得拉不下面子。"

"只是怕自己拉不下面子,但并不是很抗拒,这好办。只要认定你做的事是对的,有意义的,别人怎么想无所谓。敢于正视自己的处境,积极想办法解决,才是你目前需要的。别人怎么想,何必太在意。"

"嗯,"唐樱开始在想这个问题,"我还担心的是,我无从下手啊。我虽然买过保险,但感觉好高深,自己也没搞懂。反正那个业务员是你推荐的,我相信你,也就相信她。她说什么就是什么。你说,我这种不动脑子的人,怎么做保险?"

林佩佩笑了,说:"我推荐给你的那个业务员,叫莫莉,她当时的起点还不如你,学历不如你,又是外地人,一个人来广州,要关系没关系,要人脉没人脉,我就是看中她的勤奋和诚信。你猜,她现在做到什么级别了?"

"什么级别?"

"才6年时间吧,她现在已是部门经理了。手下有上百人的团队呢。"

"这么厉害?"

"所以,不要先否定自己。你离开职场时间有点长了,做什么事情当然都会有茫然无从下手的感觉,但公司有培训呀,你可以一步一步来。"

"你觉得我真行？"

"你不试，谁知道？再说了，你未来如果想还带着果果，要兼顾工作和照顾果果，保险真是一个不错的选择。工作时间自由。"

"你这么说，我还真有点动心呢。就是……自己一直都不太动脑子，安逸生活过惯了，不知能不能搞得定保险那些那么深奥的事情。"

"会从培训开始啊。你好歹也是985大学的毕业生好吧，你要相信自己的学习能力。"

唐樱有点兴奋起来，原本沮丧无光的眼睛里重新闪起了光芒，脸上也活泛了起来。

"我现在要做什么？"

"这样吧，我就把你介绍给莫莉吧，一来你原本就是她客户，两人也熟悉。二来我觉得她为人处世都不错，在业务品质、团队管理上口碑都很好，从业这么多年，内外都没有投诉。三来，她团队所在的营业区，离你家也不算远，上班也方便。你看呢？"

"好啊，莫莉姐一看就是个值得信任的人。我跟着她，也觉得放心。"

"那就这么定了。你可以直接联系她。我知道他们珠江新城营业区正好有创业分享会，你先听听，做做测试，一步一步来。"

唐樱点点头，说："有你真好……我突然找到方向了，前段时间呢，就好像在一个荒野里，盲目地走着，想走出去，但不知道往哪儿走。现在好像突然看到了北斗星，有了方向……你真觉得我行？"

林佩佩笑了起来："这诗意都来了，我看你就行，你比很多人都行，只是，你一直没有机会发现自己吧。要学历有学历，要模样有模样，论表达，你忘了，你可是我们中文系辩论队的一辩啊。"

回忆起校园的青春时光，两人都有些感慨。

"同学少年，真是无忧无虑。真好。不像现在，一地鸡毛。"唐樱说。

"每个阶段都有每个阶段的好。那时无忧无虑，但也一无所有。现在，你有果果啊。人是要长大的。别太灰心，先把自己照顾好，一步一步来。"

"嗯。"唐樱说着，夹一块烤鳗鱼一口吃了，两人笑了起来。林佩佩放下了心来，至少，那个乐观的唐樱还在，自己一定会站她这一边的。

和唐樱吃饭的这会儿工夫，邮件已经叮叮咚咚来了十来封。刚回到办公室的林佩佩正忙着回复邮件，邓美莺嘚嘚嘚的高跟鞋就传了过来。

"哎呀，你在呀，我刚才找你两回了。"邓美莺说。

"找我啥事呀？"

"先表示一下感谢。迎送晚宴还是很成功的，多亏你帮忙，我也算松口气了。"邓美莺说。

"这有啥，举手之劳。"

"还有一个事，你看我邮件没？"

"啥邮件？没呢。中午出去吃饭了，刚回来，没看到你的邮件。"

"我说呢，你怎么不回复我。一个急事。"

"你直接说吧，啥事。"

邓美莺转身把门关了。林佩佩说："看上去有点神秘？"

邓美莺说："也不是什么神秘事啦，就是江总呀要找个新秘书。"

"哦，有人选了吗？那原来的小林秘书呢？"

"小林秘书跟了晓刚总这么些年，晓刚总高升，自然会有好的安排的。而且新领导换个新秘书，也是意料之中的事。"

"小林去哪儿？"

"那你不用担心他，晓刚总还能亏待了他？又是男生，自是好安排。据说，大概率是调到新成立的白云营业区当区总。"

"那不错呢，晋升了。而且小林秘书跟了晓刚总这么些年，对业务也算是深度参与，待人接物都有分寸，是不错的干部人选。"

"现在要帮江总找新秘书，让各部门推荐合适的人选。"

"有什么要求呢？"

"没具体说。晓刚总以前是要求秘书深度参与工作的，但江总似乎不需要秘书参与工作，感觉是偏重日常事务。"

"那……为啥找我？"

"因为，"邓美莺神秘地笑了一下，说，"因为贵部门合适的人选多啊。"

林佩佩说："如果说工作综合能力，我首先推荐白鹭飞吧。另一个,肖洁文也不错,当然综合经验比白鹭飞稍逊一些,毕竟还年轻,还需要历练的。"

邓美莺说:"行,你同意了,我就先报上去。看领导意思吧。"

听着邓美莺嘚嘚嘚的高跟鞋走远,想着刚才她要关着门才说这事,林佩佩总觉得,她有什么没跟自己说。不过,她也懒得想这么多,推荐秘书人选嘛,在定下来之前,暂时保密,也很正常。当然她内心希望白鹭飞能选上,无论是形象,还是能力,她觉得都能胜任总经理秘书的职位。而且,白鹭飞也有5年工作经验了,正是需要上个台阶的时候,如果能有这个机会给她,自己也会感到欣慰。至于肖洁文,底子是不错,如果江总对秘书的工作要求不高的话,那倒也是不错的人选。当然林佩佩还是更希望白鹭飞入选,能让自己的骨干争取到一个晋升的机会,自己也会很开心。毕竟总经理秘书的级别是C级,比普通岗位高一级。而且,正常轨迹的话,未来再升一级的可能性也是百分之九十确定,就像小林秘书一样。

林佩佩看了一眼外面浑然不觉发生了什么的白鹭飞,她在电脑前忙碌着。看着手下这员爱将,林佩佩真希望就是她,毕竟,公关传播部是后勤部门,不像业务部门那样机会多,又是女员工,能晋升一级还是挺不容易的。

16 / 青春飞扬的好年纪

江陵风很快召见了林佩佩。

斯文儒雅,无边眼镜里的双眼却是目光如炬。西装穿得一丝不苟,戴着玛瑙的袖扣。

"早就想跟你聊聊品牌的工作了。目前只是北上广3家分公司有独立的公关传播部吧?"江陵风问,好听的男中音。

"是的,5年前成立了。也是鉴于北上广媒体的丰富性和复杂性。"

"具体的工作项目有哪些?"

"简单说,分四大模块吧,第一个是内外传播,内部负责给集团和总部上报分公司的亮点新闻、重大业务亮点等;对外的传播包括了对营销的支持、媒体通稿的发布、广告的投放等。第二个是舆情管理,这也是部门的核心所在。第三个是公益活动和企业文化活动的组织开展。第四个是关于公司CI系统的审核和风险把关。"

江陵风点点头,对林佩佩简洁到位的总结像是挺满意。

"目前费用安排如何?"

果然问到最核心的问题了,林佩佩想,好在早有准备。她拿出表格,一式两份,一份递给了江陵风,一份自己看。

"这是今年的费用预算,以及年初所做的计划安排,请您过目。"

江陵风认真地看了起来。林佩佩的表格做得很细,江陵风很快也看明白了。

"传统媒体还须投放吗?"江陵风问。

林佩佩觉得这是一条送命题。江陵风这么问,可能会基于以下几个态度,要么他觉得传统媒体已没有投放的价值,如果不投放传统媒体,那么他会想把这笔预算投去哪里呢?新媒体?户外广告?还是直接挪用到营销部门?如果不投放传统媒体,对目前部门的工作影响会是怎样?这一切,都需要考量。

好在她之前有考虑过这个问题,她沉吟了一下,说:"就广州目前的情况来看,我认为还是有必要维护的。"

"怎么说?"江陵风微笑着问,看不出他的意图。

"因为广州媒体的独特性。广州的媒体,可能跟内陆城市很不一样,他们的市场化程度很高,所以长期以来,在新闻敏锐性方面一直是很有影响力的。虽然现在是移动端时代,大家阅读新闻的方式已经发生了很大的变化,但网络媒体不具备新闻发布权,所以,传统媒体的影响力还是在的,他们会辐射到网络媒体产生影响力,所以,维护还是必需的。当然,鉴于直接受众的变化,其实我们较之几年前的投放已经有所减少,但还是维护着一定的合作量,我想,目前也还是必需的,至少对于翊源这样的经常处于风口浪尖上的公司,现在还没到完全抛弃传统媒体的时候。"

林佩佩停顿了一下,看江陵风并没有反对的意思,就接着说:

"而且，在传统媒体上投放广告，跟寿险的营销模式也是相关的，这种广告，不单是给潜在客户看，也是给代理人看的，他们要的就是这个信心。"

"嗯，"江陵风沉思了一下，脸上看不出表情，过了一会儿，说，"选一两家大的主流媒体维持吧，其他暂缓。购买的媒体资源也一定要用到营销上。"

"那肯定的，也一直是这样的。"

"但我还是希望在新媒体的运作上加大力度。我们目前情况如何？"

"目前我们有自己的微信公众号，运营2年了。"

"往年有什么投入吗？"

"基本没有大的投入，包括增粉的投放都没有，都是自然增粉，目前以我们的代理人为主。稿件创作上，也是原创为主，以我们部门的同事及理赔部门同事的稿件为主，所以侧重点都在传播公司形象和理赔案例上，稿件还是比较单一的。"

林佩佩也只能说到这儿了。因为，在资源分配上，原来王晓刚是把宣传费用更多投入营销项目中的，对于当初创办这个微信公众号，应该是赵敏君对新媒体的敏锐而做的，但苦于没有投入太大资源，也就是成立而已，并没有放在很重要的位置上。每个领导的思路不一样，林佩佩当然不能贸然评论。

"这个是我们自己的阵地，今后你想一下要怎么把它做起来。可以做些适当的投入。"

"谢谢江总，这也是我一直想的事情，也谢谢您的支持！"

"另外,我看户外的投放也比较少。"江陵风说。

"也有,目前预留的项目是年底的地铁投放。"

"户外广告没有吗?"

"年初没有预留这个项目。我们户外只预留了地铁这个项目。因为,广州地铁从人流量还是覆盖度,都是一个比较好的选择。去年年底业务冲刺期间,我们做了体育西站,也就是广州人流量最大的商业中心站的包站广告和几条流量大的线路的投放,总体效果还是让人满意的,带来的对营销的正向促进是很明显的。"

"这样,广州40个营业区的宣传费用减半。他们依托本部,不需要什么对外传播。而地铁项目投放有点多,减出200万元来,减下的这部分费用,考虑做一个户外广告吧。"

林佩佩在笔记本上记下了这个重要的指示,脑子有点蒙,不知江总的意图是什么。

"按刚才说的重新再做一个预算计划给我吧。"江陵风说,此时他又恢复了温文尔雅的笑容。

从江陵风办公室出来,回到自己办公室,林佩佩静了下心,重新理了一下刚才的会面。这是第一次正式与江陵风会面,为此她也做了充分的准备,她需要让领导看到她的专业,信任是建立在专业度上的。第一印象很重要,关系到日后她能得到多大程度的工作的自主度。她仔细复盘了一下,似乎也没有什么不得体的回答,但,为什么此刻心里会有些不安呢?是哪里让她感到了不安?

减少对传统纸媒的投放,这个想法并不意外,但林佩佩觉得必要的维持也还是需要的,但至少,江陵风并没有一刀切全部封杀,今天这个态度应该是观望的意思。所以，当务之急，一是选择一两家有公信力的大报，同时还需要做出一些对营销有利的投放，才能把这块的预算争取保住。这个并没有太让她感到不安。让她感到不安的应该是减少营业区费用和减少地铁项目的投放，转投户外广告这事。这事江陵风没说他的意图，似乎也没要说明白的意思。问题就在这里，这是让她感觉到不安的原因。如果是王晓刚，如果要调配使用宣传费，他会很明确地告诉她，为什么要这么做，希望达到什么目的。

宣传费用由一把手调配使用，天经地义，品牌传播部门本就是一把手的资源部门之一。只是，这里面似乎有些林佩佩一时还没想清楚的东西，需要点时间来理一理。

碰到不同的领导，适应不同的管理风格和思路，就是职业经理人的必修课。

林佩佩赶紧把白鹭飞叫来，让她按江陵风意思调整了广州本地营业区的费用，重新做表。

两人正商量着，邓美莺嘚嘚嘚的高跟鞋过来了："咦？你们开会呢？我等会儿再过来？"

"不不不，我们已结束了。"林佩佩说。白鹭飞识趣地出去忙活了。

邓美莺把门带上，脸上带笑地说："你猜，江总最近定了谁做新秘书？"

"没法猜了，你快说。"

"肖洁文。"邓美莺压低了声音说。

"啊？"林佩佩还是颇有点意外的，虽然肖洁文和白鹭飞两个人的资料是一起报上去的，但她从内心深处觉得白鹭飞更适合。

"怎么？你觉得不好吗？这也是你们部门小姑娘的机会哦。"

"那当然，总经理秘书，级别升一级，这是多少人想要的。我只是觉得，白鹭飞从工作能力来讲，会更适合而已。"

"江总对秘书的要求和晓刚总不同，就是一个门面形象，再帮忙打理一些日常事务。所以，年轻，貌美，活泼，倒是很有优势的。"

"明白了。好事，对肖洁文来说也是一个很好的机会。她人也聪明，学东西很快。"

"那可是几十人里面挑一呢，我就是第一时间来通知一下你，也好让你早点安排好工作。应该这两天就会调动了。你也可以启动招聘程序招新人了。"

"谢谢莺姐！"

邓美莺嘚嘚嘚地笑盈盈地走了，路过肖洁文座位时不经意地看了一下这位年轻的美女。自己部门的员工得到了一个晋级的机会，也是一件乐事，只是不是自己心目中的答案。林佩佩有点为白鹭飞感到可惜，要说年龄，27岁的白鹭飞也是青春飞扬的好年纪。当然，24岁的肖洁文，可能更符合世人所认为的青春年少好时光。

林佩佩轻轻叹了一口气，连她自己也不明白为什么会叹这一口气。

做跑线记者一年，余锋觉得自己还是很有收获的，从对保险业务的一无所知,到现在能独立做选题,他还是有点佩服自己的学习能力的。回想起当初做选题所需要的一些采访,他都找过行业内不少保险公司,但最给力、最快回应而且在专业上对他帮助最大的,却是当初那个不打不相识的林佩佩。林佩佩有发出约他吃饭的邀请,他一直没答应,现在想来,倒是自己太清高了。

做跑线记者才刚刚有点感觉,下午一个会议,告诉他游戏规则又变了。会议上说,现在报社要适应移动互联时代的要求,要转型,要扭转经营上断崖式的颓势,原来的采编经营分离改为事业部制,也就是说,采编也背起经营任务,把原来的采编和经营之间的分隔模糊化。会上特别提到了经济部,经济部所对口的都是产经大企业,更要背负起经营的重责。采编和经营要合作、联动,采编更要为经营突破服务。

这个策略可以说是变化巨大。在业内大家都知道,《南粤早报》一向是经营和采编分离,并以此为荣,这是报纸能保持新闻公信力的一种保证。但现在其实采编和经营截然分开的报社已然不多,在让人心惊肉跳的断崖式跳水的经营数据面前,《南粤早报》也坐不住了,提出了事业部制,要求全民皆兵,力挽经营颓势。

要放在早几年,余锋是会对这样的思路不屑一顾的,但让他没想到的是,他对这个会议所提出的策略一点都不感到奇怪,甚至觉得报社今天才做这样的转型已经有点晚了。他对自己有点吃惊,也许,这小半年做跑线记者,接触的都是经济领域最活跃的公司,他们那种扎根市场、嗅觉灵敏、危机意识、真刀真枪短兵相接的市场化真相真切地摆在面前,让他触动。如果说他以前跑深度调查,触摸的是社会的一种脉搏的话，那么现在他跑经济，触摸的就是时代发展的另一种脉搏，好像他的内心深处，更喜欢这种贴近市场的感觉。他越来越觉得他自己的转型是命中注定的一种安排。

会后，其他编辑和记者都在抱怨，说这个日子怎么过啊，那岂不是人人都成了广告部？那要广告部干什么？有人开始骂报社领导，想钱想疯了。余锋很想跟他们说，时代变了，船已侧漏，再不自救，光抱怨有什么用呢？但他想了想，算了，他不想跟这些人辩论什么。他们无非是以往的日子太舒服，并且一厢情愿地认为这样的光荣和骄傲可以延续一生一世。他很想大声喊，看看外面的世界吧，这样的变化其实早几年就已经开始，我们的转型已经有点晚了！再叽叽歪歪，不奋起自救，那就只能跟着船一起沉了。

思维能接受，余锋没有什么思想负担，对于分配给自己的经营任务，他还是有信心完成的。当然，采编毕竟不是广告部，就算要做经营的任务，也是应该发挥采编的专业作用，为企业提供传播服务，来获取双赢。

当他把这个思路跟已经退休的老吕主任做交流时，他以为这位一直奉新闻为信仰的新闻的老信徒会嘲笑他，没想到却得到他的认可。"时代在变化，新闻的展现和获得形式也在变化，媒介形式在变化，这是必然的，但新闻的本质不会变。"老吕主任说，"媒体也要找到自己的突破之路。"余锋大受鼓舞。

"你曾是报社最优秀的深度调查记者，我相信你也一定会成为经济部最优秀的记者。"老吕主任拍拍他的肩膀说。

余锋第一时间想到的就是林佩佩，他拿起来了电话约访。

余锋转型做了经济部跑线记者,但从未参加过公司的交流活动,显得清高而疏离。刚接手时因为不熟悉业务,那篇11家保险公司抱团拒赔案也可谓惊天动地,好不容易才平息,但林佩佩后来打听知道不是他故意所为,应该是背后有人。她发现余锋在专业学习方面却很谦虚,从发表报道的水平来看,提升很快,这让林佩佩也很佩服,觉得他是个很注重专业和新闻操守的新闻记者,比那些混江湖的媒体老油子不知好多少,所以打心眼里也对他很尊重。所以当接到余锋的电话说要过来拜访,林佩佩一时都不敢相信自己的耳朵。但她有种预感,也许跟他的岗位职责有了变化有关。

余锋如约出现。还是一头不羁的长发,黑色的T恤,牛仔裤。

"让您这位首席大记者亲临拜访,难得难得!"林佩佩笑着说。虽说平时见面不多,余锋也没参加那些喜气洋洋的交流活动,但平时对于业务采访、选题采访的交流倒是很多,所以并没有陌生感,而且在多次的采访配合中,原来双方的那种"结怨"已变成"结缘"。正如林佩佩所想的,跟这样的新闻记者打交道,只能靠新闻本身。

"大记者亲临,有何指教?"林佩佩笑着问。

"哪敢,我是新人,之前一直没少麻烦你,承蒙不嫌弃,帮助我做了很多采访,很感谢,今天也是专门过来致谢。"

林佩佩笑了起来:"听你讲得这么官方,我有点害怕了。"

余锋也笑了起来。林佩佩发现他笑起来其实挺阳光的,牙齿整齐亮白得可以做牙膏广告模特。想起第一次见他,他在跟进郭怀生自杀案,一脸的肃杀和怀疑,眼前的余锋,可爱多了。

"好吧,也不装了,说正事。报社现在转型改革,事业部制,也就是说,我们现在也有经营任务了。当然,在我看来,我们还是跟广告部的操作不一样,我们可以发挥我们的专业能力,把传播做得更好。"

林佩佩双眼放出光来,这不正是她想合作的模式吗?她一直希望有主流媒体宣导正确的保险理念、资产配置等消费者关注的问题,用新闻的模式,而不是硬广的模式。但这个模式需要专业的记者配合广告部付出劳动,也需要媒体内部的沟通协作。如果记者本身无利可图,一般记者都不愿做这种额外的活儿。之前跟几家报社谈过这样的想法,都不了了之。所以这个想法一直没能付诸实践。现在余锋这么一说,林佩佩不禁兴奋了起来。

"好啊,我一直有这样的想法,针对一些消费者不容易理解的常识,以客观的方式做消费者教育,比我们做硬广效果要好。如果余大记者能亲自出马,再好不过了。"林佩佩高兴地说,"其实连选题我都早就想好了,比如,'猝死算不算意外?保险应该怎么赔?''医疗险和重疾险有什么区别?都要买吗?''20、30、40该怎么配置保险?''投保前健康状况如实告知重要吗?''为什么说投保要趁早?'你看,我这一口气就给你列了五条选题,都是平常消费者比较关心或是不太容易理解的常识。你怎么看?"

余锋眼里也放出了光:"我觉得很好,很适合做成消费者教育的专题。我来采写,你出专家解答。"他看着林佩佩,想起差不多一年前,两人因为一个自杀案见面,互相防备,互相试探。随后,自己接手保险线后,因为专业不过关,差点惹出新闻事故,对方亲自杀上门来质问。梁子可谓结得够深。谁会想到今天,会互相合作。

林佩佩看着牙齿整洁洁白的余锋,笑得很真诚,觉得他也没有想象的那么难以沟通,的确,这样的人,忠于新闻,忠于事实,只能用新闻、用专业来"征服"。

翊源很快与《南粤早报》经济部签了一个6期专题的合作,60万元。由余锋出题并采访,翊源出专家就专题进行解答。文章中立、客观,专题选题也是读者关注的保险热点常识,线下报纸的阅读无法衡量,但线上APP上的点击量和评论都很热门。余锋在经济部从一个新人一下子站稳了脚跟,让齐主任也对他刮目相看,直夸他有新闻素养的同时,也有经营的眼光,给大家开了个好头。

连续几期的主流报纸的专题,林佩佩也让白鹭飞做成了电子版发到了各个业务群里,大家如获至宝,都说这是发给客户的好资料,以后再也不用花一吨口水解释这些基本的原理了,况且是《南粤早报》记者写的,不是翊源自己的广告,更有可信度。新上任的江陵风听了林佩佩近期这一拨的操作和发布效果的报告,也给予了认可。林佩佩这时趁热打铁重新调整了预算分配,广州市区网点的费用按江陵风的意思削减,但与几家传统纸媒合作的费用她还是保留了。这次江陵风很快放行,不再仔细询问。林佩佩知道,专业让自己开始获得领导的信任。

17 / 有人砸了店

关于江陵风说要把削减的大概300万元预算投入户外广告中,林佩佩这几天做了市场调研,选取了三个人流量最好的点位,一个是在天河城广场,一个是正佳广场,一个是高德置地。这三个点位,都是广州城里最旺的商业中心。况且都是一手供应商。林佩佩觉得都不错,准备整理好资料向江陵风汇报。

肖洁文岗位调动的事很快就进入了流程,也成了分公司这段时间大家私下议论的一个话题。毕竟,谁做新老板的秘书,也是大家关心的大事。

这天肖洁文收拾好东西,过来跟林佩佩告别。

"经理,我可是要过去了,以后有什么不懂的,还是希望您能继续指导我。"

林佩佩说:"恭喜啊!你在老板身边,学习的东西可多了,还用得着我吗?怕是我以后要向你请教呢。"

"哪里的话,你可不能这么说!我可是压力好大呢。"

"没事,要相信自己。你这么聪明,一学就会。工作上多主动问问,尽快了解领导的工作风格,平时的习惯,协助领导把日常照顾好,平时慎言,多做。"

"嗯，我会努力的。"

"还是要恭喜你啊，这也是你的好机会。"

"谢谢经理！有什么不懂的我还是会回来请教你的。"肖洁文很真诚地说。

这天，正忙着，电话响了，一看是秘书电话，拿起来，是肖洁文的声音："经理，江总让你过来一下。"

林佩佩想正好自己也想约见一下呢，既然召见，就把之前做好的新的预算分配表和自己准备好的几个一级户外广告商的资料都整理好，赶紧过去了。

江陵风还是文质彬彬的样子，见林佩佩过来，就问："费用预算调整得如何？"

这个问题在她预料之中，她递上了新的预算分本表，让江陵风审阅。

江陵风看了一下，很满意，说："可以，营业区和地市级机构就按这个下划费用吧，如果他们有什么特殊事项，再申请沟通。"

林佩佩正想汇报户外广告的事，江陵风递给她一张字条，说："这是一个户外广告商，你联系一下看看。"

林佩佩拿过字条，上面是一个手机号码。她忽然明白她准备的那几个一级户外广告商怕是用不上了，她默默把自己准备的资料压到了笔记本下面："好的，我了解一下情况再向您汇报。"

林佩佩出了江陵风办公室，拿着那张字条，有点忐忑不安。因为这是她第一次遇到这样的行事风格。她看见了坐在江陵风办公室外面的肖洁文，自从做了江陵风秘书以后，肖洁文在穿衣打扮上的风格成熟了起来，以前偶尔可见的潮人风格不见了，而是代之以年轻职业风格的小西装套装，让她的青春美丽跟之前又有了不一样的风格。

肖洁文只是调皮地冲她笑了笑，林佩佩也没跟她多说，赶紧回去，她要把很多事情理清楚。

她第一时间和字条上的人联系了，果然是一家做户外广告的公司，但公司名称没有听过，对方会在下午把他的方案发过来。

林佩佩给自己冲了一杯茶，站在窗边，让自己静下心来。之前王晓刚给了她极大的工作自主权，基于信任她的专业能力和信任她的职业操守。现在江陵风这样的操作，她是第一次遇到，她感觉这是一个很大的挑战，是对自己职业素养的挑战，是对自己职业道德的挑战，是对自己人际关系平衡能力的挑战，是对自己处事能力的挑战。如果在升职之前自己是个菜鸟，升职以后遇到对自己信任放手的王晓刚是一种福分，这种福分又有点类似于在温室里的花朵，某种意义上也像是一种呵护，那么现在，就是真正面临自然环境挑战的时候了。

她心里乱着，忽然闪过肖洁文，突然心里亮了一下，她突然想起来，在去年全国一把手工作会议上，肖洁文负责接待工作，当时是陪同过包括江陵风在内的两位老总一起游玩了广州的。也许就是那个时候，江陵风对肖洁文留下很好的印象呢。这也解释得通为什么在这次秘书人选上，江总选的是肖洁文了，原来是有好印象打底的。

这个渊源，怕是邓美莺也不知道吧。

同时，林佩佩又隐隐觉得，江陵风，在文质彬彬的外表下，心思缜密，有很多想法，自己以后要好好琢磨，三思而行，谨慎而言。就拿刚才来说吧，她差点就想说这里有几个一级户外广告供应商呢，好在自己没那么冲动，如果自己先这么说了，领导也下不来台了。

接下来这个户外广告项目，感觉操作起来挺有难度的呢。

林佩佩发着呆喝了一口茶，被烫着了。

日子一浪接一浪。3·15即将来临，作为金融服务行业，投诉变成敏感事件，总部不断下邮件，要求机构自查，主动处理好投诉案件，避免在风口浪尖变成舆情事故。银保监也一个文件接一个文件，要求各保险公司要做好客户服务，从客户利益出发，为客户争取利益云云。林佩佩每每看到这些邮件和文件，就会暗暗叹一口气，其实，就拿翊源保险这么大又是行业标杆企业来说，凭什么会无端端不给客户理赔呢？像翊源这种受人瞩目的公司，又是上市公司，万众瞩目，爱惜羽毛，往往反而受制于此。但在这些纠纷投诉面前，有谁相信，其实保险公司才是弱势群体啊。

林佩佩发了邮件给客户服务部和地市级公司，要求提前排查可能会有纠纷的案子，尽早处理，尽早报备。

可是多事之秋，该来的事还是得来。这天一早就接到客服门店打来电话，说，有一个客户因为对理赔结果不满，拉了几个人一起过来大闹门店，还把门玻璃给砸烂了。

林佩佩心里也气，这还有没有王法了，堂堂大广州，还能有这种无法无天的事。

林佩佩拉上白鹭飞赶紧下楼到门店查看，闹事客户已被派出所带走，留下一地碎玻璃的现场，因为派出所要来现场取证，所以一时还不能清扫，看着闹心，目前已不能接待客户了。

"现在情况是怎样？"林佩佩问。

店长小毛说："现在陆续来的客户我们会引到另一边的VIP门店去服务，现场还不能破坏。派出所已经来人，把那个闹事的带走了。"

"因为什么事情？"

"其实事情不复杂，他的老婆猝死，有份人身意外险。这人申请的是意外赔偿。但根据合同条款，猝死不属于意外死亡啊，所以只能按疾病死亡做赔付。如果按意外赔付，是30万元。如果按疾病死亡赔付，是10万元。他就因为这个不满意，来吵了好几回了，怎么解释都不听。今天就带了几个人过来砸场子。"

"没有人受伤吧。"

"还好，人都没事。"小毛说，"因为刚开门，来的客户还不算多。只是刚才围观群众也还不少，就怕有人拍了什么放在网上乱说。"

"这个咱也管不着了。我只是确认一下，这个纠纷咱公司在当初销售过程中、理赔服务中没有什么瑕疵吧？"林佩佩问。

"没有，"小毛说，"就是客户非要按意外险赔付，怎么解释都不听。人又凶,还暴力。"

"现在这个风气啊,不讲道理的总占到便宜。"白鹭飞气愤地说。

"做好客户的引导,不要让人聚集在门口围观。接下来这两周恐怕要修复门店,也要做好公告和客户引导。"林佩佩说。

"明白。我们已经在安排。"小毛说,"就怕网上、朋友圈里乱发些什么。"

"这我们很难预测。但只要公司流程上没有问题,也没什么过于需要担心的。没有人报料给媒体吧?这个闹事客户也没带媒体来吧?"

"没有。现场也没看见像是媒体的人。而且当时是刚开门,人也还不太多。"

"好,目前暂时没什么好担心的。只是现场有点难看,如果客户问起,你们要有个说辞,然后尽快把来办事的客户引到VIP门店去,尽量不要让大家高度关注。"

"好的,我们尽快安排。"

林佩佩和白鹭飞回到办公室,林佩佩说:"这个事如果发生在平时,倒也不必太担心,只是正好是3·15前,这个时间比较敏感。而且不知道客户还同时用了哪些手段。所以,我们在舆情上要先发制人。"

"那怎么做?"白鹭飞问。

"我们不是要跟《南粤早报》做一个专版,以消费者教育为主吗?关于意外险的常识介绍,比如,猝死,算不算意外险,要作为一个重点章节。"

　　白鹭飞点点头："关于这样的纠纷实在不少，普通人真的搞不懂。"

　　"另外，我们的公众号，明天，也要出一篇专门讲猝死、意外险这个专题的。"

　　"好，"白鹭飞想了一下说，"只是这种文章专业性比较强，恐怕要请理赔部门的同事出马才行。"

　　"3·15这个特殊时期，又加上今天这单子事，他们也有迫切想一起来合作的。你去跟他们沟通一下吧。"

　　"好的，我马上跟他们说去。"白鹭飞转身就去打电话了。

　　林佩佩看着她干练的身影，心里感叹，得力干将就是得力干将，一说就明，一点就通。

　　接下来的情况好像还算平静，公众号上推出了意外险的专题，阅读量还挺不错，居然过万了，这可是很长时间没有出现过的，说明大家对这种干货类的文章还是很有需求的。下面的留言也不少。看来，是应该好好运营一下公众号了。之前不太在意，现在，觉得这是自己的一个传播阵地，应该好好用才对。

　　在3·15这天，《南粤早报》的专刊也出来了。翙源人寿做了一个整版，以保险理念和保险常识教育为主，内容挺专业。其中插入了关于猝死算不算意外的专业普及，余锋在专业资料的基础上，用了案例故事的形式来表现，可读性很强，也通俗易懂。

　　林佩佩不禁有点佩服余锋，佩服他的学习能力。这个专版，除了核心部门的专业资料是林佩佩给他的,文章的布局思路、标题设计,编辑采写,都是余锋自己完成,做这种专业性比较强的稿子,如果自己一窍不通,是做不起来的,也不会有这么吸引人的标题。所以,他一定是在很短的时间内,学习了很多关于保险的基本理论,才有这样的编辑采写水平。而且,毕竟是记者出身,写出的东西就是站在读者的角度,可读性很强,比平时他们自己在公众号上写的可读性要强多了。能否让余锋来接手运营这个项目呢?一来有江陵风的口谕,要加强公众号的运营;二来在合作上可以有更好的切入点;三来借助媒体专业人士的力量,相信公众号会有一个很好的起色。想到这里,林佩佩不禁有点激动起来。

有了先声夺人的普及稿,舆情上算占了先机,砸场子的人也不见得真是要找媒体,无非就是想拿媒体来施压。而鲁莽的行事造成了公司财产损坏,对方倒是惹上了事,气焰上就消下来了,也不敢再来搞事。3·15在有点忐忑不安的心情中就这样过去了,有惊无险,林佩佩也稍稍松了一口气,接下来就要对付一下那张字条了。

"怎么样,对方回复了什么?"林佩佩问白鹭飞。

"对方发了两个位置,LED屏广告。但目前还没有提供出资质,让他补充资料了。但最大的问题是,他肯定不是独家供应商,这将会涉及招标问题,那问题就复杂了……"

林佩佩听了也头皮发麻,像这种领导交办的供应商,如果没有独家资质,真的就很麻烦,随便一个操作都是碰红线。

"先看看他提供些什么资质材料,然后再看吧。"林佩佩说。

18 / 火烧起来了

新官上任三把火,江陵风很快就把这三把火烧起来了。

第一把火是业务战略思路。在第一次全体中层干部的会议上,江陵风提出了一个大胆的计划:当年年底,翊源分公司要把销售人员翻番,从目前的3万人增加到6万人。此目标一出,举座震惊。要知道广东分公司的代理人增加从当初的1万人左右到现在3万人,大概用了两年半的时间,目前已是翊源系统内人力第一的分公司,现在要一年的时间,翻一番,增加3万人,这让所有营业区和地市级支公司老总心律不齐,血压升高。大家心里都在想,这也太疯狂了吧。

江陵风解释了为什么广东分公司要定这个目标,为什么可以定这个目标。他说,挣第一桶金的时间是比较长的,取决于起点和原有的积累。广东分公司的人力从两年多前的1万人到今天的3万人,用了2年时间,取决于2年前的起点,取决于2年前总公司才刚刚推行的新基本法。新基本法的应用和深刻领悟,以及市场从2年前的一个调整低谷的修复等,所以我们用2年时间人力实现了翻番增长。这当然要感谢王晓刚总的英明领导。但站在3万人的基础上,有着比2年前更为成熟的市场培育,有着比2年前更深入人心基本法的应用,应该会有一个飞跃。就像人挣第一个100万用的时间很长,但有了第一个100万,挣第二个100万就快多了。所以,目标,格局,大家要敢想,才能敢放开手去做。广东翊源是一个有基础、有实力、有底子的机构,要敢于去想一个更大的目标。

江陵风继续说道,人力实现翻番的"后果":人力超越主要竞争对手,在市场上抢占人力先机。新单保费市场份额可以超越主要竞争对手,代理人收入提升,内勤收入提升,这难道不是我们奋斗的目标吗?

听到这儿,各营业区经理和地市级机构又都热血沸腾了。是啊,寿险市场已经连续低迷调整了两三年了,而在调整期翊源的业绩都能保持正增长,现在有了好的底子,为什么不甩开膀子大干一番?寿险营销都是充满激情的,喜欢挑战的,这一下,把大家的热情点燃了。

会场响起了热烈的掌声,邓美莺边鼓掌边跟身边的林佩佩说:"我知道总部为什么派江总来接手了。"

"为什么?"

"少壮派啊。王晓刚总是保守派,但王晓刚总注重平台的建设,所以借助市场低迷阶段,把分公司的基础平台搭建得比较扎实。现在则是随着市场复苏,要大干快上的时候了,所以,换一位激进的领导来,是对的。江陵风风格就是激进的,不然,湖北去年也不会做得这么好。而广东,经过两年的休养生息,是该腾飞了。"

"莺姐,你可看得真透亮。"林佩佩说。

邓美莺笑了，说："透亮不敢说。只是咱算上江总，也算是八朝元老了。自己也能琢磨些道理出来。"

林佩佩点点头，觉得自己要跟这些老姜比啊，还是嫩了些。

望着台上意气风发的江陵风，林佩佩也充满了信心，广东翊源要在这位年轻的老总的带领下，又迈上一个新台阶了。很让人期待呢。看来当初对这位少壮派的感觉是对的，是位心有猛虎，细嗅蔷薇的人啊。

第二把火和第一把火紧密相连，就是业务政策。江陵风采取了和前任几乎截然不同的业务策略，引起了不小的震动。之前王晓刚的业务策略是擒贼先擒王，让代理人团队中的业务总监、业务资深高级经理这一层级，带动起他们管理的团队中的所有人。所以，按他的这个策略，营销的很多资源会向这部分高管倾斜，让他们的业绩带动下面的团队，激励下面的团队成长，树立大榜样的力量。因此，在王晓刚时代，这些业务总监、高级经理都是利益所得者，他们也得到王晓刚总的器重和爱护。每次给他们的奖励方案，都是按最高标准做的。比如，兑现一个人力发展的激励方案，去普吉岛的旅游，订的酒店一定是当地最豪华最高级的五星级酒店，吃的标准远远高于普通旅行团的标准，是按高级定制进行。这些策略都是前所未有的，以前的激励方案，都是按普通旅行团的标准，而且还是两人一间，而王晓刚时代，这些备受恩宠的总监、高级经理都是一人一间房的待遇。

士为知己者死。这些受了恩宠的总监、高级经理，自然是想要把活儿干好的，在翊源广东分公司的发展过程里，还没有哪一位老总把他们的待遇提到这么高。因为代理人毕竟是代理人，他们拿佣金，从法律上，用工性质上，毕竟不同于公司的正式合同内勤，虽然很多情况下，这些代理人的收入要比内勤高得多，但他们其实并没有太多归属感。而王晓刚总给了他们归属感，给了他们极大的尊重，所以，内心深处，他们是认可王晓刚，也想为他两肋插刀的。这也是在整个市场低迷调整期间，翊源广东分公司还能保持亮丽增长线的主要原因，总监和高级经理这一层级的带动作用是不可忽视的。

而江陵风总的策略几乎是另一种思路，就是把激励资源下沉到基层新人和主任层级。这个策略一石激起千层浪。有人叫好，当然也会有人不满。

叫好的人主要是业务销售部门。因为他们认为业务代理人群体，总监和高级经理的占比也就是10%。10%的人占据80%的激励资源，如果是在前两年市场低迷的时候，需要依靠这部分榜样来拉动整个代理人队伍的发展意愿的话，那么王晓刚的策略是正确的。但是2年后，市场形势已经发生了很大的变化，这种拉动模式是否还适用，其实已经有不少业务管理层在心里提出了疑问。而在去年的年底，虽然广东分公司整体业绩仍然亮丽，但这种拉动模式已经显出了疲态。被质疑的还有一点，因为长时间总监和高级经理们备受一把手恩宠，自然有点骄娇之气，这一年已经有总监层级的业务品质遭到了投诉。而在处理这些业务问题的时候，管理人员会备感压力。还有一点，总监和高级经理层面的业务佣金收入非常可观，目前最高的每年能拿到600万元的收入，是内勤管理干部的好几倍甚至十几倍。当然，多劳多得，大家只有羡慕，并不妒忌。这就是这个行业的精神和吸引力。但年收入已经去到400万～600万元的这一层级的总监们，收入再提升50万元，100万元，对他们而言，只是一个数字而已，他们的生活品质其实已经没有太大影响。所以，第三个疑问就是，这些人的动力还在吗？这些人的动力在哪里？如果仅靠他们的理想做动力，是没有说服力的。

所以，当江陵风提出把资源下沉到基层新员工和主任层级的时候，是得到了销售主管们的高度认可的。他们都认为，是时候改变销售激励拉动的模式了。

不高兴的当然是总监们了。

江陵风在会上多次强调，目前代理人有3万人，我们如何一年内做到6万人？一定要发动人民战争。什么意思？就是要让最基层的人动起来。最基层的新人和主任层级占到了代理人人力的70%以上，这部分人，年收入在5万～30万元左右，收入但凡增加10万～50万元，他们的生活品质就会完全不一样。所以，这部分人的发展意愿是最强烈的，发展动机是最明确的，发展动力是最足的，因此，我们的激励资源应该大规模地下沉到这个群体，刺激他们的发展意愿，让他们去增员，让他们去提升产能。

政策一改，动静不小，在全省的代理人业务骨干会上江陵风这么一宣布，业务队伍的热情瞬间被点燃了。一时间，大家的信心和士气都猛然提升。

如何激发这70%的人的热情呢？江陵风提出了三个关键点：一

是关注基层入职一年以上的代理人,让他们激发强烈的晋升和发展意愿。公司会加大对这部分人的培训投入。二是提倡"钻石"精神。钻石,是指代理人一个月至少签两张长险单,件均保费收入不低于3000元。听起来好像不难,但要月月保持,恐怕也需要用心、用力。而保持钻石,是代理人保持收入、保持生存的基本法则,唯有保持生存,才能谈得上进一步的发展和晋升。而保持钻石,也是代理人提升业务品质的一个重要指标。江陵风指出,目前钻石率只有不到25%,这个比例还有非常大的提升空间,提升钻石率,将会极大提升代理人的收入,提升代理人的留存,进而业务规模才会提升,这是一个良性的循环。三是部组经营。目前广东翊源代理人的部组经营比较参差不齐,管理比较粗犷,出勤率不高,这也直接影响到代理人的业务品质。这块虽然目前已有基础平台,但还须细化,须由管理部门打造制式化的早会流程。

这三个切入点和关键点都把握得非常好,深得人心,也让中层干部们心服口服,都说不愧是营销出身的干部,敢想,敢做。这一次会议是一次成功的会议,团结的会议,让江陵风的威望得以树立。

第三把火就是干部。在会上,江陵风强调了干部的纪律,干部的职业素养:做事,想事,带队伍。能者上,占位不做事的下。说到这个,干部心里未免会有些咯噔。林佩佩悄悄问邓美莺:"这是要洗牌的节奏?"

邓美莺摇摇头,说:"应该不会。至少不会这么快。现在正是用人之际,但他会以他的标准来观察。"顿了一下,她又说,"当然不排除个别核心部门会换,那就看这些核心部门对于领导的策略的领悟力和执行力了。"

林佩佩点点头。

三把火烧起来以后,冯雪杨也忙碌了起来,因为江陵风的策略和王晓刚不一样,所以之前制订的业务推动方案几乎全部要重新做,同时跟新领导也是一个需要磨合的过程。很多思路他需要点时间来消化和领悟。所以这段时间他几乎是天天加班,有时甚至是晚上10点以后才回家,周末也基本在公司度过。眼看已是4月将至,所有的业务推动方案都必须尽快重新调整、出台,以适应新的节奏和新的目标,而销售管理部,又是与一把手的经营指标直接挂钩的核心部门,压力可想而知。

林佩佩看在眼里,所以也不打扰他了。但有时周末独自在家的时候,她又一次问自己:我和他是什么关系呢?

她也许是爱的吧,她是那么渴望他的臂弯,那么渴望他的拥抱和亲吻,她喜欢闻他脖后干净的气息,她喜欢他的激情和荷尔蒙时刻。那么他呢?我在这里渴望他的时候,他是不是也一样渴望我呢?

最近的偶尔在一起,似乎也没有了他们第一次在三亚那晚那么美好浪漫的感觉,总觉得他有点心魂游离。对此林佩佩是敏感的。

"你怎么了?"她伏在他的胸前问。

他呼了一口气:"就是压力太大的原因吧。感觉和江总的思路、工作风格有点对不上口,他对我的方案总有不满意的地方。今天还直接说,我没有在机构做过管理,不太懂前线,需要锻炼。你说,这是什么信号?"

林佩佩手指画着他的微微扎人的胡茬儿,说:"看来,是要换掉你?"

冯雪杨抓住她的手:"我看是了。毕竟,销售部是核心部门,一朝天子一朝臣,换的就是我们这种核心岗位。"

"你觉得他会换谁?"

"不好说。现在看不出来。但明显觉得他跟我不对付。你知道,这是一种很煎熬的工作状态。"

"我理解。彼此想不到一块,大家都不爽。"

"再看看吧,我想去上海,跟着王晓刚总。你觉得呢?"

这个决定对林佩佩来说有点突然,她首先想到的是以后岂不是两人隔得老远了。但话到嘴边,她吞回去了。显然这个问题不在他考虑范围内。

"你是晓刚总一手提拔的,跟着他,当然会有更多机会。"林佩佩冷淡地说。

冯雪杨心思已在工作筹划上,没有留意到林佩佩情绪的变化:"你想,如果我待在分公司,按江总的意思,估计得派我到一个机构做业务锻炼,我去吧,不知猴年马月能回到本部,说不定就永远在机构换来换去,分公司这样的干部少吗?不少。没能力吗?不是,是没机会。能从机构再做到分公司老总的有多少?晋升的那几个,大部分都是调到了外省机构,那从此就在江湖流落,怕是到退休才能回到广州了。能在广东翊源晋升又留在广东翊源的,目前除了方总,还有谁?所以,这就是翊源干部的宿命。要打破这个宿命,只能离开分公司,到总部去,到更大的平台去。你说,对不对?"

冯雪杨说得有些激动了,把林佩佩的手抓紧,说:"你也应该想办法到总部去。到上海去。"

林佩佩笑了笑,什么也没说。她把手抽出来,继续画他的胡茬儿。他的双眼看着天花板,心思好像已飘到了上海,仿佛已在憧憬总部的广阔天地。她在心里叹了一口气,看来,她拥有他的日子不多了。

正好唐樱说要参加莫莉在这个周日下午的一个创业分享会,想让林佩佩陪着去。反正自己也是一个人,林佩佩就答应了。她还没有参加过创业分享会,因为不是她的业务范畴,正好借机会去体验一下。

创业分享会,就是创业说明会。保险行业目前的业务开展模式,仍是以线下的人对人的方式为主,因为每一个保险方案,都是度身定做,涉及专业的沟通,这个线上仍难以完全替代。目前线上售卖的只是简单的产品,比如短期人身意外险、纯重疾险、纯医疗险等,但对于普通老百姓来讲,就是这样的简单险种,也不是每个人都能搞明白自己该如何配置的,还是需要专业的沟通服务。而业务规模的拓展,也取决了代理人人力的增长拓展,所以,增人力,是保险行业除了售卖保险业务外另一个非常重要的指标。而增人力的一个主要的方式,就是通过创业说明会。通过前期的沟通和邀约,让有意向加入这个行业的人聚集起来,通过这个创业分享会,了解一下这个行业，坚定自己加入的信心。创业分享会几乎每周都会举行，规模大小不一。

莫莉在分公司越秀营业区，入行6年，又做到高级经理，算是发展得特别快的一个，也是明星代理人，所以，今天下午这场创业分享会，基本来的都是她和她的团队邀约的，大概有200人，以团队为单位的创业分享会，这算比较有规模的了。

离开始还有5分钟，会场已坐得满满的，看来氛围不错，邀约和到会率都挺高，怪不得莫莉团队在分公司里是明星团队，看来名不虚传。

唐樱和林佩佩找了后面一个偏边上的位置坐下。想起大学时代，林佩佩上课总是坐前面几排，一来是因为自己近视眼不想戴眼镜，二来林佩佩觉得上课坐前排听得清啊。但唐樱总是坐最后一排，而且靠过道，她的理由是，想溜的话方便啊，在后面搞自己的小事情方便啊。虽然她们是好闺密，但在上课位置这个事情上，从来没有达成过一致。自从唐樱跟了一次林佩佩坐前排听课，浑身不自在，如坐针毡；而林佩佩跟了一次唐樱坐最后一排，她基本觉得这节课没听好，从此，两人在上课这个事情上就是分道扬镳了，结果就是，林佩佩一直是班上的学霸，唐樱几乎都是勉强过关，但唐樱以林佩佩为傲，因为她可以舒服地坐在最后一排，发呆，开小差，琢磨晚上的约会穿什么衣服，反正功课可以抄学霸闺密的。

创业分享会准时开始了。这场创业分享会人不少，规格也不低，头一个主讲人是越秀营业区的营销总监戴明。

林佩佩悄悄对唐樱说："这个戴明可厉害了，他可以说就是中国个人寿险营销业的活化石。翊源刚开始做个人寿险的时候他就在了,是中国第一批做个人寿险的人。"

唐樱张大了嘴,压着声音说:"哇,这么厉害!那时候可没什么人知道保险呢。"

"他们就是先驱。但是能20年在这个行业坚持下来的人,真不多。他是其中一位。所以说,他是活化石。"

唐樱点点头,敬佩地看着台上的戴明。这是一个45岁左右的男人,相貌普通,但吸引人的不是他的外貌,而是他自信的气质和他富有感染力的声音,一听就是身经百战的人。

"我是1994年同济大学地质专业毕业,毕业以后分配到科研所,可以说,捧着金饭碗……"戴明以自己的故事开始了演讲。

"哇,名牌大学毕业的呢。"唐樱悄悄对林佩佩说。

"怎么?刷新你对保险人的认知?"

"嗯,"唐樱点点头,"我以为这些老前辈都是当初没有工作、没有出路的人才来做保险的。"

"很多人都是这么想的,真是很大的误解。"

台上戴明继续说:"1995年我随着科研项目,来到了美丽的夏威夷。在这个美丽怡人的地方,我在沙滩上看到很多老人家,他们年纪很大,但是很健康,享受着阳光、沙滩。我当时心里特别有感触,为什么?1995年,中国刚刚从计划经济全面走向市场经济,当时的中国普通人,也只是刚刚解决温饱问题。而同一时代的中国老年人的状态,和我眼前看到的完全是不同的世界。我当时特别困惑,为什么这些外国老人,可以这么舒服地享受晚年的生活?而我们的祖父辈,辛苦了一辈子,当他们年老体衰失去劳动力时,也是失去收入之时,晚年生活便陷入了困顿,或者生活水平急剧下降。带着这样的好奇,我上去和他们聊天。我问他们,为什么你们可以在这里这么开心地度假?你们还在工作吗?收入从哪里来?他们对我这个中国小伙子很热情,跟我说,他们也只是普通的中产阶级,他们之所以可以过这样的晚年生活,是因为他们有养老保险。当时我第一次听到了保险这个概念,觉得它真是一个好东西。

"回国以后,我就开始打听,中国有没有这样的保险。当时做人寿保险的公司不多,我立刻敏锐地认识到,这是一片蓝海。中国的人寿保险事业,才刚刚萌芽。但,这一定是未来的一个朝阳行业。我当时就决定加入这个朝阳行业中。虽然它当时连朝阳也还算不上,只能算是黎明刚刚露出的晨曦。"

台下发出小小的笑声,很快又恢复安静。

"我本身就是一个不太安分的人,我喜欢新奇而富有挑战的事情。而研究所的工作,太过于古板,人寿保险,这么新的行业,一家这么新的公司,我决定要来从事这个我当时就非常看好的新行业。

"当时从研究所辞职就把身边很多人都惊呆了,他们不能理解我为什么把稳稳捧在手的金饭碗扔掉。而当他们知道我要去的是一家保险公司,是去做卖保险的工作时,他们认为我一定是脑子进水了。而我义无反顾,辞掉了研究所的工作,只身来到广州,加入了正在招兵买马的翊源人寿,成为最早的一批代理人,工号001。那年，1996年，我25岁。

"虽然我非常看好人寿保险这个行业，但在90年代末，知道保险的人少之又少，接受保险的人更是凤毛麟角，展业谈何容易。当时很多写字楼门口都贴着一张纸：防偷防盗防保险。在广东，很多当地人还有点小迷信，你如果开口跟他们谈生老病死，会被他们驱逐，并大喊：'大吉利市'！"

台下听众都笑了起来。

"有时候一天遇到的，都是拒绝。

"有时也会感到累，但我心中的信念从未熄灭，我坚信我的判断，我坚信我的选择。因为我见到过保险带来的不同的人生，我相信中国人也值得拥有这样的一个金融工具，去抵御不可预知的风险，去追求更为确定的幸福的未来。

"如果他们拒绝我，那只能是我做得还不好，让他们无法理解和接受保险，那我要自己想办法去让他们了解保险。这是我的职责。当我想通了这一点以后，所有的拒绝都打不垮我了。我比以前更努力地去拜访。我是外地人，在广州也没有什么关系和人脉，我那时的拜访全是陌生拜访，以前有个词叫扫楼。我一般从最顶楼开始。为什么你们知道吗？因为我先上到顶楼，就算人们拒绝我，我也只能一层一层地下来。如果我从一楼开始，一楼就遇到了拒绝的话，我怕自己就没有勇气再上一层楼了。"

大家又笑了起来，为这位很接地气的总监的幽默，大家显然被戴明的演讲深深吸引。

"我经常去公司旁边的一个文具店复印资料，一来二去和老板也就熟悉了。有一天我又去他那里复印资料,他那天不太忙,就跟我聊起来,说,小伙子我看你很久了,你很勤奋,比很多人都认真和勤奋,你印的是保险资料吗?你要不跟我讲讲什么是保险?

"我那时受宠若惊,因为这是第一个主动要我跟他讲保险的人。我坐下来,从保险的功能开始讲起。我记得那时是广州的四月,外面还下着淅淅沥沥的小雨。而我讲完以后,文具小店的老板当场买了一份终身人寿保险附加重大疾病。这是我保险入行后的第一单,虽然保额不算高,保费也不算多,但它给了我了信心,我相信,只要有一个机会让客户认识保险,他们会接受保险的,只要他是对家庭有爱的人,只要他是一个对家人有责任心的人。

"这位文具店的小老板一年后又在我这里给他新生的儿子买了一份翊源少儿险。大家如果了解的话,会知道早期的少儿保险,因为利率高的缘故,在今天看来,是如此划算啊。今年,他儿子考上大学了,第一次领取了一笔可观的大学入学金。老板现在都很感谢我,而我,其实更感谢他,是他,给了我坚定走下去的信心。

"如果说20年前中国的个人保险市场是一片空白,我们这批市场的先行者披荆斩棘,一路过来,殊为不易,但时代也给了我们这群先行者奖赏。我很庆幸能在中国个人寿险市场刚开始的时候就踏进来,直到今天,我仍然不后悔当初自己的决定。现在跟20年前比,这个市场已经成熟了很多,很多人也都接受了保险,行业的形象和地位也与当初不可同日而语。但我们仍然看到,中国的保险深度和密度跟世界很多国家比,还是处于很低的水平。所以,这个行业,20年前,我认为它一定会是中国的朝阳行业,20年后的今天,我仍然认为,它是朝阳行业,是一个开始吐露朝霞的行业。这个行业才刚刚开始。

"中国改革开放40年,走向全面的市场经济,人们的生活开始迈向小康和富裕也不过是这几年的事情,中国开始出现了中产阶层,他们解决了温饱以后会开始关注自己的养老问题,自己的财富风险转移、财富传承等,这都是可能通过保险工具来解决的问题,这也向从业人员提出了更高的要求,原来的大浪淘沙的行业操作也已经进入反思阶段,现在这个行业,越来越吸引高学历、高水平的人参与。而对于原有的从业人员,能够走到今天的,也都是那些跟随着行业的发展,自己不断学习提升的人……"

戴明的演讲1个小时,时间不多不少,可见已是讲得非常熟练。条理清晰,引人入胜,从演讲结束后的掌声看,是非常成功的。

虽然戴明这个名字如雷贯耳,但他的创业会演讲林佩佩也是第一次听。果然名不虚传,名校高才生,个人寿险业务第一人。目前也是翊源最老资格的业务总监之一。

唐樱对林佩佩说:"原来你们公司有这么厉害的人啊。我如果加入的话,也是在戴明总监的团队吗?"

"莫莉就是戴明团队的。"

"哦,怪不得。名师出高徒呀。"

接下来就是莫莉自己的演讲。这次来的主要是她和她的团队邀请过来的准增员,所以她自己的演讲不能少。

莫莉并没有出色的容貌,瘦小的身材,但一身米白色的西装让她看上去很有职业女性的气场。

"我并没有什么亮丽的学历和简历,"莫莉开始了她的演讲,"我中专毕业,跟随老公来到广州,做服装批发的生意,从早忙到晚,虽然也能挣到一些钱,但几乎没有享受生活的时间,我也一直没有这个概念。因为像我们这种异乡人,来广州打拼,就是想着多挣点钱,一天恨不得有48个小时。女儿出生以后,日子更忙了,一方面要照看着铺头,一方面又要照顾她,有时觉得真是很累,有时我就想,有没有一个工作,可以让我能很好地照顾女儿,又能挣点钱呢。

"直到一个偶然的机会,我接触到了翊源保险,我也跟你们一样参加了一场创业说明会,我觉得那天主讲人说,保险这份职业,时间自由,而且如果愿意,你可以做一辈子,收入不封顶,多劳多得。我想,这不是我一直想要的工作吗?

"然而我决定加入翊源以后,我很焦虑,因为常年只忙着服装批发,我的通信录上的朋友和同学只有不到20个,而且很多还是很久都没有联系过的。我不知道怎么开始,心里焦虑不堪。而且这时我家里人也特别不支持,我老公觉得我放弃做了这么多年的服装生意,去卖什么保险,他特别反对。他说,如果我觉得累,就在家带孩子好了,铺头他来做,辛苦就辛苦一点,但他真的不想我去卖保险。我当时就说,保险跟你什么仇什么怨,你意见这么大?他不屑地说,就凭你这样,能卖出去一份?还能养家?我当时气坏了,暗暗下决心,我就是要做好给你看看。

"我学历不高,真是从零开始,但翊源有很好的培训体系,从专业知识,到销售技能,都全面培训。我知道自己起点低,很努力地学，从不迟到早退旷课。你们知道吗？其实我中学的时候学习成绩很好的，我很爱学习，只是因为家庭条件比较差，才没有去读高中，而是选择了读中专。这可以说是我的人生遗憾。

"但幸运的是，我居然在翊源，实现了自己的大学梦——"

这时投影仪打出来一张照片，是莫莉在翊源培训中心——行内人称翊源管理学院——大门口的一张照片。

莫莉继续说："这是我因为作为新人的时候，业绩突出，获得了去翊源管理学院培训的一个机会。我以为我这辈子都不会有机会走进大学的门，没想到在翊源实现了。我那天非常激动，在门口拍了这张照片。同行的很多学员不能理解我这种激动的心情。我觉得我人生的一个最大的遗憾，人生的一个梦想，在我加入翊源后的三个月，我居然实现了。从此，我觉得，翊源是我的福地，保险业是我命中注定的选择。

"转做了保险以后，我的确有了更多的时间照顾女儿，但业务我也没有放松，我非常努力，我想向老公证明我的选择没有错，也向自己证明自己的选择是对的。所以，我当年是新人王，后来一直是钻石王，收入节节攀升。大家看看我这个月的收入。"

这时投影片打出了莫莉这个月的收入单，月收入108900元。

下面哗然。没有比钱更能打动人和激励人的了。

莫莉接着说："做保险这份工作，时间由自己支配，的确让我实现了既能照顾孩子又能挣钱的想法。而且现在，不是挣一点钱，是可以挣到很好的收入。以前生意上的事，老公为主，他说了算，在家里也是他说了算，现在我收入比他多，我感觉我在家的地位也提高了很多。就举个简单的例子吧,就连电视看哪个台,遥控器现在也是我说了算。"

下面爆发了一阵笑声。莫莉朴实无华的演讲,和戴明的风格完全不同,两者又各有重点,相得益彰。

莫莉继续在投影片上打出了两张照片,继续说,大家看看我6年间的变化。

下面又是暗暗地一声"哇"。一张是6年前莫莉还没有加入翊源时的照片,一个非常普通的妇女,抱着一个一岁大的娃,谈不上气质,更谈不上衣品。另一张照片是莫莉现在的职业照,照片里的她穿着今天的这身米白色的职业装,淡妆略施,有着职业女性的自信,眼神不一样了,更坚定,更有神采。

唐樱惊讶于这样的变化,悄悄对林佩佩说:"看来事业对女性真的太重要了,这简直是脱胎换骨啊。"

林佩佩看着她说:"你的条件比她强不知多少倍,你也能做得很好的。"

这时莫莉结束她的演讲:"如果说以前我认为幸福就是有个家,有孩子,我把他们的生活照顾好,就是我能想象的幸福的样子,那么,今天,我对幸福的理解是,有家,有孩子,有自己热爱的事业,能帮助到别人,能学习,能成长,能给孩子一个独立、上进的母亲的榜样,这,就是我现在理解的幸福。这个幸福,是翊源给我的机会。它让一个普通得不能再普通的女性,找到了自己发展的潜力。如果我这样的都可以,那么我相信,你们也可以!"

台下爆发出热烈的掌声。

唐樱报名参加初训班。回去的路上，唐樱开着车，沉默了很久，说："真不敢相信，我最后去卖保险了。"

林佩佩说："心理上要过这关，可能是需要些时间。但戴明不是说了吗，卖保险的说法，是从自身挣钱的角度。但换个角度，是给他人带来风险保险的解决方案，你要成为对他人有专业帮助的人。这样想，会不会更有助于你的心理建设？"

唐樱说："你真好！我也觉得戴明讲得对。要成为一个对他人有专业帮助的人。"

"振作起来，亲爱的，万事开头难，迈出第一步，就是很好的开始。要相信你自己。"

唐樱点点头，不知为什么，泪水突然漫上了双眼。"你以前一直是温室里的花儿，现在你要成为一朵野玫瑰。"林佩佩握着她的手说。

19 / 海的欲望

做江陵风的秘书,让肖洁文既兴奋又紧张。兴奋的自然是级别上晋升一级,而且跟在领导身边,可学习之处将是很多很多。而紧张的也是因为跟在领导身边,而自己其实也是个刚入公司2年的新人,无论是工作经验,还是人情世故,都不知能否支撑这样一个职位。

好在和江陵风也不是完全陌生,去年自己曾作为接待人员陪同他一起广州半日游,对江陵风印象非常好,觉得这是一位年轻、有魄力,但也有趣味的人,并且平易近人。

江陵风似乎对她没有专业工作上的要求,更多的是日常生活和工作日程的安排。所以明确这点以后,肖洁文重新定义了自己的角色,就是做好江陵风的工作安排、生活安排,让领导专注于工作和业务本身。

以前在公关传播部的时候,肖洁文觉得自己是个新人,青春女孩,所以衣着上,如果不是什么严肃场合,有时也会保留一些新潮女孩子的风格。这些都是得到林佩佩默许的,毕竟和其他部门相比,公关传播部是一个更讲究创意的部门,所以在不违反公司穿衣要求的前提下,林佩佩没有很特别严格要求团队成员必须天天正装。现在做了江陵风秘书,自己就是领导身边的人,也是领导的门面,而江陵风又是如此讲究衣着品味的人,所以,肖洁文把那些潮牌衣服都放进了衣柜深处,取而代之的是职业正装。当然不是毫无个性可言的老气正装,而是小西装。原来喜欢披散的头发,现在也扎成了一个小花苞,整个人都显得年轻、活力,又正式和职业。连到岗第一天,江陵风见到她,都忍不住赞美说:"哟,小美女今天真好看。"

肖洁文悄悄向司机打听江陵风每天早上几点到公司,司机说江总每天8:00出门,8:20到公司。

肖洁文心里"妈呀"地叫了一声,领导真是敬业啊。公司9点上班,她平时一般踩着点8:56到,这回恐怕不行了。

第二天她8:15就到了公司,把热水壶的水烧热。她还不知道江陵风的生活习惯,但她知道自己要尽快摸清楚他的习惯和喜好。

江陵风果然每天8:20准时出现,他看见肖洁文已经在门口的位置上迎接他,眼里露出了一丝赞赏:"你也这么早啊。"

肖洁文知道,虽然江陵风没有明确要求她几点到岗,但显然他很喜欢看到他到达公司的时候,她也在。大概用了两个星期不到的时间,肖洁文已经把江陵风的大致习惯和喜好摸得八九不离十了。他喜欢喝花茶,但相对于他对于衣着的要求,他对茶还不是特别讲究,茶叶好就行,至于形式,不是工夫茶,用茶杯泡着就好,更像北方人的喝茶习惯。他貌似还不是很习惯清淡的粤菜,喜欢带点辣的口味。肖洁文想,等领导诸事部署完了,应该让他好好尝尝粤菜的精妙。中午由肖洁文帮他订外卖,晚上基本天天有应酬。中午的外卖肖洁文每天不重样地订过几家，一周后，回头率最高的是点心虾饺和叉烧肠粉。看来领导还是能接受粤式口味的嘛，她想。因为初来乍到，翙源集团内的其他子公司一把手几乎每天都约江陵风接风晚宴，肖洁文也知道这种应酬晚宴想要好好地欣赏美食几乎是不可能的。但让肖洁文佩服的是，虽然天天晚上有应酬，但江陵风总是每天早上8:20就准时出现。这是一个怎样自律的人呢，她想。

他的时间观念很强，自己约好的时间，不会迟到，所以时间安排很紧凑，工作效率很高，这也让肖洁文不得不佩服。也许成为翙源的高层领导，自律、规划就是必备素质。

不到一个月的时间，肖洁文已经完全适应了新的岗位，把江陵风的日常行程安排得井井有条，生活琐事也安排得妥妥当当。当职能干部们感觉到越来越多的工作安排、调度传达来自这位年轻貌美的秘书的时候，大家也感觉到，不能简单地把她当一个小姑娘来对待，她已经是离老板最近的人，她是老板目前最信任的人，也许是之一，她已经完成了和老板的磨合，成为传达旨意的人。而与此同时，很多中层干部还没有机会亲自和这位新任老板面对面地谈过话呢。

三把火烧起来后，经过一个月的磨合，江陵风做了三件事，一是树立目标，目前看虽然大家还是有疑虑，但整体还是燃起了目标和激情，这让他对广东分公司这个集体充满了好感。都说广东人务实、肯干，的确从这一点已经感觉到。二是树立纪律和权威。他通过对干部会议纪律的整顿，树立了自己的权威，也让会议面貌大为改观。最重要一点是开会必收手机，极大改观了会议纪律。之前开会大家忍不住在下面刷手机，现在手机统一收取，会议上大家没有可以分心的东西，全都由原来的低头看手机变成了抬头看台上，精神面貌也大为改观。三是提高凝聚力。这是一个持久的工程，不是一天两天就能看到效果的。但通过修改对代理人团队的激励案，极大提高了业务激励的标准，使得代理人士气大增。一开始，他几乎每周有三天时间亲自去不同的营业区视察早会，并为代理人打气、讲话。他的儒雅形象和富有感染力的演讲，收获了不少粉丝，也让业务士气大增，他的威望在短时间内，至少在广州的各营业区内很快树立了起来，大家都很认可他的激发基层代理人的晋升工程，都很拥护激励资源下沉的政策，都表示要好好干，充分利用好这拨激励政策，达成自己的收入提升。

广州几个主要的大营业区已基本走了一遍，接下来江陵风决定到地市级机构走一趟。地市级机构的业务，属西片区做得最好，规模占比也最大。所以江陵风决定先去西片区，确定了路线是先到江门，接着阳江，再到茂名，最后一站是湛江。

江陵风让肖洁文一一通知到这几个机构，然后说："这次出差你也一起去吧，跟着去熟悉一下业务一线，对你的成长也是有帮助的。"

"好的。"肖洁文说，心里有点小激动。比起整天待在办公室，她更喜欢能出去走走。自从做了秘书以后，似乎已没有自己能自主的时间，她来得比江陵风早，下午下班如果江陵风不走，她也是不敢自己先走的，虽然江陵风并没有这个要求，但她觉得还是等到江陵风走她才走，万一她走了领导有事需要她呢？她心里倒是没有觉得苦，因为每次江陵风下班时，都会很亲切地跟她聊几句，说你怎么还不走啊之类，但也没有明说让她可以先走。所以，肖洁文知道，他心里就是希望她在的。

这次出差时间是一整周，从路程看，800多公里，一天一站，再加上要在当地作一些调研，安排得相当紧张了。肖洁文想，这也是江陵风需要带上她的原因吧。

她尽量让自己的工作做得更细一些，比如跟机构老总一一确定好行程安排，传达住宿酒店的要求。江陵风喜欢早上起来跑步，而且不喜欢在健身房里跑，喜欢在户外的环境中跑步，所以肖洁文让机构安排的酒店的周围环境是要适合跑步的。调研的安排，会议的安排，都一一和机构老总确认好。老总们也是不敢掉以轻心，新任领导第一次视察、接待、工作汇报，各个环节都得做好，他们都知道第一印象的重要。但很多细节又不好直接问江陵风，所以，和他身边的秘书做好密切沟通，是唯一的渠道。

为了更好地利用时间，他们周日晚上就出发了。江陵风坐在后排，肖洁文坐在了副驾驶位，车子驶向了夜色中的高速。

"你吃饭了吗？"江陵风问。

"吃过了。"肖洁文笑着回答，回头看了一下江陵风。他今天跟往常上班不一样，平时都西装革履，一丝不苟，今天因为是长途旅行，换了一身休闲装。虽是一件不显山露水的黑色T恤，但也看得出不是便宜货。因为自律和平时的坚持锻炼，结实的胸肌若隐若现，让T恤穿在身上，也是有型有款。

"自己做饭?"江陵风问。

"嗯,我会做饭。"

"一个人住?"

"我和我的大学同学一起合租。"

"在哪里?租金多少钱?"

"离公司不太远,但楼比较旧一些,4000元一个月,两房一厅,没有电梯,是比较旧的那种楼。"

"哦,那也不便宜。那工资可就没剩多少了。"

"是啊。还好是合租,还能勉强维持。"

"年轻人都要经历一下这个阶段,我当时刚毕业,在上海,住得更差,也是这样一步步走过来的。"

平时都是工作的简短交流,在车上聊聊家常,让肖洁文觉得江陵风也不是平时那么严肃。肖洁文拿出一个巧克力,转身递给江陵风,说:"江总,吃一个这个?"

江陵风接过来,说:"巧克力?这不是引诱我吗?"

肖洁文笑了起来:"是愉快的引诱。车程很长呢,吃点这个会让你放松和愉快。"

"这可是要长肉的。我得跑多少公里才能消耗掉。"江陵风笑道,但语气里并没有拒绝。

"你经常锻炼,不会长胖的。"

此时江陵风已经剥开了纸,把巧克力送进了嘴里:"美女给的,当然要吃。"

车里气氛轻松愉快,弥漫着淡淡的巧克力的味道。

车子一路狂奔,到了酒店,办好手续,两人一起上电梯。电梯门开了,肖洁文和江陵风道了晚安,走出了电梯间。不知怎的,她轻轻舒了一口气。虽说一路上气氛轻松,但毕竟是第一次和领导一起出差,她其实还是有点紧张的,怕哪件事照顾不周。目前看,今天还是很顺利的。

第二天的安排满满当当的,营业区的早会,作讲话,跟部经理们面谈。肖洁文发现江陵风很能和业务代理人打成一片,讲话幽默,也有代入感。毕竟,江陵风也是营销出身的,深知做营销的苦,所以句句到位,让代理人一下子拉近了和他的距离。所以,当他提出要做好部组的经营,加大激励资源提升基层代理人的收入,部经理层级要带头做"钻石",人人争取做钻石这样的策略号召时,得到了台下代理人的一致认可,掌声雷动。

下午听取江门支公司的工作汇报,然后,马不停蹄奔往阳江,然后茂名,然后湛江。肖洁文第一次陪着领导这种连轴转的出差,虽说自己不用操太多具体业务上的心,但也觉得体力消耗很大,所以她真心佩服江陵风的体力。看来,在翊源做高层干部,充沛的体力真的是第一标配。况且,在这样的高压下,江陵风还能保持每天跑步。她自己恨不得多睡一秒也是幸福的。

有一次在路上肖洁文问江陵风:"江总,你工作强度这么大,还每天坚持早晨跑步,是怎么做到的?"

"习惯就好,"江陵风说,"而且,越是工作强度大,越是需要体育锻炼,你会发现,体育锻炼不会让你觉得累,反而让你的体力能保持一个更旺盛的水平。"

"那看来我也得学习一下，多做锻炼。"肖洁文说。

"那明天早点起来，跟我跑步。"

"啊……"肖洁文笑了起来，有点娇俏，不敢应承。江陵风看着她，宠溺地笑。

湛江是最后一站，完成所有的任务时已是周五晚饭时间。这个招待领导的绝好的机会，湛江的老总叶枫当然是不会错过的。而江陵风也因为完成了出差的任务，显得轻松亲和了很多。听说是品尝湛江的海鲜，也默许了。

同来一起晚宴的还有湛江支公司的一号二号两位大总监，以及业务管理部的几位中层干部。海鲜的确新鲜美味，但酒也是少不了的。前几天一来因为晚上总是赶路，所以江陵风几乎不喝酒。但今晚是完成出差任务，又是周五晚上，所以叶枫准备了江陵风爱喝的茅台，请来陪宴的几位，除了是业务上的骨干，也是酒量好的人。

看得出江陵风今晚心情不错。湛江毕竟是广东分公司各个支公司里业绩最好、规模最大的一个，这次的视察他也很满意，对于湛江的士气和对自己策略的认可，都是很高的。奔波了一周，终于在这个晚上可以放松一下了。

海鲜晚宴气氛很好，几位业务总监也很给力，劝酒也恰到好处，看得出果然是历史悠久的大机构，资深干部和骨干都是有分寸的。肖洁文也不知不觉喝了好几杯茅台，作为领导身边的人，大家敬酒也少不了她。肖洁文以前没喝过白酒，她也不知道自己能不能喝，酒量多少，但今晚氛围很好，她不知不觉就下肚了几杯。酒是很好的酒，肖洁文发现自己还是能喝一点白酒的，这不，几杯下肚，也还没见什么不良反应，但脸上发热倒是感觉到的。

江陵风也喝得很尽兴，他是海量，但也还算节制，等到叶枫要去开第四瓶的时候，被江陵风制止了："老叶，可以了，不再开了。再喝就过了。"

"领导，喝得正好，酒管够呢。"

"不开了不开了。就这样。今晚很高兴，就这样吧。"

肖洁文是见过江陵风的酒量的，看他这样的表现，知道应该是差不多了，忙对叶枫说："叶总，不开了，明天江总还要走长途的。"

叶枫也察言观色，见好就收。

健谈的江陵风变得言简意赅了，肖洁文知道他的酒后劲上来了，赶紧打电话让司机在下面备好车。

虽说有点上头了，但江陵风还是意识清醒的，上了车，肖洁文坐副驾位，前面叶枫的车领路，一行人送到了酒店。

电梯里肖洁文说："江总，你没事吧？"

"你说呢？"江陵风看着她。

肖洁文避开了他的眼睛，说："要不，我跟服务员要点蜜糖水送过来？我听说蜜糖是解酒的，对肝也好。"

"不用了，我没喝多。"江陵风仍看着她，她觉得他看她的目光跟平时不一样。

18楼到了。肖洁文说："那……那我先回去了。"

"嗯。"

肖洁文出了电梯,看到电梯门关上,但电梯里的江陵风仍看着她,她感到了一丝丝紧张。

回到房间,肖洁文躺在床上让自己也安静一会儿,江陵风的目光让她感觉到了一丝紧张,说不清楚是什么感觉。茅台开始有点后劲了,脸还是热热的,头有点微晕,但她知道自己的神志是清醒的,应该躺一会儿就好。

过了一会儿,手机微信响了起来,似乎预感到什么,她拿起手机来看,果然,是来自江陵风的一条微信。

她的心怦怦地跳了起来,她似乎能猜到会是什么内容。

她手指颤抖着点开了这条微信。

"过来一起看海吗?"

看得她心跳加速。怎么回复呢?

怎么回复取决于她的态度。

而对于江陵风,这一句没有风险,字面意思就是来看海。听叶枫说过,给江陵风订的套房是270度海景房,看海景一流。但是,难道只是看海吗?

肖洁文不傻,只是怎么回答,是一个艰难的选择。

她欣赏江陵风,或者说,有点崇拜,在这条微信之前,是一个小女生对一个成熟的成功男人的崇拜。在收到这条微信以后,她心跳加速,她知道可能很多东西会被改变,取决于她自己。

她起了床,去洗手间抓了抓头发,从包里拿出蜜粉补了一下妆,擦掉了原来的口红,重新涂了一只淡粉色的,自然,水润。重新看了一下镜中的自己,青春貌美,自然,不着力。她再轻轻在手腕处喷了一点祖马龙的蓝风铃,这是她最喜欢的香味,让她安静、愉悦。她要平静自己紧张的心情。

她出了门,按了电梯。在看着电梯的数字时,她还在心里说,你还可以改变主意,现在还来得及。想着改主意的时候,她已经进了电梯。电梯里有一个客人,看了她一眼。她觉得这一眼意味深长,她觉得这个人知道她在想什么,以至于她不敢看这个客人。客人的楼层比江陵风的还要更高一层,电梯门打开,肖洁文走了出去,觉得背后这双眼睛如芒在刺,洞察内心。她故作镇定,门在背后关上,听到那"叮"的一声,她如释重负。

她深吸一口气,按响了江陵风的门铃。她知道这一声下去,她就不会再有退的机会。

江陵风开门让她进来。他的领带解开了,衬衣的领子打开了三个扣子。他微笑着看着她,有微醺的眼神,还有暧昧和欲望的气息。

她告诉自己,其实她是喜欢他的,他的一切她都喜欢,他的外貌,他的身材,他的谈吐,他的风度,他的声音,他的领导魄力,包括他的地位和财富。只是恰好,他是她的上司而已。她不知道接下来会发生什么,但她决定不去想,甚至不想去承认他是已婚这个事情。她让她此刻的脑子停止转动。她只是去迎接那如暴风雨般热烈的吻和爱抚。她知道她青春的身体，是江陵风除了美酒以外最需要的，让他在工作重压之下可以喘息。

270度落地窗外，是夜色里黑色的大海，那些要冲上岸的海浪，带着欲望和低吟，一遍又一遍，撞上礁石，碎玉四溅，在黑暗里灿烂至极。

20 / 黑色产业链

江陵风让林佩佩联系的那个户外广告供应商发来了资源图片，位置是在市中心的一块LED屏。虽说位置、人流量都还不错，但这家供应商显然不是一手商，也不是独家代理商。这就跟目前的户外广告招标制度严重不符。

"怎么办？"白鹭飞问。

林佩佩也陷入了焦虑中。

"你今天看邮件了吗？法律合规部发的，就是他们近期检查华南区的湖南分公司，发现的亮红牌的案例。说的就是违反采购规定，把不是独家的供应商说成是独家，价格还贵出市场价不少，被查出来，吃红牌了。"

"我知道，我刚看了这个邮件，"林佩佩说，"那谁，叫什么子仪的，怕是摊上事了吧。"

"我打听了，她是经办人，就是直接责任人，据说处罚不会轻，就看她要不要供出上面了。供出了，可能她的处罚会轻一些，因为她毕竟只是一个小经办，你也知道，她肯定是要听上面的呀，她应该也没那个胆自己搞这种事。"

"那现在情况如何？"

"据说她守口如瓶，啥也不说，都是她自己扛。现在法律合规部的人在做她的思想工作，希望让她提供更多细节，但似乎她已打定主意保护一些人。"

"这样吗？这样对她有什么好处吗？"

"我也奇怪呀，后来我听法律部的人说，可能是她上面的领导已给她安排了后路，条件就是让她啥也不说。据说已给她安排了去别的同业公司。"

"那处罚不是落她一个人身上？"

"法律部觉得她只是经办，是不想太重处罚她的，但她如果啥也不说自己扛，那谁也帮不了。但是——"白鹭飞悄悄靠近林佩佩说，"但是，我听说，这个案子已经报上总部去了，而且鉴于湖南分公司这些年在这些项目上屡有案件发生，怕是这一次不会轻易放过，而且恐怕总部的法律部是想一查到底，把之前的都连根拔。"

林佩佩倒吸一口冷气："那牵扯可就大。看来湖南分公司的水很深，不然，不会不放过。"

"是啊，现在总部不是在搞廉政建设吗，正是找案例、树典型的时候呢，这次湖南分公司是跑不掉了。"

"那，子仪的领导，叫什么来着……"

"陈经理？嗯，这次麻烦有点大。"

"怎么说？"

"法律部经过整合这几年的案子，发现这些跟户外项目有关的案子都跟陈经理有关系，所以，就算子仪啥也不说，法律部恐怕也不会放过他。"

"这次动作很狠呢。"

"是啊。你听说没,法律部这一年上线了一个新的AI系统,把很多数据后台一整合,会轻易发现很多问题,比如关联交易啊,比如供应商资质等。"

"这么厉害?"

"是啊。所以现在很多问题都很容易揪出来。"

"那咱这个项目,真是要万分小心啊。不能出娄子。"

"是啊,这个情况真难。如果硬要做,只能做独家。但这家很明显不是独家,如果让他搞手脚,以目前这套新上线的系统,稍不注意,哪个环节出了纰漏,就完了。"

"待我想想。"

"经理,我想,你就直接回了江总,就说他不是独家,按公司的采购制度搞不成。按理,他是大老板,也是应该遵守规则的,不是吗?"

林佩佩笑了笑,说:"哪有这么简单?"

"为什么?"白鹭飞说,"湖南分公司这个案子是全网通发的邮件,就是杀鸡儆猴呀。"

"你以为领导不知道吗?如果制度不行就直接跟他说不行,那咱离换岗离职也不远了。"

白鹭飞吐了吐舌头:"以前,王晓刚总就没这些事。"

林佩佩说:"可是,领导换成谁,咱是不能选的,有多少个王晓刚总这样的呢?面对各种各样的领导,不同的风格,不同的价值观,不同的要求,咱只能适应,并想办法帮领导把事处理好,合理,合法,合规,干净,漂亮,这,就是我们的价值。"

白鹭飞若有所思地点点头,觉得林佩佩说得都很有道理,好像明白了,仔细一想,也没有很明白。

"那,要怎么办?明明制度就是这样的呀……那怎么办?"

"如果我们直接跟领导说,制度如此,干不了,那领导会觉得你没有尽力,是你的问题。我们得想办法,当我们把所有办法都想了,还是做不了,那才能说做不了。这时就不是你的问题了。虽然结果可能是一样的,但性质不一样。"

白鹭飞点点头,好像明白了一些,仔细想,又不是太明白。

林佩佩也不好再跟她多说,就让她跟供应商再谈谈,看看供应商自己有什么路子,当然,前提是安全、合理、合法。

她给自己倒了一杯茶,慢慢吹着,让自己平静一点,看着窗外面林立的高楼,理一理自己的思路。就如白鹭飞所说,按制度,基本没的玩,而且现在在合规检查上这么严厉,不能撞枪口上。再说,广东分公司作为系统内第一大分公司,来这里任职的都不可能是养老送终的,而是总部看好的潜能高管,是要往上走的,像王晓刚总一样,总不能在钱的问题上栽了吧,自己也需要保护好他呀。但,又不能让领导觉得自己太木,无作为,所以,怎么做,怎么说,都是学问。这个项目,是江陵风来了以后让她经手的第一个较敏感的项目,处理好了,是加分题,处理不好,每一步都是"送命题"。

这时方林生发来一个邮件,说要约一个临时会议。她赶紧把茶喝了，拿了本子赶去客服部的小会议室。

方林生、冯雪杨和客服部的苏经理已经在会议室，讨论着什么，见到林佩佩来了，方林生说："来了，等你呢。"

看这阵容，林佩佩就知道，应该跟重大的客户投诉案有关。

大家坐定，苏经理开始说情况："最近发现了一些异常现象，就是投诉案件突然增多，而且都是直接投诉到银保监局，这个让人很头大。从银保监局转来的投诉案看，投诉文本基本一致，都是一股脑儿地写上比如退佣金给客户、承诺高收益、代签名、用礼物诱导、销售误导等这几项。我们都知道，这几项在银保监那里都是'死'罪。通过查看电话回访记录，投诉的客户当时都是承认知晓保单条款，知晓相关权利和利益，并且承认是自己签名等，并未发现有任何异常。通过跟涉案代理人沟通，除了个别保单的原代理人已离职无法联系上之外，其他代理人也表示已如实向客户解释条款内容，并未承诺任何收益，更没有退佣的操作。所以，目前来看，这是一个或几个懂业务的团伙在操纵这类投诉，因为投诉文本几乎一模一样，我们目前称之为模版投诉。而这些操纵团伙，看来熟知保险行业的软肋，比如监管，所以所有的投诉都没有走涉案公司，都是直接奔监管去了，给我们带来了巨大的压力。"

大家一时沉默，这的确是之前从未有过的现象。

苏经理继续说道："目前他们的投诉，所列举的'罪证'，都是监管严厉处罚的几项，而鉴于监管一向的风格，都是从严处理。我们试图跟涉案客户做联系，要么不接电话，要么接了电话就说不接受我们的调解和沟通，显然背后是有人操纵，甚至有客户还扬言如果不按他们的要求处理,就要聚众到银保监处。聚众维权,也是监管很忌讳的,所以,这也是抓住了保险公司的又一个软肋。更有甚者,叫嚣要向媒体爆料。"

冯雪杨说:"目前来看,这些案子所投诉的内容,几乎没有证据,至少从我们能查到的销售痕迹来看,都没有违规现象。这些模版投诉的最主要目的,就是利。试想,一个单个的客户,如果要正常退保,是不可能全额退保的。但通过这种不法机构,就有机会拿到全额或者大部分的退保,然后代理退保的机构抽取30%~50%的手续费。"

林佩佩说:"怎么知道是后面有团伙有计划有预谋地在操作而不是个案?"

苏经理说:"这些投诉3月初就开始出现了,当时还没有这么多,而且全是银保监转过来的,当时不是正值3·15敏感时期吗,监管也给我们施加了压力,要求妥善处理。恰好有个案子投诉销售误导和回佣,我们向代理人核实,代理人说他也记不清当时是怎么说的,也说不清当时是不是有回佣一事,因为毕竟他们是亲戚关系。客户提供的代理人向他微信转账的证明,但转账金额说是佣金吧金额也对不上,也没有文字说明是回佣。但当时这个客户的代理投诉人非常强硬,口口声声说要去找媒体,找监管。考虑3·15敏感时期,也考虑代理人并未能说清是否有违规操作,所以,当时我们做了全额退保处理的。也就是这单以后,突然这类投诉就多了起来,操作手法是一样的。所以我们怀疑,是有人或团伙,在向客户做诱导,说可以帮他们全额退保,退保成功以后双方按比例分。"

"这是一个黑产业啊。"林佩佩很惊奇,竟然有人以此谋利。

"是啊,"方林生说,"但目前我们面对的困境是,一是监管的态度。目前他们的态度是也认同可能会存在这样的不法机构,但也很难和正常的投诉客户区别开,所以他们的态度目前是不明朗的,基本还是想让保险公司自己息事宁人。二是我们认为背后有操纵团伙,但我们也很难找出是谁,需要时间。"

"监管昨天给我们的回复是,让我们翊源牵头去处理。"苏经理说。

"啊?"林佩佩和冯雪杨都很愕然,"他们作为监管,没态度,没作为,让我们一个企业去做经侦这样的事?"林佩佩说。

苏经理说:"因为目前看,翊源的投诉最多,其他公司少。所以,我们恐怕也要多找些线索和证据。"

方林生说:"现在就怕有些背后操纵的团伙,利用一些自媒体搞事,颠倒黑白,给公司抹黑。这也是另一种压力。"

林佩佩说:"好,那我们监测着。但,对于这类我们知道明显是模版投诉的,我们有什么应对口径吗?万一真有媒体关注了呢?"

"现在还真没有。"冯雪杨说,"只能看一步走一步了。我觉得要尽快把背后的操纵团伙揪出来,这样下去,对整个行业的危害都很大。"

散会后林佩佩和冯雪杨一起等电梯,林佩佩悄悄说:"最近忙啥?"

冯雪杨说:"忙做方案,写报告。我都好几个星期没有周末了。江总的新政,我们做销售的,得秒跟啊。一个又一个的方案,不断改。"

自从知道他想去上海总部的想法后,两人不觉地就疏远了。也说不上谁疏远的谁,好像有某种默契,连说话也客气了。电梯到了,里面有人,两人进了电梯,无话。

这个模版投诉的趋势让人担忧,它的破坏作用恐怕是有杀伤力的。要退保的客户,一般是手上缺钱,就第一时间想退了保单,但其实解决钱的问题,不是只有退保单的,一般来说,长期寿险都可以做保单贷款以解燃眉之急,但这个业务和功能很多客户还不是很清楚。他们不知道,一旦退保,没了保障,万一这个时间发生风险,就是裸奔了。而日后再想重新买保险,除了要重新健康告知、重新体检,如果这个时候身体有什么新毛病出现,那会遇到被拒保,或者除外责任,或者加费承保的损失。

要么就是客户不认可这份保险。如果说产品的条款品质,林佩佩当然觉得翊源的条款品质是市场上最好的,毕竟深耕多年的大公司,当然价格会比一些小公司和经纪公司要贵,但其实,这之间也没什么可比性,贵有贵的道理,取决于条款品质、理赔条件、公司实力等。便宜有便宜的道理,但目前市场消费者教育还是很不够,消费者动不动就被价格主导。小经纪公司就是抓住这种对价格敏感的客户的心理,一通忽悠,客户会选择退保。退回来的钱,跟这些黑中介分,然后黑中介再给他们介绍那些价格便宜的经纪公司的短期保险产品，客户还以为捡了便宜，遇到了好人。

而更重要的一点，这种产业链式的黑中介操作，将会扰乱市场，对刚刚开始迈向正轨的中国保险市场，无疑又是一种损害。

林佩佩想起了余锋。他是资深的调查记者，虽然现在转型到了经济部，但这么重大的黑色产业，如果他能出手帮忙做调查，一来帮助我们摸清其中的链条，二来利用媒体的资源，可以揭露这个黑色产业，可以打击他们，也正好吻合之前他们说的一起做好消费者教育的理念。

林佩佩想到这有点小激动，拿起手机，给余锋发了微信："有空吗？中午请你吃饭，有大事跟你商量。"

对方几乎是秒回："下午1点有会议，咱们晚上如何？我请你吃饭吧。"

可能刚被冯雪杨冷落了，所以这个邀请让林佩佩有点高兴，她也说不清为什么。

余锋约的是珠江新城的一家日式料理店，格调清雅，是林佩佩喜欢的。

"约你吃个饭可不容易，这可是第一次哦。"林佩佩坐下来，调侃他。两人不打不相识，经过这段时间在业务上的互相帮忙，原来的那种隔阂已消失。"跟美女吃饭让人紧张。"余锋说，脸上露出不羁的笑容。

林佩佩把点菜的活儿交给了余锋。他也没客气，拿过菜单，点了几个，征询了林佩佩的意见。林佩佩想，咦，都是我爱吃的呢。

看来有句话说得有道理，不能吃到一块去的，也不可能成为朋友。能吃到一块去的，才有可能成为好朋友。

"有投诉客户的线索吗？我可以追踪一下。"

"有的，我回头问咨诉部门要一下。"

"这个要是能调查清晰，会是一篇重磅稿件。不过……"

"不过什么？"林佩佩问。

"我上次不是跟你说过，深度调查部已经解散了，现在报社的主导思想是搞好经营。况且，这一年多来，来自对新闻的监管也越来越多规矩，都不容易。我回去还是要上报一下选题的。"

"明白，所以希望你能再度出山啊。"

余锋苦笑了一下，说："很多事情你可能不太了解。媒体现在的情况，真不同往日了。"

"《南粤早报》一向是市场化做得最好的，你们的深度报道、头版的评论也是王牌，现在深度报道解散了也真是有点可惜。"

"市场化曾是我们的优势，但目前看，反而成了劣势。"

"怎么说？"

"以前南粤传媒集团的利润贡献，主要靠两家市场化的媒体，一个是《南粤早报》，一个是《南粤新闻周刊》。而党媒《南粤晚报》则是没有经营压力的。但现在整个环境变化以后，反而靠拨款活着的《南粤晚报》活得最好，而靠市场活着的这两家，这两年广告收入断崖式地下滑，已近亏损边缘。所以，像深度调查这种吃力不讨好的部门，只能取消，实行事业部制，换句话说，就是全员经营。"

余锋喝了一口水,轻轻叹一口气,随即又笑道:"所以,我这个深度调查记者就下岗了。"

林佩佩说:"也不能这么说。其实,转型到经济部,换个跑道嘛。更接近市场。"

"其实,这段时间熟悉了业务以后,我还挺喜欢的,倒也不抗拒。你想,我如果深度调查都能做好,凭什么就做不好经济领域的事情。我还是相信我的学习能力的。"

菜上来了,余锋大口吃起来,也没跟林佩佩客套。林佩佩倒是很喜欢他这样,觉得他很自然,吃饭的样子就像个男人吃饭该有的样子。她微微笑了笑,也大口吃了起来,毕竟这家的日料在珠江新城区日料榜上排前三,食材新鲜,况且点的都是自己爱吃的。她奇怪地觉得,自己也可以在他面前放松,仿佛已是认识了很久的老朋友,这种感觉让她有点诧异,他们之前难道不是冤家吗?

"这两年,流失出去的媒体人很多。"余锋突然没来头地说。

"他们一般都去哪儿?"

"有的去了公司,做公关,这是最常见的一种出路,有的去了新媒体,有的自己创业。但自己创业也不是那么容易的。冷暖自知吧。"

"你想过有一天离开新闻行业吗?"林佩佩看着他问。

"我还是想坚持一下,"余锋说,"毕竟是我热爱的一个行当。"

"有自己热爱和坚持的事业,是一种幸福。"

余锋笑了一下:"希望还能坚持下去。"

边吃边聊,不知不觉已经是晚上9点半。两人走出来,才发现下雨了。

"怎么就下雨了呢,好像很久没有下雨了。"林佩佩说。

"正好,我有雨伞。"余锋从背后拿出了一把雨伞。

林佩佩有点惊讶地说:"没想到你随身带着伞。"

余锋说:"做记者时习惯了。因为总在外面跑,不知什么时候会遇到下雨啊。"说着,打开了伞,"你怎么走?我送你?"

林佩佩住的地方离这不远,雨下得不大,林佩佩说:"不如走一下?"

余锋说:"好啊,我没问题。你鞋子走路舒服吗?"

林佩佩有种被照顾的暖心,他居然可以关注到她的鞋子走路舒服不舒服,这让她心头一热。好像有这么一段时间,久违了这种关心了。她心里想,别看这人表面上放浪不羁,谁也不放眼里的样子,其实心很细。

余锋打着伞,两人并肩走着,挨得很近,时不时两人的臂膀会碰到一起,两人相视一笑,都没有想避让的意思。突然一阵风过,雨点扑扑地打在雨伞上,雨珠飘进了伞下。余锋伸出臂膀把林佩佩揽进怀里,把雨伞的大半都倾斜到她那边。林佩佩并没有拒绝,也没想过拒绝。为什么啊?她在心里问自己,咱们以前难道不是冤家吗?

雨里身边的车驶过,都带着沙沙的潮湿的声音。

两人都没说话。

已经不知不觉就走到了她住的公寓。"我上去了。"她自然地挣脱了他的手,也没有回头,她知道那双炽烈的眼睛会一直看到她消失为止。

门刚开,手机微信就响了起来。

"到家了吗?"是余锋。

"到了。"

"开灯了吗?"

"没。"

"开一下灯。"

林佩佩把灯打开。

"好了,我知道你是哪间房了。"后面有一个坏笑的表情。

"你这么厉害?"

"别忘了,我可是深度调查记者。"

"说说,我在哪间?"

"我刚才一直在下面看,没有哪间房有动静,所以,刚才亮灯的这间应该就是你的,朝东北的这间。"

"正确,加100分。"

"答对了有什么奖励?"

"不是说了加100分吗?"

"这100分能兑换什么?"

"还没想好。"

对方延迟了一会儿,似乎在等林佩佩的答案。而林佩佩今晚的确没有答案。

"好吧,我走了。晚安。"余锋回了一条。

"晚安。"

过了一会儿,林佩佩才在窗边掀起窗帘一角看下去,雨雾下只有路灯阑珊。

殊不知街角的一边,余锋的心也已起波澜。

余锋向来雷厉风行,调查马上开展,林佩佩也很配合,提供了大量前期溯源收集的案例和材料。随着调查的深入,余锋看到了一个全新的犯罪模式,这种犯罪模式已经产业化、链条化,并且有资深保险行业产品研究人士、销售人士、IT人士、资深律师参与其中,所以无论是哄骗话术、向保险公司施压的推动,都已经专业化、流程化,让消费者难以辨别,有很多消费者还天真地以为遇到了帮助自己维权的所谓正义之士,到头来才知道被骗取高额的手续费。

这几天正在跟踪采访其中一位受害消费者。坐在他面前的这位邱女士上个月被确诊为乳腺癌,化疗让她面容憔悴,但更多的是后悔得不行。余锋坐在她面前,静静地听她说参与"退保"的过程。

去年,因为手头有点紧,也曾想过是否退掉自己买的保险。但保险公司提醒她,退保只能退回现金价值,并不是退回所交保费,而且退保以后就没有保障了,以后再想买,随着年龄和健康的变化,也不一定能顺利买上。

这时一名自称可以办理全额退保的代理人不知什么渠道得到了她的保单信息，说是可以帮助她全额退保。她心动了，把所有保单资料以及个人身份证等信息都给了这个退保代理人。这个代理人"指导"她不断向监管部门投诉当初代理人有销售误导，有返佣等违规行为。保险公司不堪其扰，最终给她全额退掉了几年前购买的一款附加重疾险的寿险产品。她以为自己可以全额得到这笔钱，但这笔钱到账时，才发现，退保代理人抽取了退保金额的30%作为手续费。她也哑巴吃黄连有苦说不出。

而就在上个月，不幸降临，她被确诊了乳腺癌。如果有这份重疾险，她应该可以获得30万元的重疾保额的赔付。这30万元对她这样一个已经没有工作收入的人来说是救命钱，但现在，什么都没有了，而且因为确诊了癌症，未来再想重新买重疾类的保险，已不可能。现在，她后悔不已。

这位邱女士的经历很典型，为了进一步搞清楚这个代理退保黑色产业链的操作流程，余锋以想退保为由，在网上搜罗这样的代理退保组织。他发现这样的组织还不少，在几个主要电商平台就发现有不少标注"保险维权""退保咨询"的店铺；在一些直播平台，各类"全额退保"教程层出不穷。

以"退保"为由，余锋联系了多名"全额退保"代理，看看他们有什么招。

"不管你在全国任何地区、买了任何保险公司的任意险种，都能无条件全额退保""安全快速，100%退单成功""退保只有一次机会,专业的事交给专业的人"。

几乎每一个代理人都采用相似的话术,强调自己"全额退保"的能力。

公开分享成功案例是他们吸引顾客的常见方式。

"客户9万多元退款到账!""又有一客户成功全额退保96500元。"

自从加了其中一个退保代理人的微信——小高,余锋总能在他的朋友圈刷到退款到账的截图和保单。余锋决定会一会这位退保代理人。

"产品不好,应该趁早退保。"看过余锋出示的保单,小高团队中所谓"专业保险规划师"给出退保建议。在确认退保后,小高让余锋尽快提供身份证、保单、手机号、地址等信息。看来,很多人的个人信息就是这么泄露给他人的。

这时小高又拿出一份"保险咨询服务协议书",要他支付5000元的押金。

"如果中途我不想退了,这个押金能要回吗?"余锋问。

"不能。"小高很明确地说。

"那退保成功后,要交手续费吗?"余锋单刀直入。

小高咧咧嘴,笑道:"30%至50%吧,看退保的难易程度。"

余锋迅速在心里算了一笔账,以一款年缴2万元、已交10年的保障型保险为例,其现金价值约为6万元,这是正常退保流程下可以拿回的退款额;而"代理退保人"通过恶意投诉,若成功退回20万元全额保费，要收取6万元至10万元的手续费。看来这个行业利润很高啊，怪不得迅速蔓延，成为一条产业链。要挖这条产业链，可不是容易的。

"你凭什么说你可以帮我全额退保呢？我自己去保险公司退，他们说我只能退回现金价值。"余锋继续套他的话。小高咧咧嘴，开始启发他："回忆下当初买的时候，销售人员有没有给你返点、送礼物？"

余锋假装茫然地摇摇头。小高说，一旦成为他们的客户，团队会派出"专业人士"，传授"钓鱼取证"的技巧："总之就是找出保险公司的问题，我们还可以教你怎么让他们犯错误。"

当余锋面露难色时，小高进一步"指导"："钓鱼不成功也没关系，我们可以提供投诉模板，写投诉信寄给监管部门'碰瓷'，保险公司最怕投诉了。"

从这个公司出来，一条黑色产业链的基本模型已经在余锋心里展现出它的面目了。

和小高这家代理退保公司比，还有收费更高的代理团队。余锋决定再去会一会。

"我们来写投诉信、寄信，替你和公司'过招'，如果监管部门或者保险公司找你，直接挂电话就行。"退保代理业务员告诉余锋，完全授权给他们处理可以提升全额退保成功率。

"因为保险公司最怕投诉，会想方设法说服客户撤掉投诉，而代理人员训练有素，不接受'讨价还价'。只要死磕全额退款，大多数保险公司都会妥协。"这些"训练有素"的代理人苦口婆心地在对余锋进行说服。

林佩佩告诉他，对于保险公司来说，若大量案件未在一定时间内撤诉，将进入监管调查阶段，保险监管部门将投入大量人力物力进行处理。保险公司在较大的投诉考核压力之下，有时会无奈选择全额退保。退保代理人可谓抓住痛点、精准"狙击"。

这段时间的采访，余锋和林佩佩频繁互动，林佩佩负责组织素材，余锋冲锋陷阵，明察暗访，收集了很多材料，也经常和林佩佩讨论。两人都是工作效率超高、反应迅速的人，配合得相当顺畅和默契，双方心里都有一种打配合的快感。随着采访的深入，余锋还发现，黑产分子甚至开始上演"无间道"的戏码。为缩短获利周期，他们开始安排人"卧底"。

他们有预谋地安排人轮流入职各大保险公司，在销售过程中故意预留证据，赚取一拨佣金后离职，接着再联系鼓动客户全额退保，通过收取代理退保费二次获利。除了"卧底"，部分"代理退保"团队还假借监管部门及保险公司名义揽客。

林佩佩又给余锋提供了一些新发现的素材，据一些有较高风险意识的客户反馈，退保代理通过非法买卖公司客户信息，分配给手下具有较强销售能力者，假借公司售后服务人员的身份上门，非法误导客户购买新单以牟取佣金。

余锋以想入职这类公司为由，去联络这些代理公司，发现内部分工明确，有人专门负责物色、招揽业务高手；小组长负责提供名单、追踪佣金业绩；远程外呼人员负责邀约客户上门拜访、派发任务；上门人员负责上门诱导客户退旧投新等。不同岗位佣金分成已经形成行规，比如小组长一般分成30%，上门人员一般分成40%。

余锋发现，"代理退保"已经逐渐演化出收取高额手续费、退旧换新赚取佣金、出卖个人信息、利用信息骗贷等连环"收割"陷阱，消费者一旦与之达成业务合作，甚至无法自行中止业务。

而这个黑色产业也是良莠不齐，有些纯粹以骗钱为目的，手头上也有林佩佩转过来的一些受害客户的材料，这些骗钱为目的退保公司，在收取了客户的押金后就直接玩消失了。更有甚者，余锋发现有些退保公司会询问诸多涉及个人敏感信息的问题，当他问林佩佩有没有客户因为参与退保而受到个人信息泄露时，林佩佩也给他提供了这方面的材料，果然有客户就是退保信息被这些不法分子所得，被拿去办理了恶意的贷款业务。余锋发现，这些不法分子，利用掌握的身份证、银行卡等信息，可以截留客户的退保资金。不少黑产分子在代理退保之外，往往也从事信用卡套现、小额贷款业务，客户个人信息资料被泄露后，往往成为套现的工具。

素材已经很丰富，余锋摩拳擦掌，决定大干一场。他已经很久没有出击了。

21 / 种子苏醒了

白鹭飞已把户外公司供应商的信息整理好,林佩佩让她按标准流程邮件报给总部审核。

"其实,这个看一眼就知道是通不过的,又不是独家,价格上其实并没有优势,我们为什么还要再走这个流程?不是白走吗?这一来一回怕是要等上一个星期或者十来天。因为总部也要找第三方去评估。这跟翊源要求的高效工作不符啊。为什么不能直接跟江总说这个供应商就是不符合规定?"

林佩佩看了白鹭飞一眼,说:"如果只是一个自己找上门来的供应商,我们可以直接回复说资质不合,没戏。但这事没那么简单。"

看着白鹭飞纯净的双眼,林佩佩说:"因为是江总拿过来的供应商,没交代任何背景,说明领导不方便明说。这个供应商,有可能是领导的关系,也有可能是领导的领导的关系。如果我们自己直接回复说因为资质的问题没戏,那领导会认为我们并未尽力。作为资源支持部门,为领导尽力解决问题,是职责。在不可能的情况下尽力找到合理、合法的解决方法,是我们的价值。就算实在不能解决,那也只能由更上一级的意见来决定,这样,我们才算尽了力。

所以，就算结果是一样的，我们直接回复江总说不行，和总部采购中心说不行，那性质是不一样的。"

白鹭飞恍然大悟，深吸一口气，说："哦！我懂了……"

林佩佩说："有些事情，注重结果。有些事情，要注重过程。"

唐樱顺利通过了入职考试，正式上岗了。

她已正式提出了离婚，也已经搬出了珠江新城的豪宅，租了公司附近的一个小公寓。她之前这么多年锦衣玉食，也有些积蓄，她不能接受那种老旧的房子，所以选来选去，公司附近的这个小公寓，虽然不算是高档，价格也不便宜，但胜在交通和生活方便，而且公寓的管理还不错，安全性也有保证。但老丁以她没办法照顾孩子为名，已把女儿送回了老家。唐樱知道她也不能硬来，最紧要的，是把自己能安顿好，能自立，能自己挣到钱，才能有底气把女儿的抚养权争取回来。

现在最重要的是，她的客户在哪里？她翻了翻自己手机里的通信录，有些名字她早已想不起来是谁，然后就是高中同学群，但高中同学大多在老家。然后就是大学同学群。大学同学在广州的有几个，但也不熟悉，熟悉的大学同学早就散落在全国各地。多年的舒适的少奶奶生活，她的社交圈极其窄，只有当时小区认识的家庭主妇。当时果果还是小baby的时候，每天推车到小区花园散步认识的，但孩子上小学以后却见面少了。

眼看半个月过去了，她还是成果为零。在早会上，她看着那些做分享的新人，觉得沮丧，觉得自己就是一无是处，一无所长，多年的优越生活让自己沦为一个废人。看着今天在台上做分享的新人，她在想，如果我打不开局面，那么下一步做什么？我现在的积蓄能让我撑个一年半载，但如果收入只出不进，我能撑多久？

精神恍惚间，有人叫她，回过神来一看，原来是那天创业分享会上做分享的戴明总监，旁边还站着莫莉。

"戴总监，唐樱入司也有半个月了，但目前没什么进展，其实我也着急。她是我的增员，我也想帮她，但我又觉得，我的经验似乎不合适她，所以，你和她聊聊，看有什么办法可以帮她突破。"

"来，唐樱，我们聊聊。"

唐樱跟着戴明走进了他的办公室。虽然心情已跌落谷底，但不知怎的，跟着戴明，她有一种来自兄长般的踏实感觉。

戴明的办公室不算大，柜子里摆满了各种各样的奖杯、奖状。其中一张照片是和一位老外的合影，照片中的戴明还很年轻，朝气蓬勃。

"这个老外是谁？"

"这个人，是我的偶像，世界保险销售第一人——梅蒂。他从事保险行业60多年，曾创下世界保险销售纪录，90多岁了还在继续做保险。"

"哇，那真是了不起。"

"这是那年他来中国演讲，我有幸和他合影。他是我的偶像。他说过一句话，一直成为我的座右铭，他说：'我比上帝还伟大，上帝只能安慰人的心灵，我却令人生活无忧。'这也是我做保险的信仰。"

说话间,房间空气里已弥漫出一股茶香。戴明一边说着,一边已熟练地泡上了工夫茶。

"你的茶好香。"唐樱说。

"哈哈,福建人,不可一日无茶。别的不好说,我这里的茶,的确不错。来,尝尝。"

唐樱看着杯里的茶,茶汤金亮,干净,气味清朗,唐樱不禁赞道:"这茶真清香。"

"这茶有个很俗的名字,说了你可能不想喝了。"

"啥?"唐樱很好奇,赶坚把杯里的茶一口喝了,一股清香漫满口腔。

"叫鸭屎香。"

"啊?怎么叫这么恶心的名字?"

"哈哈哈!我说听起来俗不可耐吧?但它其实有个很雅的名字,反而没什么人知道。叫银花香。"

"这个名字比较好,而且,的确是有一股兰花的香味呢。"

"大俗大雅,这也是我喜欢这款茶的原因。"戴明说,"人生也是这样,大俗大雅,能高能低,才有机会见识更多的精彩。"

说话间又给唐樱的茶杯倒满了,香气四溢。唐樱默默喝着,戴明说的话,她喜欢听。

"你的情况莫莉有跟我讲过一点,我觉得,你现在可能处于一个低谷期,但,我觉得你是一只潜力股,你知道吗?"

"我知道你是在鼓励我,可是……"

"不，不单是鼓励你，今天让你来，就是来看看你这只潜力股的潜力在哪儿。"

唐樱看着戴明，他成熟、稳重，坐在她对面，从容熟练地操作着工夫茶的流程，偶尔看着唐樱，眼里没有咄咄逼人的气势，倒像一个兄长般的温和。这让唐樱感到放松。她之前最怕的就是遇到打鸡血的主管，她跟林佩佩说，如果遇到这样的，她会第一个逃走。

"你的条件比很多人都要好，"戴明一边说着，一边又给唐樱倒上了茶，"这么说吧，我觉得你的条件可以超越我们部门的99%的人。"

"为什么？"唐樱疑惑地看着他，"我觉得我一无是处，看今天做新人分享的小伙子，才刚毕业，都做这么好，我都来大半个月了，都不知怎么开始。"

"我说你的条件超越这个部门99%的人，不是乱说的。你只是自己没有看到自己的优势，因此也没有找到适合自己的路子而已。"

唐樱看着他，明亮的大眼里全是坦诚的渴求，也带着一种因业绩差劲的焦虑，甚至有点委屈地不自主地嘟起了嘴，这种少女形态让戴明突然心生爱怜，心旌微荡。但他很快稳住了内心不易察觉的这一闪念，继续说：

"第一，你学历高，意味着你的学习能力和理解能力比别人强。名牌大学毕业，至少这点会超越很多人。第二，人生经历并非空白，也有过工作经验，虽然这些年一直在家做家庭主妇，但观念、价值观、对社会的认知并不落伍，也就是说，你也不是简单的文化水平不高的家庭主妇。第三，是你很重要的一个资源，就是你的圈层。你过往的生活圈层可不低，都是这个城市里的中高层中产阶级人士，就凭这一点，你已经超越很多人。就看你能不能把这个圈层的需求挖掘出来了。"

唐樱呆呆地看着戴明，他温暖的眼睛，像是她黑夜里的白月光。她感觉内心深处好像有一颗种子开始被唤醒了。

"你可能停顿了好几年，所以这种工作的敏锐度需要一些时间来恢复，但你的路子，可以跟他们不一样，你有你的路子，发挥你的优势。"

"我要怎么开始呢？"

"你的金矿就是你的圈子。这个圈子，有着良好的经济实力，有着强大的购买力，但我不认为他们当中都配置了跟他们的财产、地位、责任相匹配的保险。我敢相信他们当中还有不少人，仗着他们有钱，在裸奔的。还有很多人，我敢说，大部分的这些有钱人，他们可能从来没有考虑过他们的钱如何才能安全准确地留给自己想留给的人，他们可能从来没有想过万一他们出了意外，巨额的财产是否会落入他人手中；他们可能从来没有想过，他们的公司财务安全如何与私人财产做安全分隔；他们可能从来没有想过，万一他们遭遇突发事件，资金紧张时，如何通过保险的工具解决应急问题。这些，保险都可以给他们很好的解决方案。"

唐樱的眼睛亮了起来："这些，我的确没有想到过。"

戴明温和地看着她，微笑着说："这，就是你要走的路。要帮这些有钱人做这样专业的解决方案，首先，你得懂他们，懂他们的生活,懂他们的恐惧,懂他们的需求。其次,你得有这样的专业能力。这样的解决方案,不是一份简单的意外险、一份简单的重疾险能解决的,它动用的是保险的金融工具、法律的知识,对专业能力要求非常高,所以,它需要有很强的学习能力。"

唐樱激动了起来,觉得内心深处的那颗小种子已经完全苏醒,突破了压在它上面的那块石头,她恨不得马上就把它释放出来。

戴明也看出了她的激动,温和地把手放在她肩上轻轻拍了一下,说:"不要着急,不要激动,咱们找到了方向,找到了适合自己的路子,要有方法,万事总要走出第一步。"

唐樱点点头,说:"戴总……嗯,我能不能叫你明哥,我觉得,你就是给我一种大哥哥的踏实感。"

"叫我什么都行,他们都叫我明哥啊。"

"嗯,明哥,你看,我该怎么开始?"

戴明看着眼前这位聪慧的女子,她就是睡美人,现在,他把她唤醒了。

"把你手机的通信录翻出来,或者朋友圈,看看都是什么人,我们来一起理一理。"

唐樱把手机拿出来,轻松欢快地往戴明身边靠近了坐,一起研究起通信录。在茶香中,两个脑袋很快碰到了一起。

总部很快回复了白鹭飞的户外广告供应商情况评估报告。总部邮件列举了几点不合理之处:(1)此广告位置优越,具有一定的投放合理性。机构给出的投放必要性理由也成立。(2)此广告商不是该广告位的一手供应商,且经总部第三方询价,此供应商的报价并不具备高性价比。(3)该供应商的注册资金少于此广告位一年广告费,资质弱小。光后面这两条,已不允许立项。同时总部给出了建议,鉴于此广告位的显著性,一手供应商不难找,如有需要,可提出让总部采购部协助找一手商。

白鹭飞说:"经理,我明白了,有了这个总部的邮件,第一条,我们已尽力给出了投放的合理性和理由,也就是说,该我们尽力沟通的我们尽力了。第二条、第三条不是我们能掌控的,由总部给出意见,比我们直接说'不'要好。"

"是的,就是我说的,有些事情,结果重要;有些事情,过程更重要。"

"那,你准备回复江总了?"

"怎么回复,也须再斟酌的。虽然是不符合总部立项条件,但怎么回复,也是艺术。你想,这可是江总来了以后他要我们做的第一个涉及金额很大的项目,咱如果只是简单回复他总部不让做,那给他的第一印象会是怎样?"

"那……可是我们也尽力了呀。"

"记住,每一次和领导汇报工作,都是领导全方位感受你的能力的机会,就算每次只有几分钟的汇报时间,也不能随便应付。领导看不到你平时的加班加点,他看的就是他眼前的结果,以及你本人全方位展示出来的给他的印象。"

"这么高深!"白鹭飞说。

"你想活得长,活得更好,就需要做这样的思考。"

"职场丛林法则？"

"其实我不太想用这么冷的字眼，毕竟，职场也是人的江湖，它不只是丛林。但在某些方面，对，它就是丛林法则。"

江陵风办公室外的秘书座上，肖洁文抬起头来看见了林佩佩，露出了甜美的笑容。林佩佩觉得她好像这短短几个月的时间里突然成熟了，长大了。以前还是小女生，现在，有种说不出的感觉，还是那么青春靓丽，但不是之前那种没心没肺的青春靓丽，现在的青春靓丽，像是有了目标，因而有了一种气场。看来，在领导身边就是成长得快啊。林佩佩心里想。

"这会儿没人，可以进去。"肖洁文说。

正准备敲门，林佩佩退了回来，悄悄问："今天心情如何？"

"刚刚才叫了花都支公司的吴总过来，应该是问责业务的事情，花都做得不太理想，领导对他不满意。过15分钟，是约了河源中支的邱总，今天总共约排名后三位的机构老总问责，你说，他心情会不会很好？"

林佩佩听了也压力山大。

敲门进去，江陵风倒是笑容温和，看不出有什么不良情绪。林佩佩想，高层人士，都是情绪管理的高手。但自己也须小心为上。

林佩佩把大概的情况用很简洁的语言阐述了，重点放在了如何与总部的积极沟通上，比如列举了这个位置的优越性、投放的必要性等，并强调这些都得到了总部的认可，问题出在供应商的资质问题。这是个硬件，也是合规红线。

"我们也和供应商反馈了这个问题，看他们自己有什么办法，目前他们也没有反馈有什么更好的办法。"

江陵风沉吟了一下说："资质不合规，这也是总部红线，当然不能碰。那就再看看吧。"

一般来说，话这么说了，说明江陵风也接受了这个结果，这事就算了了。但林佩佩知道，合理拒绝一个来自领导的想法，只能算及格，离优秀、离卓越是远远不够的。所以，她还应该提出一个解决的方案。她说："江总，或者，看看这个供应商有哪些资源是他自己一手的，这样资质上就容易过关。至于其他，我们可以积极和总部沟通的。"

江陵风眼光一闪，聪明人总是容易心神领会，说："可以，你再和他沟通一下，看看有哪些资源是他直接经营的。"

林佩佩说："好的，我们马上再和他沟通。"

出了江陵风办公室，林佩佩悄悄舒出一口气。谁知道这5分钟的汇报，背后是多少准备工作呢。谁说这就只是5分钟的汇报呢？这在江陵风面前就是你5小时、5天、5周的工作体现呀。从江陵风的态度、反应来看，林佩佩给这次面对面的汇报打了个80分。如果没有后半部分的建议，那就是60分了。

22 / 35岁的女人，不需要爱情

经历半年的磨合，江陵风的三把火已开始呈现出效果，无论是人力的发展，还是业绩的提升，同比增长都接近20%，在当地市场上，这个增长速度更是超越主要对手。士气大振，热火朝天，江陵风的威望也开始在代理人和管理内勤中树立起来，而同时，一些人事的变动也开始了。

先是河源支公司邱总离职，然后是花都支公司因为业绩一直起不来，连续三个月排名在分公司众机构最后一名，负责人吴总被免了职。两人的离职和免职在分公司的管理圈还是泛起了暗暗的波澜。邱总毕竟还是正处壮年，以往业绩和口碑也还好，而他离职是去了同业一家新成立的小公司，做副总。虽说大家都知道今年以来河源支公司的业绩表现不太好，在后三名，都猜测邱总可能是因为这个原因离的职，但至少从职位和平台看，也是向上走了一级，所以也算体面离职，大家暗地里议一议，就过了。花都支公司的吴总是个年轻人，才30岁出头，恐怕经验和运气都欠佳，这次因为业绩排最后一名，被调回了分公司，放在分管业务的方林生副总手下，做一名业务督导，一是继续磨炼的意思，二来原级别仍维持不变，也算是保持了体面。

虽是两人都保持了体面，但人事变动的大幕拉开，业务条线以业绩为考核重点，所以有人惶惶不安，也有人蠢蠢欲动。

这两个位置一空，就像是推翻了多米诺骨牌，呼啦啦一轮人事的变动就开启了，如棋子一格一格地腾挪。一批少壮派又有了上位的机会。

少壮派的名单里，冯雪杨的变动比较让人关注。一来他曾是王晓刚的爱将，二来他是在销售管理部这样一个重要的关键部门里，三来在过去的两年多时间里战绩辉煌，怎么说也是鲜衣怒马少年得意。而这次的干部调整中，他由原来的销售管理部调到了河源支公司任职。

然而冯雪杨并没有去任职，而是直接收到来自总部的调令，去了上海总部，王晓刚旗下。这个结果既出乎意料，也在意料之中。出乎意料是因为河源支公司老总这个位置也是很多人梦寐以求的，而且对冯雪杨来说，还升了一级，原来他是副职级，现在是正职级，怎么看也是升职了。但大家都觉得，这其实是明升暗降，毕竟是远离了最高领导身边，远离了核心职能部门，去做了封疆大吏。这暗里其实就是江陵风要空出销售部的位置，安排自己人的意思。

而冯雪杨去了上海，继续跟着他的贵人王晓刚，大家也觉得是明智和幸运之举。总部的平台，天高地阔，再有王晓刚的加持，前途不可限量。江陵风也做个顺水人情，并不挽留，好好送走，毕竟，谁知道呢，这个年轻人未来说不定将是叱咤风云的后浪。

按翊源的要求，调动都是说来就来，说走就走，所以冯雪杨说走就走了，连一句话都没有留下，这让林佩佩还是很失落。

这个她第一眼就心仪的大男孩，是的，此时此刻，她确信了，他的确是她第一眼就喜欢的男人，在那个欢迎她的晚宴上，那个英姿勃发又带点骄傲的男人。但她一直不确定他是否如她喜欢他那般地喜欢她，他一直那么忽远忽近，忽冷忽热。而她也是骄傲的，就任由了他的忽远忽近忽冷忽热，她后悔自己怎么不努力主动地把这个她喜欢的人拉到自己身边，让不确定变得确定？她为什么要被动等待？她为什么不可以主动走出一步？

　　或许，这就是自己35岁仍然单身的原因？眼看着喜欢的一个人，就这样远离，好像什么都没发生过。

　　是不是对于35岁的女人来说，爱情，就是奢侈品，够得着就够，够不着就由他去吧。而对于冯雪杨呢？林佩佩想，这个工作狂，事业，也许比爱情，更吸引他吧。

　　我们两人有过开始吗？林佩佩问自己。好像都没有真正地开始，所以，也谈不上结束。

　　就这样吧。也许上帝把更好的留在了后面。林佩佩安慰自己。

　　在得知冯雪杨什么都没跟她说就直接去了上海的当天晚上，她一个人去国金友谊，一口气买了5件连衣裙和套装，刷卡的声音让自己愉悦。35岁的心，已经不会为情所困。刷自己的卡，逛自己的街，35岁的女人，不需要爱情，也可以让自己治愈。

　　还是在上次的eatingtable，外面华灯初上，小蛮腰妖娆妩媚。

　　唐樱吸了一口莫吉托，说："我现在好像有思路了，多亏了戴明总监的提点。他让我走高端客户的路线。"

　　"这的确是很适合你呢。"

"接下来要学习的东西太多了,我突然感觉时间不够用了。以前在家里待着的时间,一天的时间好漫长,有时看看韩剧看得天昏地暗的,才过了小半天。现在,每天8:30到公司参加早会,然后整理客户名单,约访,晚上回到家还要学习保险法、法律,一天的时间感觉不够用。我都已经一个多星期没去美容院做facial了。你能想象吗?这在以前是不可想象的。"

"但你不用做facial,气色却比上次见你要好很多呢。"

"我真心觉得,还是应该工作。工作让我觉得好像身体里的什么东西复苏了。"

"你这样我就放心了。"林佩佩说,"那和老丁那边谈得怎样?"

"他基本同意了。只是孩子他暂时不想给我。他觉得我能养活自己都很难。"

"你也别急。先把自己照顾好。对了,那,他那个小三怎样?"

"那个小三怀孕了。照了B超,据说是个男孩。你也知道,老丁他们潮汕人,很重男轻女,所以,知道她怀了男孩,老丁在和我离婚这件事上也松口了。只是,我看过那个女人的照片,哪儿哪儿都不如我,老丁原来可能想着家里有一个正房,外面他随便找,有孩子他也养。但没想到我会提出离婚。在他眼里,我就是一个没有生存能力的宠物。"

"樱子,我相信你,你一定可以的,你一定可以活得比现在好。"

唐樱笑了起来。自家庭变故以来，林佩佩第一次看到她笑。

"等我活下来了，我可是要抽空关心一下你的下半身大事。我一定要让你嫁得好好的。"唐樱说。

"是下半身还是下半生啊？"林佩佩笑喷了，"什么时候你这个不食人间烟火的仙女也变得这么色了。"

"你上次提过的那个肌肉男，怎么，他走了？"唐樱问。

"去上海了。"

"你也是，都不主动一点，他要是知道你喜欢他，说不定不走了。"

"随便，姐我不是活得好好的？"

"他有眼无珠。"唐樱又吸了一口莫吉托，举起了杯，"为我们重归单身干杯！"

两人笑得眼泪都快出来了。别人扭头看见的，只是两个好像开心得不得了的美丽女子在享受她们的快乐时光。

23 / 小小的野心在燃烧

唐樱今天约了之前一起学插花的韦太太。她在她有限的朋友通信录里找来找去，觉得只有这位韦太太似乎是最合适做第一个拜访的人。同学群吧，久了未见面，如果一见面肯定免不了要问起生活的事情，自己离婚的事，唐樱暂时还不太想和熟人说。这也是戴明提醒她的，如果久不见面的同学或朋友，见面告诉别人自己婚姻变故，会让人觉得你生活失败，这时候再推销保险，别人会觉得你目的性太重，反而产生了抗拒心理。陌生人接触，需要时间来建立信任。两条线可以同时开展，但不宜作为目前她的主要渠道。所以，像韦太太这种，认识，彼此也认可，但也不算很熟的，反而是这个阶段唐樱最合适的拜访对象。

韦太太和她曾住一个小区，因为两人还算聊得来，果果和她家的大女儿年龄相仿，上小学前唐樱带果果去她家玩过好几次。那是一个300平方米复式顶层，在全城最贵的地价的楼盘里，无敌的江景和奢华的家具，显示着主人家优渥的条件和社会地位。韦太太在家照顾两个分别10岁和6岁的孩子。先生是一家世界500强公司的CFO，在上海工作，回家陪老婆孩子的机会也不是太多。韦太太和唐樱同龄，所以两人还比较容易聊得来。

奔跑吧,高跟鞋

约了上午9:30。这是韦太太一天中稍微闲下来的时间。虽然家里有保姆,但韦太太也需要每天早上起来,照顾两个孩子吃完早餐,亲自开车送两个孩子上学校,再折回来,忙乎一下里里外外,就差不多9:30。而11:00左右,她又将亲自开车去接两个孩子中午放学。所以,9:30到10:30这个时间,是她上午稍微可以松弛一下的时间。

唐樱9:30准时出现。韦太太见到唐樱很高兴,说:"咱们有一段时间没见了吧?"

唐樱说:"可不呗,自从孩子上学以后,咱们倒是见得少了。"

"喝茶还是咖啡?"

"咖啡吧。我知道你对咖啡可有研究了,而且家里藏的可都是好货。"

韦太太听唐樱这么说,很高兴,说:"你倒是记得呢。等一下,我给你做。"

阳光从朝东的窗上照进来,采光一流,窗外的城市景色更是一流。不一会儿,客厅里飘出了咖啡香。

"两个宝宝都上学,你应该清闲很多了吧。"

"是啊,"韦太太说,"至少有了喘息的时间。"

"你最近又开始学什么了呢?想起那会儿咱一起去学插花,转眼就一年多过去了。"

"没呢,倒是打算去跟个私教健身撸铁,或者跟个私教学学瑜伽。主要是最近感觉肌肉松弛了,看,小肚腩都突出了。还没想好,又不想太虐自己。对了,你最近在忙啥?果果……是果果吧?"

也上小学了吧?"

"是呢,上了,三年级了都。"唐樱喝了一口咖啡,说,"哇,真香,这是什么豆子?"她赶紧岔开了话题,她怕谈到家庭问题,自己控制不好情绪,露了马脚。毕竟,离婚的事,她现在还不想让认识她的人知道。

说到咖啡,韦太太眼睛就亮了起来:"这是苏门答腊的曼特宁,一般人会觉得苦,喜欢的就喜欢这种深厚的醇。"

唐樱又喝了一口,说:"我喜欢。"

韦太太很满意地笑了起来:"我呀,要不是照顾这两个小孩,真想自己去开个咖啡店呢。"

"这个想法很好啊,你完全可以做啊。我想你家先生一定会支持呀。他这么爱你。"

韦太太欲言又止,看了一眼唐樱,说:"我现在的确是衣食无忧,在别人看来我这样的太太应该不配有什么焦虑吧。但其实,我内心也是焦虑的。特别是过了35岁以后,这种焦虑感显得特别强烈。"

唐樱心有戚戚:"焦虑孩子的学习吗?"

"那个只是其中之一,"韦太太说,"哎,岁月是女人的天敌,年龄焦虑。"

唐樱懂。这样的太太,生活无忧,但她们最大的风险就是失去男人的庇护。所以,保持青春,保持美丽,就是她们的KPI。

韦太太继续说:"你说咱年轻的时候,也是出挑的人儿,现在说年轻也不年轻了,经常待家里呢,也不知男人在外面有什么事。

他在大公司工作,身边的女子各色各样,都不是省油的灯,所以我说我想找私教练一下体形啊,至少让青春尽量保持长一点吧。"

唐樱看着她,说:"你的这种焦虑我太了解了。所以,果果上学以后,我觉得我应该出来工作,所以,我最近去了翊源。"

"啊?你去翊源?卖保险吗?"

"也可以这么叫吧,就是卖保险。但我觉得里面挺多东西要学习的,真的比在家忙了好多,以前觉得一天的时间好长,现在感觉一天的时间都不够用。"

"那你现在做得怎么样?好做吗?"

"我才刚开始,但我有个很好的师父带我,我自己也在努力学习。我觉得啊,保险是女人保护自己权益、应对焦虑的最有力的工具。"

"哦?怎讲?"

"说实话,我之前也是跟你一样,待在家里做太太,别人看来很幸福,很光鲜,但这种焦虑随着年龄增长也在加剧。有时候想,如果婚姻出现什么变故,或者你唯一依靠的养家的男人因为什么原因断了供,那怎么办?脱离职场这么多年,也不是说回去就回去的。怎么办?所以,一份自己名下的保单,在家境好的时候,把钱以保险的形式存起来,是你自己名下的资产,如果发生什么变故,这名下保单里的钱,仍是你的钱,不会因为变故发生改变。所以,我说,这是女人应对不确定的变故焦虑的最好的工具。"

韦太太说:"云里雾里的,我听不懂。"但她的眼睛和表情却表现出了极大的兴趣。

唐樱说："这么举个例子吧，老王太太是家庭主妇，全家收入靠老王一人，老王还有父母、兄弟。如果老王不幸突然去世了，那么老王太太、孩子是不是可以全部继承现在他们住的房子和老王名下的钱呢？"

"当然是可以继承啊，"韦太太不假思索地说，"难道……凭什么不能继承？"

"这也是我们常规想的，凭什么不能继承？不是不能继承，是不能全部继承。"

"啊？为什么？"韦太太很吃惊地说。

"因为，如果没有遗嘱公证，那么在这种情况下，老王名下的资产就需要按法定来分配。也就是说，法定继承人都有权分配老王的名下资产。所以，你猜他名下的资产会怎么分？"

韦太太迷茫地摇摇头。

"他父母和老王太太、老王孩子各一份。也就是说，在这种情况下，老王太太和孩子只能分到四分之三。"

"啊？怎么会这样？"

"这是合法的分配哦。"唐樱说，"如果资产不多，不值几个钱，恐怕也就算了。但如果涉及的是上百万上千万的资产呢？很多的家庭纠纷和伤感情的官司就是这么来的。"

"那应该怎样才能保证全拿到呢？"

"所以啊，女人要学习一些法律知识，还要学会用金融工具来保护好自己的利益。比如这个例子里吧，房子最好在平时做好遗嘱公证，明确继承人。而现金资产，最好的方法就是平时通过保单的方式，投保在自己名下，受益人写自己，或是孩子，这样，无论是发生意外，或是婚变，这部分保单下的现金资产，都是你的，谁也拿不走。"

"哦！你不说，我可是从来没想过这些问题呢。"

"如果先生爱你和孩子，他一定会同意有这样的一个风险规避的安排。如果他不是很爱你，那你更需要一份这样的风险规避安排。"

"好有道理。樱樱，一段时间没见，你怎么变得这么厉害？"

"哪有。我才刚刚开始。但是，我真的觉得这个事情非常有趣，有学不完的知识，也能帮助别人。"

"我好好考虑一下。你做个方案给我看看？"

"那我还得好好了解一下你的需求。"

"好啊好啊。就你刚才讲的，我之前也有过一闪念的想法，但没细想过，总觉得不至于发生这样的事情吧。但是如果真的发生了又怎样？我也不敢想，也不懂。现在你既然提出来了，我想我还是应该好好考虑一下的。"

唐樱从包里拿出一张表格，递给韦太太："你先填一下这个表格。这是我自己设计的，可以比较全面地了解你的需求，这样我才能更好地给你度身定做。"

韦太太接过来，说："好的，我自己先慢慢看一下。"

唐樱看韦太太似乎已经不想再谈这个问题，就不再往下谈了。因为对于一个对保险不太了解也才刚刚有点兴趣的人来说，这时候一下子灌输太多的东西，会消化不良的，适得其反。她觉得今天能把兴趣点撬开，就可以了。

唐樱说："你刚才说想要去找个私教健身？说实话，我也有这个想法好久了，就是一直没去做。"

"但你的身材一直保持得很好啊，不像我，真的太容易长肉了。"

"我去了解一下附近有没有靠谱一些的健身中心，咱可以考虑一起去，互相促进一下。"

"对啊，现在虽说健身中心开了很多，但很多都是收完年费就跑路了，我之前也报过一个，健身教练也老是换，就感觉不太靠谱。后来一段时间没去，再去的时候发现早就跑路了。我那几千块也不知问谁要去，也没时间折腾，就算了。然后健身的事就这么停下来了。"

"每个健身的小白背后都会有无数放弃的故事。"

"你说得太对了。"

"我去找一下，到时咱们一起去。"

"好，而且——教练还要帅哦，不然可没动力。"

两人一起笑了起来。

这半年江陵风压力很大，虽然在外人看来，在38岁的年纪当上了翊源最大的分公司的一把手，正是春风得意马蹄疾，在这个平台上，不出3年，定是往上再升一级。路径和方向好像已经明确，但要达到那样的目标，如果没有过硬的业绩指标，那变数还是很多。正因为广东翊源是翊源最大的分公司，又是华南区最大分公司，翊源干得好不好,直接影响到华南区的业绩排名。而华南区得南方经济开放之便利,业绩也是在系统内与华东片区你追我赶,华南片区做得好不好,是整个翊源是否能完成全年任务指标的风向标。而站在王晓刚开创的新高度上,要在这个平台上再上层楼,是总部对年轻的有闯劲的江陵风的期望,也是众望所在。所以,坐在这个位置上,江陵风的选择只有一个,只有进,没有退。

这种压力,外人只能推理,但无法体会和想象。他大学毕业就来到翊源了,从最基础的销售管理岗开始自己的职业生涯。他喜欢翊源的文化,以业绩为导向,弱化关系,使得他这种普通家庭出身的年轻人,可以靠自己的能力和努力,在这里挣得自己人生的第一桶金,取得人生的进阶。他认可翊源,他的一切职业素养都是翊源赋予的,他对翊源有深深的认同。他是充满斗志的,广东翊源,翊源最大的分公司,是他的新起点,但一定不会是他的终点,他深信不疑。所以现在他最大的压力就是,如何在王晓刚开创的新平台基础上,再上一个台阶,以不辜负总部的期望,也为自己下一步的晋升搭好梯子。

而翊源的高效文化是不会给一个新的一把手很长时间去适应和摸索的,一切以业绩说话。这半年,他几乎没有喘息,目前看,虽有不同的声音,但方向是明确的,进展是顺利的,这半年的人力发展和业绩推动还是达到了预期的,之前一些不愿意做出改变的年纪大风格保守的营业区经理或机构总,已被他调换,有的辞职走了,有的不再领兵打仗。他目前对一些新提拔的年轻干部充满了期待。广东翊源是全系统最大的机构,也是历史最悠久的机构之一。老机构最大的好处是见的风浪多，中层干部沉淀多，经验丰富，工作能力和水平都在小机构之上。而这个优势又带来了一个劣势，就是中层干部平均年龄偏大，接受新事物和学习能力的主动性在减少，这也是老机构最麻烦的。

除了带兵打仗的一些明显改变意愿不强的干部，他下了手进行了调换，毕竟，树立权威也是必要的，对于管理部门的干部，他暂时也不想大动作，这个时间，凝聚人心，团结力量，实现目标，才是他要去推动的，他不想在自己上任的小半年时间里大动人事干戈。他也不想别人说一朝天子一朝臣，这种动乱也不是他想要的。毕竟，他还是相信老干部的经验和力量。

这半年下来他对广东翊源的大部分职能管理干部的水平是满意的，果然都是多朝臣子，久经风浪。但他也是需要一些年轻的潜力干部成为他的死忠粉。而身边这个小秘书肖洁文，就是特别好的一个人选。况且，他对肖洁文，或者是这个小姑娘对他，除了上下级，还有更多别的感情。他喜欢她，聪慧，情商高，领悟力也强，举一反三，经过初级阶段的磨合，现在她已经是他离不开的助手。

原来他对秘书的功能定位只是能照顾一下日常琐事即可，但他觉得肖洁文这样一个聪慧的女子，其实还可以有更大潜力。这个抛开他和她之间的私人感情，他愿意培养一下这个小女孩。

肖洁文做江陵风的秘书，现在对江陵风的管理风格、工作习惯、饮食喜好已经了然于胸。她慢慢也喜欢上了这份秘书的工作。当时人力资源部的邓美莺经理跟她描述工作的时候，说这是一份轻松又不轻松的工作，轻松的是江总对秘书工作的定位是照顾好日常工作的安排即可，不轻松的是需要尽快了解领导的工作风格和生活喜好，用最短的时间适应领导的风格。

当她接手这项工作以后，特别是经常跟着江陵风出差，听江总的报告，在业务战略的理解上她可能比别人都听得多。她总是细心地做好录音，有一次她主动做好发言纪要，用简篇这个软件做了排版，在奔赴下一个机构的路上发给了江陵风看。

"不错啊，总结得好，很能抓住重点。"江陵风赞许地说。

"这个简篇很适合做纪要，也方便发到群里。您看看是否需要发到干部群里呢？"

"很好！发！"江陵风满意地说，"我一直想如何把我在各个机构的视察讲话、重要发言都能及时让其他干部了解和学习，之前有想过让机构做，但他们一般听完报告就忙着搞业务策略去了，没时间整理我的讲话，而且我很多时间做完视察就走了，等他们整理出来我已经离开，审核也不方便。现在你能做这个，正好！"

得到江陵风的示意，肖洁文就把发言纪要发到干部群里了。

这个发送效果甚至比邮件要好，邮件因为海量，有时会被忽略掉，但工作群是干部最重要的一个群，大家都基本会置顶，所以一份讲话精神发出来，基本人人都能看到了。这个传达非常及时，效果也非常好，所以从此就成了一个惯例了。

本来江陵风对她没有这个工作要求，但是肖洁文通过这个，让江陵风了解到，她其实还可以承担更多的助理工作的。每去一个机构视察，有时她发现江陵风会打电话让销售管理部给他找各种业务数据，后来，每次出差到机构，她都会主动先搜集这个机构最新的业务数据,以及整个分公司最新的业务数据,存好档,放在自己的手机里。她知道路上有时江陵风虽然不说话,但那是他思考的时候,有时他会突然要参考一些数据,但又不想自己查找,而这时候,她就可以很快地帮江陵风找到他要的数据。一段时间下来,她已远远超越这个岗位的基本要求,她已经是江陵风不可缺少的得力助手。

从肖洁文接手秘书这一职位开始,她就对自己说,这份工作,一定不能只是照顾领导的简单日常琐事。前任王晓刚的小林秘书能晋升为机构总,就是因为他深度参与了王晓刚的管理工作,作为领导身边最近的人,别人都认为小林理应得到领导更多的栽培和照顾,但肖洁文觉得,也与他自己的好学努力分不开。虽说可能江陵风一开始需要的秘书不需要这么复杂的能力,但她告诉自己,她就是要让这个分公司最有权力的男人,看到她潜在的培养价值。这是她待在公关传播部做一个小职员没有的表现机会,她怎么能满足只是一份照顾日常琐碎的工作呢。

转眼已是10月中下旬,是今年人力成长目标的最后一个集中爆发季。因为集中推完这一轮,就要进入准备明年年底业务冲刺的准备工作项目中了。而今年江陵风提出了广东翊源的人力成长目标是要在去年3万人的基础上达到6万人,这小半年过去了,虽然增长势头还不错,但离6万人的目标还有差距。虽然达成计划是4万人,目前看39000人,已经基本算完成了,但江陵风知道,面对业绩增长的考核,要跟系统内各分公司比,要跟市场内各同业比,如果人力平台能达到6万人,就会超越主要竞争对手,占领一个平台的高地,明年的业绩年底业务冲刺和增长潜力才会举重若轻。

现在已是10月中下旬了,有可能用两个月的时间,从3万人的平台跃升到4万人吗?

"小文,从现在开始,分公司有什么更好的办法实现人力的增长?"在去汕头机构出差的路上,江陵风问肖洁文。

肖洁文回过头去,笑着和江陵风说:"这可是个很宏大的问题啊,我可不敢乱发表意见。"

"没事,我倒想听听你说。我是认真的呢。我怕我处于一种思维惯性中,反而蒙蔽了双眼。我想听听你们年轻人的想法。"

"江总不是年轻人吗?"肖洁文笑着说。

"哈哈,我心态当然很年轻,"江陵风说,"所以你不觉得我很愿意接受新鲜事物吗?所以要向你们年轻一代学习啊。你们在玩什么,关注什么,其实也是关系到我们营销的改变啊。"

看到江陵风很认真的探讨的样子,肖洁文也收敛了笑容,想了一下,说:"江总您说得对。现在最早的90后也已经快30岁了,80后、90后这个群体不应该被忽视。如果说到人力发展,我那天看了销售管理部的数据,我们的代理人80后、90后已经占了80%以上。所以,我们的增员模式也需要向更年轻化转变,跟上时代的流行趋势。"

"怎么说?"江陵风身体向前倾了倾,很有兴趣。

"我之前为了了解增员模式,也参加过一两场营业区的创业分享会,大体模式差不多,都是一个级别高点的营业部经理介绍一下公司发展,嗯,怎么说呢,水平有高有低。然后就是一个发展不错的代理人做职业发展的分享,起点越低的,前后落差越大的,反而引起的反响越好。撒手锏就是晒出自己的每月佣金收入单,这是最有说服力的。这个套路也是长期以来寿险常用的,在过去行业发展的10多年里,的确很管用。但现在时代已在转变,80后、90后这两代人,普遍受过较好的教育,他们想要跟随一个很牛的人去创业,所以,以前很吃香的那种人生落差很大的代理人的分享,恐怕不一定能打动得了这些年轻群体,特别对高学历的80后、90后来说,他们反而会觉得,学历、起点这么低的人,值得我跟随吗?而现在,整个行业都在洗牌,原来的增员方式,造成代理人大进大出,也是行业服务口碑低下的重要原因。所以,现在这个行业也需要吸引更高学历的年轻人才进入。说实话,更好的收入体系才能吸引高学历年轻人流动到这个行业来。所以,创业分享会,我觉得要改变模式,用更适应年轻人的方式,从内容,到形式,到分享嘉宾,都需要做创新。"

肖洁文一口气说了这么多,自己都感到吃惊。她调皮地看了一眼后座的江陵风,他正陷入了沉思中,她就适时地停了下来。奥迪A8飞奔在高速路上,司机小江娴熟的技术让车子很平稳,但江陵风的心像是要飞起来。他好像有点灵感被点燃了,但那个小火苗在闪烁,他有点捉摸不定。他鼓励地看着肖洁文,说:"你说得很好,继续。"

肖洁文得到了鼓励,继续说:"我倒是有过一个想法,可能不成熟,也未经论证……"

江陵风说:"没事,就当头脑风暴。"

"我是想,我们现在的创业分享会,都以机构,甚至营业区为单位做,自然水准参差不齐,所以在感化、促成上也有高有低。现在我们希望能吸引更多有学历的年轻的高素质人才加入这个行业,加入公司,那么由分公司层面策划的一个高水准的创业分享会就很有必要。比如——"肖洁文看了一眼江陵风,说,"比如,让江总您亲自做分享大咖呢?"

江陵风眼睛一亮,说:"哎,这个主意不错。"

肖洁文说:"是啊,您看,您是翙源培养出来的高层干部,对翙源的文化非常了解,说翙源历史,没人比您更有权威。而且,您也是从基层销售做起来的,成长奋斗史也很有说服力。这个级别的咖位,肯定能吸引更多的人,而且,以您超强的演讲感染力,效果一定会大大超越平时小打小闹的创业分享会。"

"那可以做一个3000人场的?"江陵风陷入了思考。

"不,咱们可以做一个更大的。"肖洁文说。

"哦?但是广州能容纳3000人的场地也不多啊。"

"谁说只是线下场地呢?"肖洁文机灵地闪着眼睛,"如果我们做直播呢?在直播平台上,除了现场的几千人,我们全省各地,都可以邀请准增员在线上观看,这样,你既节约了各地巡回的劳顿之苦,全省各机构都能分享到一场高端的创业分享会。"

"真是好主意啊!"江陵风双眼发亮,他的直觉告诉他这是可行的。

"要达到好的效果,不能仓促搞。它涉及前期足够时间的传播,让现有的代理人有足够时间去邀约。在传播中,要把你的影响力包装好，作为亮点之一。同时，在直播的环节，也需要和项目组好好打磨，能够做到线上分享，线下促成。不能只是线上听个热闹，那就浪费了好资源。这里面，需要一个项目组来好好讨论。"

"好啊，我觉得可行。的确，中间的环节要设计好，这个我要让销售管理部成立一个项目组。到时，你也要参与。"

这时车子已经到达了汕尾下榻的酒店。江陵风和肖洁文都觉得，这500多公里的车程，怎么这么快就结束了呢。

虽然长途奔袭了500多公里，明日一早要参加汕尾支公司的早会，要做指示，但此时他只想把这个女孩拥入怀里，释放他的压力。

她喜欢他，这个有魄力的男人，他身上的一切特质都很吸引她。别人看到的是一个少帅，铁腕，雄心勃勃，一往无前。但她还能看到他深藏起来的其他。酒店房间的灯光调得不明也不暗，带着悠悠的情调。这也是她喜欢他的原因之一，他不像大部分这个年纪这个位置的男人，会变得无趣，他还是有他的小浪漫的，只是深深藏起来，在夜里释放。当他把头埋进她胸前时，她能感到他的些许脆弱。而这让她觉得他很性感。她愿意为他分担压力，她愿意参与到他的工作中，并且为能够参与到他的工作中而感到高兴。她知道他喜欢她，但她知道这远远不够，也不是她的目标，她还需要让他赏识她。她的小小的野心也在燃烧。

24 / 你这一说完,我就服了

今天的江陵风心情不错,林佩佩注意到他换了一条之前从未戴过的领带,深蓝的底,有只金色的小蜜蜂,让他显得比往常时尚而年轻了。

林佩佩收回看领带的目光,专心听他的指示:"最近年底业务冲刺在即,我们的人力发展也进入今年最后一次推动节点。我想做一次全省的线下线上创业分享会,我亲自主讲。我的目标是当天推动线上参与人数达5万人。我现在让肖洁文牵头这事,销售管理部在落实,传播方面,你们也配合一下,要达到那个效果和目标,前期的包装、宣传很重要。"

林佩佩心里咯噔了一下,忙说:"好的,一定会全力配合!这个形式很新颖呢,而且全省都可以分享到一场高端嘉宾的创业分享会。"

"要想实现人力发展的突破,的确需要我们的干部大胆地创新,在形式上、思维上。你们在传播上也要发力,一起把这一炮打响。"

"好的,我们马上做一个方案。我想,可能是分两个方案:一个是对内的,突出我们线上线下第一次的创新;一个是对外的,突出高管亲自主讲的亮点。"

江陵风点点头："这个你们比较专业，总之，就是要把它炒热。"

从江陵风办公室出来，看见肖洁文，才半年，感觉眼前这个身着职业西装的女子跟半年前那个活泼轻盈、有时还有点小任性的小姑娘已是大不一样。最不一样的是气质。在林佩佩的印象里，那时的肖洁文，无忧无虑，忧的也只是小女孩的忧，但现在，分明觉得眼神笃定，似乎很明白自己想要什么，在做什么。而气质更职业，开始有了那么点小气场。

"刚才领导跟我说了线上线下创业分享会的事，说由你牵头负责，我回头让白鹭飞和你对接一下，看看传播这块怎么配合。"林佩佩客气地说。

"林经理您怎么这么客气呢。我一直就想找您聊一下这个事，我也是第一次搞这么大型的活动，没经验，也没底，正要向您请教呢。"肖洁文亲切地笑着说，仿佛又回到半年前那个小女孩的样子。

林佩佩知道，这只是客气话。能让注重细节的江陵风点名牵头一个这么重要的项目负责人，恐怕已是胸有成竹的，只是在她这个前任上司面前谦虚一下罢了。

"好的呀，挺好的一个创新形式。我们正好也学习一下。"林佩佩说。

"林经理别这么说，我真的要跟您请教呢。您看什么时候方便?"

"好,我跟白鹭飞说一下,你们对接。我们肯定全力支持。"

林佩佩边走边想,真想不到呀,小姑娘不简单呢,原来说秘书这个岗位只是简单地帮助领导安排一些日程和日常事务,但半年时间,她看上去已经得到了江总的足够信任和欣赏,现在这个项目,可不是简单的日常工作,而是一个创新项目呢,也是一个事关年底业务冲刺人力发展这么重要的一个节点。看来这个小姑娘成长得很快呀。这不,因为她,刚才江陵风都已经有意无意地觉得现在的干部们(当然包括林佩佩自己)不够大胆创新了。林佩佩想着,这个小女孩,不能小看她了。

回到办公室看到在电脑前忙碌的白鹭飞,林佩佩想,日后恐怕肖洁文的成长要比白鹭飞快呢。这么想着,心里似有无限感慨,一时也不想跟白鹭飞说配合线上创业分享会的事,独自进自己办公室忙碌去了。

线上创业分享会的事儿,很快就张罗起来了。第一次会议就是由肖洁文牵头组织的,她发了邮件,召集了销售管理部、公关传播部的几个主力骨干一起开会。林佩佩让白鹭飞参加。白鹭飞嘀咕了一下,怎么是她来牵头呢?林佩佩没说什么。

这是肖洁文第一次组织这样的项目会议,也是自己第一次负责这样重要的大型项目,为此她做了很多的筹备和思考。她有想过让大家先提意见,她来整合,但后来她觉得这样的话,也许大家也都提不出很具体的或者有创造性的意见,毕竟这个项目现在是她来负责，而自己也没有什么资历。但是她想要拉进来一起参与这个项目的，都是各个部门的资深骨干，自己何德何能让他们去干活儿呢？虽然自己有着总经理秘书这一身份，但这个时候用这个身份使唤别人干活，只怕会落个不讨好。她思前想后，决定还是自己先做一个具体的方案，然后召集各个骨干开会，讨论一下可行性，补充一下意见，她觉得这样可能操作性更强，效率更高。

她花了好几个晚上加班加点，做了一份非常详细的方案，有时忙碌得都忘了吃晚饭。但是看着项目在自己的脑海里越来越清晰，细节越来越丰满。她望出去，翊源大厦高层云端外的繁华迷离的城市灯光，心里觉得无比充实。

因为是第一次会议，又是肖洁文组织的，大家也都还没搞清楚怎么回事，所以部门经理都没有参加。销售管理部来的是潘博主任，一位挺资深的主任了。潘博隐隐觉得，肖洁文组织的会议，肯定跟大老板有关，倒也不敢怠慢，带了两个年轻的手下来一同参会。公关传播部白鹭飞参加，也是一名得力干将了。对于这样的一个会议阵容，肖洁文还是感到挺满意的。毕竟真正干活的，也就是这些骨干了。

会议开始了，肖洁文说："这次召集大家开会，是因为江总想在近期搞一场大型的、高端的线上线下创业分享会。线下的创业分享会我们搞得很多了，销售管理部也非常有经验，但是线上线下一起搞，特别是线上，我们是第一次，所以江总希望我们组成一个项目组，把这一炮打响。"

"线上创业分享会？为什么？"潘博问。在销售企划部的主任位置上做了5年了,冯雪杨调走上海后,经理的位置依然没有轮到他,坐在这个位置的是江陵风从湖北分公司调过来的原来的销售部副经理,年纪跟他差不多。这让他有点不服气,但他又能说什么呢?34岁的他因为经常加班缺乏运动,肚腩已经很明显,他笑称之为过劳肥。发际线也明显后移了,他问人力资源部的小妹妹这算工伤吗?换来妹子一个白眼。

"因为我们以往的创业分享会基本上以各个营业区、各机构自己组织为主,资源分散,档次水平参差不齐,效果也有好有坏。这次我们要实现5万人的目标,江总想亲自主讲,做一场高端的大型创业分享会。但是按以往的传统模式,能够亲临现场的毕竟是少数人,就算我们租用最大型的会议中心,能容纳3000人也都到顶了,而且广州之外的区域不能享受到。所以我们想当天同时进行线上直播,让广州以外的各个营业区、机构都能线上参与,同时分享这一次高档的创业分享会资源。"肖洁文侃侃而谈。

"大家会接受这种模式吗?"潘博问,"有时候,一些所谓的互联网的花架子,恐怕不一定适合我们传统的寿险行业。"

"不试一下怎么知道呢?"肖洁文说,"毕竟还是有一场大规模的线下创业分享会支撑,我觉得结果不会坏到哪里去。"

潘博不吱声,既不反对,毕竟是老板要做的项目,但也不太热烈支持,因为他自己不看好。

肖洁文继续说下去:"线下的组织,我想继续由潘主任这边来负责,因为你们比较有经验。但这次主要的亮点就是江总亲自主讲,在前期的宣导中,恐怕要极力突出这一点。"

潘博拨了一下后移的发际线，只是点点头。

"现在关键就是线上的组织，"肖洁文说，"一定要提前大力对广州外的营业区和机构做好宣导，让他们充分组织，充分邀约，让更多的人参与。"

"目标是多少人呢？"潘博问。

"除了线下的3000人，我们的目标预估线上要达到3万人。"

"3万人？不是开玩笑吧？"潘博和他的手下睁大了眼睛，面面相觑。

肖洁文早就预料到了他们的疑惑，说："我是这样预计的，除广州以外，我们有17个三级机构，有20个营业区。而且是线上参会，不需要到现场，这样的话对到会人员就没有了人数的限制。既然是分公司一把手亲自出马，这么好的资源，如果我们能事前做好宣导，我想这些营业区和机构都是会大力邀约准增员的。平时，三级机构举办一场高端的创业分享会，一般都是500到600人左右。现在我们做线上邀约，没有人数的限制，我们可以大胆假设，参与人数可以提高一倍，平均每个机构1000人。这样粗略地算，都有37000人了。然后去掉一些客观因素，所以我们预估是3万人。"肖洁文思路清晰，这样的测算已经在她的心里做过无数次。

潘博拨了一下后移的发际线，摇摇头，说："我可没有信心，平常五六百人已经是非常顶级的人数。当然，江总出马，号召力非同小可。既然我们也是尝试，我们拭目以待。线下部分我们会全力组织好，只是不知道线上部分谁负责？"言下之意，有点不想接线上活儿的意思。

肖洁文早就预料到是这样了,她倒也不急不恼,只是笑笑说:"谢谢潘主任的支持,线下部分就全靠你了。线上这一块,也是新鲜事物,也没有可参照的,就由我来做吧。只是对机构的宣导,让代理人邀约准增员,到时恐怕还得劳烦您呢。"

听到线上部分不用自己负责,潘博倒是松了一口气,拨了一下头发,说:"好,没问题!"

这时白鹭飞问:"线上需要怎么传播呢?"

肖洁文微笑着说:"这正是我想跟鹭姐商量的呢。既然是线上直播,那么传播也是需要用线上的方式。这一块鹭姐更有经验更专业,我想交给您负责可以吗?"

白鹭飞凭直觉觉得,这次线上直播既然是江总领衔主演,又是第一次,也是领导很重视的一个创新项目,线上直播参与人数的多少,是决定这一次是否成功的关键。要参与就必须参与到关键项目中。这么一想,白鹭飞说:"好的,我们一定全力配合!"

肖洁文继续说:"线上活动是要讲互动的,还是需要备一些礼物和红包,这个潘主任您需要统筹来考虑。其他线上活动的文案和细节,我和鹭姐一起做。"

潘博说:"这个让小贾负责吧。"小贾是他带过来的小帅哥,刚入司半年,这时正饶有兴趣地听着会议。

这时肖洁文打开了方案的第二页说:"那大方向没问题的话,我们来看一下具体分工。潘主任负责线下组织的所有项目。我负责线上的内容和形式的设计。鹭姐负责线上创业分享会的传播设计。而线上传播这一块,最后一步还是需要潘主任来落地,确保将这个分享会传播传到每一个代理人手机上。"

潘博明显不太想接线上这个活儿,因为3万人的目标太有压力了。他只想稳稳地把线下这一场做好。线上的如果做不好,他也不想跟这个有任何关系。这么一想,他说:"哎,别,线上这玩意儿太玄乎,我还是踏踏实实做好线下这块,线上这块就还是你们俩玩吧。"

肖洁文自然是听出了他这意思,也不想在这个场合跟他争论了,说:"那线下的就还是拜托潘主任了,毕竟也是一场高端的创业分享会,还是有很多细节需要落实的。"

潘博像是松了一口气,满口答应,说:"线下咱们还是熟门熟路的。"

会议结束,走出会议室,小贾对潘博说:"头儿,我怎么觉得,你好像放弃了一个可以出彩的活儿。这个活动里,难道不是线上更容易出彩吗?"

潘博不屑地说:"你不懂吧?线上这个谁也没玩过,万一达不到理想人数,数字很难看,那岂不是要怪到我们头上来。但线下是确定的,咱们把这确定的活儿做好,差不了。"

小贾似懂非懂,觉得头儿说得也有道理,一时竟也无言以对。

回到办公室,白鹭飞把刚才会议的情况和林佩佩做了简单的汇报,然后问:"经理,这事为什么是肖洁文牵头了呢?她不是老总的……生活秘书吗?"

"啊,对啊。因为她是老总的秘书,所以她来牵头不是很正常吗？"林佩佩不动声色地说。

"那……似乎超出了生活秘书的工作范畴呢。"白鹭飞强调了一下"生活"二字。

"秘书的工作范畴是谁定的呢？谁说秘书就是斟茶倒水呢？"

白鹭飞好像悟到了什么，点了点头。

"这事江总让肖洁文牵头，恰恰说明了肖洁文的秘书工作做得好，超越了通常的工作范围。如果这事做得成功，那就是她的加分项。做好斟茶倒水的工作，是合格，但如果能给领导出主意，并承担更多的职责，做出亮点，那是优秀，是卓越。"

白鹭飞似乎明白了，但也不无酸意地说："那看来，肖洁文很行啊，这么短的时间内就得到了领导的信任，本来创业分享会这些事情，一向都是销售部的活儿，现在却让她牵头了。"

林佩佩不置可否，也不好在下属面前评论老板身边的人，只说："所以，机会都是自己去争取的。那说明她还是有能力的。不管怎么说，我觉得开拓线上创业分享会的模式，是很新颖的，说不定也是未来一个突破口呢。现在的年轻人，都喜欢看直播，看视频。况且，还有线下撑着，就算数据不理想，毕竟是第一次，怎么都说得过去，如果数据超预期，那——"林佩佩看着白鹭飞，说，"你想吧。"

白鹭飞说："这么看，这个活儿怎么都不砸。她可是捡到了呀。"

林佩佩微笑着说："也不能说人家捡到了。能想出这样的创新点子，说明她用了心；敢于接手承担，说明她不只是动动嘴皮子，还是有执行力的,也很有接受挑战的勇气。领导把这事交给她,也是有心给机会锻炼的意思。虽说不会搞砸,但这个机会,如果线上这块做不好,那等于老板给的机会没有能力把握住,二来也没让老板的创新项目出彩,压力还是很大的。所以,最后,还是要靠本事的。"

"那我们怎么做?"白鹭飞问。

"该怎么做怎么做,"林佩佩说,"我看好这个创新项目,这也是江总想要在人力发展项目上突破和创新的一次尝试,我们应该全力配合,做出亮点来。把传播这个事做漂亮,大家共赢。"

白鹭飞说:"明白了。我这就去做传播方案。"

唐樱自从搬出来住以后,生活完全变了一个样子,早上8:30到公司参加早会、学习、分享,然后做好下午要打电话或见面拜访的准备工作,如果有什么疑问,她有时会去找莫莉,只要莫莉在,都会耐心地解答她的问题。但唐樱发现,莫莉对于产品组合的专业问题,回答得总是有点力不从心,她对基础的保障型产品了解得比较好,但对于高保额产品的组合,专业能力上就显得力不从心了。莫莉自己也跟她说,她一般都做常规型的保障型产品,她的客户群体都是基础保额,她几乎没有大单。这也让唐樱很佩服,没有大单,也能稳扎稳打,得有多努力啊。但在与客户打交道方面,莫莉还是给了很多经验和建议。唐樱觉得,她这个入门介绍人,虽然专业潜力差些,但还是尽心尽力帮她进步的。

专业的问题,唐樱更爱去请教大总监戴明。毕竟资历深厚,而且开拓高净值客户的方向也是戴明给出的建议。戴明很忙,早会能碰到他在办公室的机会不是很多,因为很多团队、机构要请他去做分享演讲和培训。只要逮着他在,唐樱都会第一时间抢占机会,到他的办公室请教她积累了很多天的问题。戴明虽然是总监,但没什么架子,对唐樱提出的业务问题总能马上抓住核心,给她一个清晰的解释。唐樱本就是聪颖的女子,稍加指导,她也能举一反三。戴明也很喜欢她的好学、努力,有时,偶尔也关心一下她的生活近况,但也不好问太多。

这天,唐樱正在整理资料,手机响了起来,是韦太太打过来的。她赶紧接了。

"樱樱啊,你今天有空吗?"韦太太直接就问。

"嗯,下午可以的。怎么,找我有事。"

"你上次跟我说的保险的事,我呢,也似懂非懂。但最近呢,我遇到了一个事,我想听听你的意见。"

"好的,那我们下午3点左右见面,如何?"

"好的好的,就在我们小区的会所吧,我也不想跑远,因为4点半以后我要去接孩子呢。"

下午3点,唐樱准时出现在会所,不一会儿,韦太太也到了。她像是刚刚做完健身,穿着一身运动衣,很舒适休闲,但眉宇间有点淡淡的忧虑。

各自点了一杯玫瑰花茶和菊花茶,韦太太说:"樱樱啊,你上次跟我说的保险啥的,我呢,也不是爱动脑子的人,听了也就听了,也不是太懂。昨天我在健身中心听到一个事,联想起你跟我说过的那些,好像真的好有道理,我突然就有种急迫感,所以,今天找你过来,我再仔细听你讲讲。"

唐樱说:"好啊,你想了解什么?"

韦太太喝了一口茶,好像要压压惊,定了定神:"上午我在会所做美容的时候,听到一个事,就发生在身边。之前我们小区有几位太太经常约了一起做美容,最近金太太老没见到,我今天就随口问问,结果她们说,金太太家出事了。"

韦太太又喝了一口茶,说:"金太太先生经营一家公司,身家不菲,前段时间他去澳大利亚考察一个葡萄园酒庄,听说直升机出事掉下来了……"

韦太太看着唐樱:"你不知道?前段时间都上了新闻。只是我不知道就是身边的朋友的事情啊。太可怕了。"唐樱印象中有这个新闻。

韦太太停了一下,可能在脑补那个可怕的画面,然后接着说:"出这种事本来就够伤心,更麻烦的在后面,金太太的先生的家庭很复杂,原来这个男人跟金太太结婚前,有过一段婚姻,有两个女儿,目前都已成年,之前离婚已分过一次家产。现在男人死了以后,他的父母还有这两个女儿都来跟她争家产。她的儿子还小,她只身一人,怎么斗得过对方一大家子啊。我听到这里,就想起你那天跟我说的那些,我那天其实没怎么放心上,但今天听到这个故事,我好像懂了,但又不懂,就觉得你说得有理,想再听听。"

说完韦太太又喝了一口茶,看着唐樱,眼里满是期待。

唐樱说:"太可怜了,那她儿子还小吧?"

"可不,才刚上小学,跟我们家的差不多的。"

"一个女人,失去了经济支柱,孩子还那么小,如果她老公生前没有做任何安排的话,任何一件事情都会把这母子俩逼疯。"

"怎么说?"韦太太端着茶杯的手停了下来,看着唐樱。

唐樱理了理思路,说:"首先,如果这个男人没有买保险,没有指定受益人是他老婆或孩子的话,那他的生命逝去就逝去了,他母子俩就真的失去了依靠。其次,他的家财如果没有事先的安排,比如遗嘱公证,比如家族信托,比如保险转移,那么,他的家财就要按照法定进行分配,按他现在的家庭成员结构,他母子俩是拿不到全部家产的。"

"真的呀?人家孤儿寡母的,那些人还来争,真是太没良心了。当初离婚时,该给的也都给了,他们现在来争,你说,是不是没良心?"

唐樱笑了笑,说:"如果是以前,我也会和你这样想,这些人太没良心了。但是,话又说回来,他的两个女儿,虽是跟前妻所生,但在法律上,的确是法定继承人,她们来要家产,也是合法的。"

韦太太睁大了眼睛,不可置信:"那他俩怎么斗得过啊?"

唐樱说:"要说斗,那人生就太难了。所以,唯一希望的,就是她老公,或她自己,在人还在的时候,做好了安排。不然,真斗不过,她斗不过人性,斗不过法律。"

韦太太眼神悠远,慢慢地说:"所以啊,今天我听完这个事情,我自己想了想,就觉得可怕。万一这个故事落到我头上呢?"

韦太太把眼神收回来,看着唐樱说:"不瞒你说,我老公也是离了婚跟我结婚的,而我现在衣食无忧也是他的供养。但他的父母是非常强势的,万一将来有什么变故,我用什么来保障我们母子俩今后的生活?所以,我觉得你上次讲得有道理。你说,像我这样的,该怎么规划最好?"

唐樱笑了笑说:"把别人的不幸自己代入进去,很容易得焦虑症哦。别急,我可能要全面了解一下你目前的保险状况,以及资产状况,以及你对未来生活的期望,才能好好地给你做规划。"

韦太太也笑了,说:"有时候,不见到活生生的案例,就不知道这些风险离自己有多近。我今天听完金太太的事啊,我一天都心神不宁的,突然就觉得我就是少了一个资产的风险保障。就像你说的,如果不事先安排好,万一发生变故,人生得去跟这个斗,跟那个斗,那真是太难了。"

唐樱想起了自己的处境,说:"是啊,女人,还是需要自己保护自己。幸福还是要靠自己来维护,不能全部靠别人的。"

韦太太喝完最后一口茶,说:"走,到我家去,我把我之前买的保险都拿出来,你给我看看。我也不知道我之前都买了些啥。"

进了韦太太的豪宅,韦太太迫不及待地去书房打开一个柜子,把一个盒子拿了出来,里面是好几份保单。

唐樱说:"不错啊,你的保险意识还是很强的。保单不少。"

韦太太说:"哎,我也不知道都买了啥,有些什么保障,买了就忘了。都是一些老同学、老朋友的友情单。他们吧，做了一两年也不做了。也不知道他们是不是蒙我。我也不爱动脑子，也懒得看，他们说买什么就买什么吧。对了，你该不会也做一年就不做了吧？"

唐樱想了一下，说："我虽然刚入行，但是我发现我还挺喜欢，因为可以学习的东西太多了。我还是希望长做下去的。"

韦太太点点头，说："你先赶紧帮我看看。对了，你喝咖啡吧？"

唐樱笑着说："好啊，你家的咖啡我可不想错过。"

韦太太去调咖啡去了，唐樱一份一份保单认真地看了起来。她进入了工作的状态，神情认真而专注，让韦太太也不敢打扰，把咖啡轻轻放在了茶几上，坐在一旁，看着她专注的样子，心里竟有些羡慕。

大概20分钟，唐樱看完了，说："亲，我大概了解了。我来给你讲讲你现在都有哪些保险吧。"

韦太太往她身边靠了靠，充满了期待。关系到她日后的生活，跟上次她心不在焉不同，这次她不得不认真起来。

"不得不说，你比很多人的保险意识都要好，所以，一些基本的保障型保险你都有了，这个先表扬一下。"唐樱说，"而且，之前给你推荐这些保险的人，也算是靠谱的。所以，他们倒也没蒙你。"

韦太太舒了一口气，轻轻说："那就好，那就好。"

"不过呢，还是有很多不足之处。"唐樱进入了专业地带，她变得严肃了起来,"首先先说你先生的保险。作为一家之主,也是家庭的唯一的经济支柱,他的意外险保额明显是不够的,我算了一下,意外险的保额只有80万元,这对于他目前所应对的生意、生活品质来说,是远远不够的,我建议应该加到500万～1000万元以上,才能跟他的身价匹配。同时,虽然他有了重疾保险,但对于你先生这种阶层的人士,而且还经常国外商务公干的,可以考虑配置一个海外高端医疗保险,万一有重大疾病,想去国外进行更高水平的治疗,就可以启动这样的保障。而你的方面,其他都配置得不错了,但我建议也同样加大高端医疗险的配置。目前你只有重疾险和普通的住院医疗险,未来跟你的医疗需求是不匹配的。最后是儿子的保险,目前他还小,所以目前的配置为重疾和医疗,我觉得是够的了。"

韦太太说:"嗯,有道理。现在年轻,可能对重疾呀、医疗啊不太放心上。你回头啊看看把我们的医疗险补充上。"

唐樱点点头,说:"这个没问题。接下来要给您的建议就是关于资产的风险转移。像你们这样的家庭,很有必要做好资产的风险转移和安排。"

韦太太专注地看着唐樱,充满期待。

"你看,就拿刚才所说的金太太的例子,因为之前她的先生没有做好这方面的安排,才给母子俩带来了身后的麻烦。一个负责任的人,应该留给最爱的人的是财富,是爱,而不是麻烦。"

韦太太若有所思地点点头。

"像金太太这样的案例,如果她先生很爱她和孩子,应该做一份保险，投保人和被保险人是他自己，受益人是金太太或是他儿子。如果怕孩子一次性拿到太多金额去挥霍，可以约定儿子领取身故受益金时，分期分批领取。这样就避免了下一代的不当挥霍，但也让下一代的物质生活有了确定的保障。"

看到韦太太没有提出问题，唐樱接着说："比如吧，你老公肯定很爱你，也很爱儿子，为了确保他的财富无论发生什么变故，都能给到你和儿子，别人拿不走，分不走，那么，就需要一份年金保险来实现。比如这款'聚宝盆'，趁现在天下太平的时候，分3年或5年交，如果想预留出来1000万元的话，分3年交，一年333万元，第5、6年末，给付年交保费的60%，第7至14年保单年度给付30%的基本保额，满期给付100%基本保额。如果身故，给付所交保费。给付的金额如果不领取的话，可以转入一个投资账户，目前历史结算利率保持5%，确保这部分钱保值，安全，确定。"

为了让韦太太更好地消化这些理念，唐樱停了一下，喝了一口咖啡。韦太太说："我大概理解了，这么操作，至少，这3年内买入这个保险的钱，就是确定的给到儿子名下的钱了。"

唐樱说："可以这么简单理解。这么说吧，通过这份年金险作为风险转移工具，一来呢，规划了人生可能会出现的风险，确保哪怕自己不在时，通过保单的指定受益人，让自己财富实现确定的传承，保护受益人的生活。二来呢，通过指定受益人，如果被保险人身故，保险金不会被投保人的个人债务强制执行，所以起到了隔离债务风险的作用。三来呢，投保人是孩子父亲，被保险人是子女，选择年金险这种工具，财富掌握在自己手中，既给也不给，无事故发生时可给孩子经济的支持，发生事故时可以有经济的保障，因为投保人是孩子父亲，可以有效地避免子女继承大笔财富后挥霍的风险，或未来子女离婚被分掉财产的风险，可以约定保险金的领取以保险年金的方式，分期、分批领取。当然，如果未来他不孝，作为保单的所有者，投保人可以更改受益人的。这就是年金险对于资产的风险转移作用。当然，也可以以你的名义投保，你做投保人，孩子是受益人。道理是一样的。你做投保人，那你名下的保单就相当于你名下的资产。"

韦太太也是聪明之人，加上之前也买过不少保险，对于保险的一些基本概念还是有的，所以，唐樱一解释，她也就听明白了，眼睛发出了亮光，对唐樱说："你这么一说，我就懂了。我之前虽说买了那些意外险啊，重疾险啊，但我这心里吧，总还是悬着的，就怕发生像金太太家这种事。看来这份年金险我是一定要第一时间补上的。你说得对，趁风平浪静岁月静好的时候，就要备好雨伞，等下雨再找伞，就来不及了。只是——"

韦太太想到了一个问题："我老公是生意人，你也知道，现金流是很重要的。你说每年存这么大一笔钱，他怕是不愿意呢，主要是影响了现金流了。这些钱，压着不动，也不是生意人的做法。"

唐樱笑着说："这个问题我早就想到了，应该说，翊源公司早就想到了。别忘了，翊源可是一家全牌照的金融集团。保单有现金价值，所以是可以贷款的。如果需要钱做流转，可以用保单做贷款，可以贷出现金价值的70%～80%，这样也不担心钱压着不动了。当然，要按时连本带利还上才行。"

韦太太眼睛又亮了起来:"那太好了呀,你可有现成的方案?我今晚就要和老赵说。不早点把这事搞定,我都睡不好呢。"

唐樱微笑着打开手提电脑,迅速用模版做了一份方案,发到了韦太太的邮箱:"有什么问题随时问我。"

韦太太脸上明显舒展了很多,看了看唐樱,说:"说实话,你现在啊,穿着这身职业装,加上刚才讲保险时认真的样子,真觉得跟之前是两个人。以前吧,就觉得你很甜美,无忧无虑的小女人,现在吧,更有味道了。"

唐樱有点不好意思地笑了,说:"刚才讲产品的时候不会太严肃吧,吓着你了。"

韦太太说:"不会不会,倒是有一种专业和权威感,这不,你这一说完,我就服了。"说完两人笑了起来。

25／空气里都有了不安的气息

肖洁文的线上创业分享会忙得飞起来了,销售部的潘博基本不管线上的事务,他们一门心思放在线下,毕竟是江总亲自出马,又是人数最多,又是档次最高的酒店,哪儿哪儿都会出彩,他自然不想把这个妥妥出亮点的事让出来。但线上没搞过,他就让肖洁文自己负责。

肖洁文虽说是江总秘书,但毕竟不是销售部的人,一来不好直接使唤部门的人,一些准备工作只能自己做,包括了解线上平台的操作流程、互动环节的设计、线上预告的海报设计等。好在有两年在公关传播部的底子,做一个活动的框架流程是相通的。而白鹭飞倒是很配合,肖洁文觉得毕竟还是娘家人啊。她不知道的是,林佩佩有交代过,这次线上反而是创新面,是出亮点的地方,所以交代了白鹭飞紧跟这块,一起做点事。

明天就要发布一个线上的海报,肖洁文在选江陵风的照片。她仔细地一张张地选,挑了一张光线、角度、神情、姿势都比较满意的。照片中的江陵风,戴着精致的眼镜,气质儒雅,自信有神的双眼、做工精细的西装让他的肩线很硬挺,流畅,虽然只是一张上半身的照片,但也能感受到他修长的身材,也许是保持锻炼的缘故,他看上去要比38岁的实际年龄要年轻得多。这是肖洁文最喜欢的一张照片，她因公济私，默默地看了很久，脑海里浮现他和她在一起的激情和温情时光。

把海报做好以后，她发了微信给江陵风，这时才发现已经是晚上11点了。按理，这个时间，如果不是有紧急事宜，是不应该骚扰领导的。但她觉得她和他之间，还是可以有那么一点别人看不见的小随意的。而且，她也想让他知道，这个点了，她还在加班呢。

过了一会儿也没有回复，肖洁文收拾东西准备回家了，这时才发现眼睛好花，盯着电脑太久了。站在路边等车的时候，江陵风发来了两个字："同意。"

她心下舒了一口气，但是也有点小小的失落，这个钟点，他难道不关心一下她在哪儿？回家了吗？加班辛苦吗？就只有公事公办的两个字："同意。"但随后她释然了，她提醒自己，是的，我喜欢他，我爱他，但，首先，他就是上司，他也许不像我爱他这样的爱我，我不能把他当成爱人来期待。我要的是，让他看见我的才干。这么想着，她深吸了一口气，往后仰了仰，听到了僵直的颈椎关节在咔咔地响。我爱他，就去爱。我为自己而战。她在心里默默地对自己说。

余锋的代理退保的黑色产业链解密的文章终于重磅出击，而且是连出3篇：《解密"全额退保"背后的黑色江湖》《恶意退保治理之难》《银保监重拳打击恶意投诉》，素材丰富，采访扎实。线上阅读已超过50万。深受恶意退保困扰的几家大公司更是大快人心。

"余大记者出手,果然不同凡响。"林佩佩给他电话赞道。

但奇怪的是余锋并没有她想象的和她那样兴奋,只是淡淡地说:"这3篇能这样出,已是万幸,本来它们有可能是另外一种样子。"

林佩佩没听明白,但只听明白了语气里的许多没说出口的无奈。

"怎么了?"她问。

"下次见面聊。"余锋淡淡地说,把电话挂了。

临近年底,各项年底的事务规划也忙碌了起来。可是这天,突然一个新闻,如一记重磅炸弹,在媒体圈、金融圈引爆。各种票圈都在疯转:

据市公安局官方微博发布的消息,11月1日,广州市公安局抓获涉嫌敲诈犯罪的《南粤早报》发行人邱某、总经理陈某、主编刘某及相关经营人员等5名犯罪嫌疑人。目前,上述犯罪嫌疑人已被依法采取刑事强制措施,案件正在进一步审理中。

林佩佩看到心里一炸,这可是媒体界爆炸性的新闻啊。谁不知道《南粤早报》在国内媒体界的地位,从创刊到现在,12年来一路高歌猛进,多少爆炸性的新闻,以大胆、深挖、直面问题著称,《南粤早报》江湖地位就是这么积累而来的,但恐怕没有人会想到,有一天,一条爆炸性的新闻会炸到自己的地盘上,而且,就《南粤早报》在媒体界的声誉和地位,这条新闻,确切地说是丑闻,它的影响,不仅是《南粤早报》,是对整个媒体行业。

林佩佩用手机迅速地搜索，基本都是转的同一个新闻，很快又多了一条，是《南粤早报》自己发的：相关消息：《南粤早报》免去总编邱陵、总经理陈方亚、主编刘小亮职务，黄英、顾北海任《南粤早报》党委书记。

网上各种传闻，林佩佩用半小时搜了一下，自己整合了一下信息，事件大体的样子出来了：《南粤早报》9月初因涉嫌以舆论监督为幌子，通过有偿新闻非法获取巨额利益，以敲诈犯罪被调查。

林佩佩第一时间想起了余锋，给他发了个微信："在吗？"

余锋几乎是秒回："我知道你要问什么。"

林佩佩微微笑了笑，他这个人啊，就是这么直接。她正在想怎么回呢，余锋已经把一篇长文发过来。"关于这个案子的。你慢慢看。"

"对你们没影响吧？"林佩佩回复，她本来想说："对你没影响吧？"但最后还是改成了"你们"。

余锋回复："报社一切照旧。"过了一会儿，又发来一条："今晚想见你。"

林佩佩想起来自上次他连出3篇重稿打击恶意退保的文章后，自己一直说要请他吃饭，也一直忙没兑现。今天爆出这事，她自然也是很想见他的。

她快速地阅读余锋发过来的一篇长文，是某个自媒体的文章，提示的内幕，看得心惊肉跳。

11月1日，据一些企业和个人举报，公安局日前侦破一起以舆论监督为幌子,通过有偿新闻非法获取巨额利益的特大新闻敲诈犯罪案件,《南粤早报》主编和相关管理、采编、经营人员及两家公关公司负责人等8名犯罪嫌疑人被依法采取刑事强制措施。

警方初步侦查发现,2013年11月以来,《南粤早报》主编刘某、副主编周某以及部分采编经营人员,联合广州一格、深圳麒麟等财经类公关公司,以《南粤早报》财经一线专刊为主要平台,采取公关公司招揽介绍和业内新闻记者物色筛选等方式,寻找具有"上市""拟上市""重组""转型"等题材的上市公司或知名企业作为"目标"对象进行非法活动。

对于愿意做"正面宣传"的企业,犯罪嫌疑人在收取高额费用后,通过夸大正面事实或掩盖负面问题进行"正面报道";对不与之合作的企业,在《南粤早报》财经一线平台发布负面报道进行恶意攻击,以此要挟企业投放广告或签订合作协议,单位和个人从中获取高额广告费或好处费。经初步查证,此案涉及上海、北京、广东等省区市的数十家企业。

这时一个电话进来,林佩佩只好退出文章界面,接了电话,然后再点击进去时,发现这篇文章的链接已经断了,文章已被删除。

林佩佩的微信朋友圈里很多媒体人士,这时都不同而同地或隐或现地发了朋友圈,但都特隐晦,懂的就懂了,不懂的也就不懂。这个敏感时期,说什么都不合适。但林佩佩知道,以《南粤早报》总编邱陵在媒体界的地位,那前十年,几乎就是男神一般的存在,不仅是大才子,在媒体市场化运营上更是一骑绝尘,其他媒体人说起《南粤早报》,都是一副羡慕妒忌恨的样子。而那些怀着新闻理想、少年心气的年轻记者,哪个不以进入《南粤早报》的报社大院工作为荣呢?所以今天这档子事,可以说就是媒体圈的一个深水炸弹,波及整个媒体圈。这一天,连空气里都有了不安的气息。好容易等到了下班,今天林佩佩也无心加班了,好在也没有什么特别需紧急处理的事务,一到点她就往附近定好的上海餐厅而去。她也突然想起,自冯雪杨离开广州后,她已经很久没有去这家餐厅了。

余锋倒是罕见的准时,已经坐在餐厅了。这个时候晚上就餐的高峰还没到,虽然定的是大厅,但人还不多,很安静。"怎么突然想见我了?"林佩佩逗他。

"一直都想见啊,你也没给我机会。"余锋也不相让,回敬回去,但看得出今天打情骂俏的兴致不高。

"你根本没邀请过好不好?"林佩佩反击他。冤家,她心里说。每次两人见面都想打一架似的。不过看他今天兴致不高,就打住了。

两人沉默了一会儿,林佩佩先开了口:"怎么回事啊?都炸了。"

余锋摇摇头,叹了一口气:"说来话长。他们这些事,也不是一天两天了。我以前跑深度调查,没怎么接触他们金融版块的操作,但也有听说。今年到了金融版块,他们这样的玩法,我也是最近才有近距离的了解,心里是不认同的,觉得他们是玩火自焚。只是没想到,这么快就引爆了。"说完他闷闷地喝了一口茶。

"其实,也不是快,他们这么玩已经很多年了,爆雷是迟早的事,不是今天,就是明天。"余锋又接着说。

这样的余锋很少见,他平时在她面前总是没句正经,但今天,显然是被伤到了。林佩佩也知道,像他这样曾引以为豪的《南粤早报》的一员,一定是心情最不好的一群人。她只是默默给他再倒上茶,他也就闷闷地喝。

"报社的广告营收任务定得很重,比如今年吧,光经济版块,差不多是9000万元的任务。我以前只做记者,不关心报社怎么赢利,我自己的想法就是,我们做好报道,产出优质的内容,大家爱看我们的报纸,广告商愿意在我们这投放,我一直觉得,生态应该就是这样的。但我今年过来经济版以后,也承担了营收任务,才发现这个运作不是这么简单。如果完全按我之前的想法,这9000万元的任务是根本完成不了的。"林佩佩说:"我对他们这样的做法倒是有所感知,毕竟,跟他们打交道嘛,多少知道一些。我们是分公司,油水不多,我知道去年他们就针对翊源总部搞过一些事,应该最后也是总部承诺了广告合作才摆平的。好像这几年来已成了媒体生财的一种操作。"

余锋无奈地摇摇头,又叹了一口气。

"我之前跟你说企业是弱势群体,你还不信,说我无病呻吟。这回知道了吧?"林佩佩说。

余锋看了她一眼,点点头:"我做了这么多深度调查,那么疾恶如仇,为社会伸张正义,现在发现我才是报社里最傻的那个。"

林佩佩看着他失落的样子,有点于心不忍,说:"别这样想。

我相信《南粤早报》像你这样的人还是很多的。"

余锋苦笑着说:"像我这样的人,就要饿死了。你看,不挣钱的深度调查部不是撤销了吗?"窗外的天色暗下来了,天空由紫红变成了藏蓝,华灯初上,落地玻璃窗外,下班的车流连成了一条无声的灯流,看的人觉得这是城市之繁华,在灯流里的人却深感塞车之苦。菜陆续上来了。"今晚你陪我喝点。"余锋似乎没有征询她意见的意思,要了一瓶绍兴女儿红。林佩佩也没有异议,陪他喝,但是他喝一杯,她有时只喝一小口。他倒没有强迫她,只顾自己喝着,每次跟林佩佩碰一下。

酒喝得有点快,一瓶很快见底了。"服务员,再来一瓶。"余锋叫道。

林佩佩有点犹豫要不要阻止他。"没事,这点酒,不够我漱口。"余锋笑了笑,这时,往日的狂狷又回来了。

酒兴上来,余锋话就上来了:"我今年来了经济版块,我知道他们怎么玩的。比如吧,他们通过记者去挖这些IPO企业、上市公司的一些负面。你想,一家大公司,总有点阴暗面,有心要挖这些,不会很难。然后,他们每周都开会,去确定这些题材的选题。然后通过列表,看看哪些是跟报社签了合作协议的。那些未与报社签合作的,就出他们的负面新闻。"林佩佩点点头:"有所耳闻。据我所知,他们有敲打过翊源上海总部的。总之,上市大公司他们应该不会放过。"

余锋又喝了一杯酒,说:"被曝出负面新闻的公司,要么直接联系报社这些负责经营的人,要么联系跟报社相关的财经公关公司,然后签订合作协议,收巨额费用。"林佩佩跟他碰了碰杯,两人一起把酒干了,她说:"你这才知道啊,我的大记者,他们一直是这么玩的呀。所以,跟他们打交道,他们可拽了。"

余锋无奈地笑了笑,说:"是啊,我就是报社里最傻最天真那个吧?自己都不知道自己有多天真。我一直是做社会新闻,深度调查,虽然有时候工作很累,甚至有危险,但我乐此不疲。你知道吧,前年我做的那篇揭阳最大的传销组织的,我被地头蛇打了呢。"

林佩佩想起来了,那篇报道可是轰动一时的:"那篇我看了,我就是那时候对你这个名字有印象的。来,敬你是条汉子。"林佩佩笑着举起酒杯,余锋也不推辞,嘴角带着自豪的狂狷不羁地笑,仿佛又回到了他职业生涯里的高光时刻。

"当时受伤严重吗?"林佩佩问。虽然事隔多年,但这个迟来的关心还是让余锋心里流过一股暖流。

"无大碍,我当时用手臂挡,所以当时手臂受伤比较严重。还好警察来得快,不然……"余锋笑了笑,接着说,"这些场景对我来说,已经不是第一次了,我倒是从来没有怕过,也没有抱怨过,我入职第二年开始,就一直是报社稿费最多的年轻记者,我从来都相信,我是靠专业吃饭,靠本事吃饭,靠良知吃饭。"

余锋给自己倒了一杯,拿在手上,看着林佩佩:"我来了经济部,发现了他们这样的玩法,不用专业,不用出力,就是诈对方,然后巨额金钱到手,他们要做的,就是删个稿而已,什么都不用做。太张狂了。"余锋给自己狠狠地闷了一杯。

"你知道吗?"他看着林佩佩,"上次关于那个自杀拒赔案,他们原来就想针对你们大公司,做成翊源的负面,想反过来逼迫大公司加签合作协议,但是,被我坚决否决了。我说这样岂不是没有是非?然后,最近业绩不是挺有压力的吗?他们前段时间在会上还明里暗里讽刺我,说我这类人,不适合做经营,白白放走了事件。但我想,钱当然要挣,但不能这么挣。我当时就觉得这些人会把报社搞坏。果然。"说完又自己闷了一杯。

说什么安慰的话也多余,林佩佩也自己喝了一杯。她心里懂他,他还是那颗对新闻的赤子之心。正因为如此,才会痛。

"好不容易请你吃个饭,听我讲这些,很没劲吧?"余锋说。

"不会。我也想听。今晚我请你。"

余锋看着她,可能刚才的一轮吐槽让他心情放松了些,平时的不正经又回来了:"你是我客户啊,甲方请乙方吃饭,那说明乙方很优秀。"说完他自己邪魅地笑了起来。

林佩佩白了他一眼:"你怎么不说是甲方这么优秀和善良呢。不过,"她停了停,看着余锋说,"今晚可不是什么甲方乙方的,是朋友。"

余锋猛喝一口酒,目光悠远,时光回到5年前——

报社接到陆村村民的投诉,说当地拆迁有巨大的问题。余锋调查这个项目已有一周,手上有大量关于这个项目中村主任、村委会和开发商的不见光的交易,严重损害村民利益的证据。当天拆迁队过来施工时,再次与陆村村民发生了冲突。余锋当时就在现场不远的一个墙角,暗暗地拍照。

在抓拍其中一个拆迁队人员强行推倒村民的房屋时，举相机动作大了。"有记者！有人在拍照！"工头大喊，一帮人气急败坏地抡了铁条就冲过来，大有要把他置于死地的气势。

余锋拼命地跑，七月的烈日像火一样烧灼。他感到紧张，却不是害怕。

傍晚，在旅馆里稿子快要写好的时候，他的门响了。

他很警惕地把电脑藏在了床垫底下。

来人看不出来路，隔着门的安全链，他看到对方打开一个黑色袋子的口子，现金。袋子很重，少说也有30万元。

5年前，他才27岁，30万元是个很大的诱惑。它甚至可以是番城一套房子的首付，那是他的小目标。

他心里的震动让他喉咙轻轻滑动了一下，说："你找错人了。"他把门关上了。

他随后给老吕主任打了电话，电话那头老吕主任焦急又关心地说："你现在、立刻、马上，找部车，回来。不要在那儿过夜。马上走。"

老吕主任是个老报人，也是他入行的恩师。听到他这样提醒，余锋立刻收拾好包，拿上电脑，飞奔下楼。

夜幕已开始降临到这个小镇。余锋不敢找当地的出租，站在大路边，看到了一辆运鸡的货车，截下来，司机开价300元，余锋也没砍，也顾不得车上味道大，跳上了这辆鸡车，逃离了这个危险的地方。

在颠簸的车上，余锋把稿子完成，发送回报社，在他还在路上和一笼笼的鸡一起颠簸的时候,报社的印刷机已开始轰鸣,一个投向反腐的重磅炸弹引爆了。

"那天的报纸出来,很快各报摊就卖光了。但也涉及了一些敏感人物,报社领导也被上层约谈,但当时的总编辑江总顶住了所有压力。最后这个项目,涉及了两个大官,都进去了。"余锋故事讲完,笑了笑,再去倒酒,发现酒也喝完了。

他正要再来一壶,被林佩佩制止了。"已经两壶了,不能再喝了。"林佩佩也不容分说按住了他倒酒的手。

这突如其来的小亲密让两人都愣了一下,林佩佩把手抽回,躲开了余锋的目光。

"江总的时代,领导们都有担当,我们被他们保护得很好,放胆去采访,放胆去写。想想,真是我的黄金时代。那时跟现在还是很不一样了,只是我自己一直不想去承认。我以前以为我能改变些什么,很酷,现在看,我能改变的微乎其微,我螳臂当车,但终究还是会该咋样就咋样,哭泣的不会被听到,发财的偷着笑。"余锋说,目光没有离开林佩佩。

"不要这么悲观。改变还是很多的。胜利总是站在正义的这一边。"

"也是,也不是。只能说,今天曝光出来的这个事,让我对很多过往,又重新认真审视了一遍,把之前自己不愿正视的问题认真正视了。"

"顿悟了什么?"

"世道变了。大家也不关心真相,只求狂欢。为钱的人好像都有理，不为钱的人，都是白痴了。你知道吗——"余锋倾身说，"上次你让我调研黑色产业的稿件，报社内部就有人有不同的处理意见，他们想把这些素材以另一种样子呈现，变成保险行业的负面，这样，他们就有要你们合作的理由了。但，文章和素材是我采访来的，我坚决拒决了这么干，我都拍了桌子了。我说如果按那样见报，老子辞职！也就是从那时起，我对他们这种收巨额合作费的手法有了近距离的认识。当时某领导还对我说，小余啊，现在岗位转变了，你也要转化思路，不能这么僵化……呸，现在这人已经进去了。"

林佩佩听得惊心动魄，她暗暗松了一口气，不禁由衷地说："看来我没看错人，这样的报道托付给你是对的。"

"何止是报道，你可以托付给我的还可以更多。"

余锋又恢复了平时放浪不羁的调调。林佩佩白了他一眼。

两人走出饭馆，11月的夜，微凉如水。两人默默走了几步。

"佩佩，如果有一天，我离开媒体了，你会支持我吗？"余锋突然问。他认真的表情让林佩佩吓了一跳，她想了想，认真地说："人生本来就有很多种可能性，想好了，就全力以赴呗。不管是继续你热爱的新闻职业也好，或是重新换一条赛道也好，我都支持！"

她顿了顿，为了抵挡他灼人的目光，说："我们不是朋友吗？你的什么决定，我都会支持。"

余锋嘴角扬了扬，走近了她，低声说："谁说要跟你做朋友？"说完他捧着她的脸，亲了一下她的额头，接着一手支撑着她的后脑勺,一手环着她,吻上了她的唇。

他的吻如目光一样灼热,但却很温柔,如11月的南方初起的风。林佩佩一开始对这突然袭击的吻还有点反应不过来,但也只是一瞬,她闭起眼,享受这11月的晚上初起的风。冤家,她心里说。那么,这是爱吗?这一刻她又说不清,就如此刻她的内心,想靠近,又在无力地抵挡。

26 / 新世界的"酒"

线上创业分享会经过10天的准备，在白云国际中心最大的一号会议厅召开。经过前期的密集传播，这次预计到场人数达到2000人。同时将会进行线上的直播，全省16个地市级机构共同参与，邀请准增员线上观看。这个创新的模式倒是让人耳目一新。光是在公司的微信公众号上发布的预告文，阅读量就达到了1万，对于这样一个没有投入任何买流量的公众号来说，这样的阅读量已是很可观，可见大家对这件事情的关注。林佩佩隐隐觉得，此次线上3万人的目标，可以实现。

她特别交代了白鹭飞，江陵风的这次创业分享会，无论是在公司内部，还是对外招兵买马的意义，都是独一无二，一定要配合销售部和肖洁文做好传播。江陵风的创业分享会安排在周日的下午2:00，预计3:30结束，微信公众号报道务必最迟在4:30左右要出来，预给江陵风一点审核的时间，6:00左右，抢在这个黄金发布时间发布，就是最完美的安排。

"洁文，你预计线上人数能达到3万人吗？"昨天江陵风问肖洁文。

如果回答不知道、不确定，那难逃一死，这不是给领导挖坑吗？如果说肯定行，像江陵风这样逻辑清晰的领导，这样拍胸口打包票的风格也不是他喜欢的。肖洁文整理了一下思路，说："我是这样想的，广州是主场，在场的最多也就是2000人。但全省我们有3万人，按每个人最少邀请1个准增员来算，理论上是可以有6万人上线，再结合往常线下创业分享会的出席率大概是60%～80%，所以，3万人以上是这么预测的。但是——"肖洁文调皮地笑了笑，"江总您这咖位亲自主讲，这在广东翊源还是第一次，也是难得的资源，按我们前期的传播预热效果看，大家还是很期待的，所以，我相信，线上3万人是有信心达到的。"说完肖洁文调皮地笑了笑。

江陵风对这样的回答很满意，轻轻刮了一下她的鼻子："好，那就看你的了。"

肖洁文有点不经意地看了看办公室的门外，门是开着的，虽然此时没有人，但她还是有点紧张，万一此时出现一个要汇报工作的人，就有点尴尬了。虽然她心里仰慕这个男人，爱这个男人，但她不想让别人知道，而且，这里毕竟是职场啊。

江陵风倒是毫不在意，他说："好好准备，明天，见结果。"

肖洁文正要转身出去，江陵风又把她叫住了："你说，明天我戴哪条领带好呢？"

肖洁文不禁笑了起来，心想这个男人其实还是很爱美的呢。

"笑什么？"江陵风看着她，觉得她的青春活力、小调皮都是可爱的。她跟其他在他面前谨小慎微的下属不一样，这个不一样不是因为他和她之间的亲密关系，这个不一样从一开始就存在，也是吸引他的一种魔力。按年龄，她是小女生，有着小女生的可爱和青春活力。但她又不是一般的小女生，她知道自己的能力，知道自己的魅力，她敢迈向他这种中年成功男性的世界，她知道她要什么，这样的性格，让他有点着迷。

"嗯，我觉得昨天你戴的深蓝色小白花点的更适合你。"肖洁文歪着头，看着他，好像那条深蓝色小白花点的领带已经戴在了他的胸前。

"为什么？"江陵风慢慢走向前。

"因为，你是冷色调肤色，配冷色调会让脸色更提亮。深蓝色更适合你。不信，你下次戴的时候比较一下，今天这条是樱桃红，是暖色调，我觉得虽说领带本身很好看，但没有起到提亮你脸色的作用，因为，跟你的冷调肤色不搭。"肖洁文说完得意地看着江陵风。

江陵风也不知听明白了没有，他只是慢慢走近她，抬起她的下巴，亲了一口。

肖洁文娇嗔地又看了看门外，低声说："这里可是办公室。"

江陵风不以为意："没事，又没人。"但还是停止了，又恢复了正常的状态，"好，听你的，就戴蓝色的。其他的后续对外传播、向上汇报、数据整合，你最好当天给我。"

"好的，我已经安排好了。一定会当天就给到你所有的数据结果。"

江陵风点点头，肖洁文怕有人进来汇报工作，说："我先忙去了。"江陵风点点头，看着她出去的背影，苗条的腰身，修长的腿，这个小女生蕴含的能量，超越了他的想象。

倒计时的两天肖洁文更是压力山大,她已经3天没好好睡觉了,这是江陵风的首秀,也是她的暗战。她必须把所有细节了然于胸,在心里演练一遍。关键是线上的参与人数,这个她有点没底,但从前线的传播和预热效果看,她还是有信心的。

周日下午的现场,离2:30开始还有一个小时的时间,但销售部潘博的团队也好,肖洁文所负责的直播团队也好,白鹭飞所负责的传播团队也好,已经在会场忙了一个上午了。来宾陆续进场,会场外的互动热闹了起来。这也是肖洁文提出的一个创新想法,场外摆放一些展板,展示公司的历史、荣誉,这已是常规操作,也比较严肃。这次肖洁文提出了可以有一些互动小游戏,让来宾以趣味的方式了解公司,比如,一些电子触屏的选择题答题,三题如果都答对了就可以领取一个小礼物。这三个问题随机组合,包括了翊源是什么时候创立的?翊源目前在全国有多少个分支机构?翊源最新的世界500强排名是第几?翊源目前在全国赞助了多少家翊源希望小学?一般来参加的准增员都会在邀请人的指导下完成这些简单的选择题,然后兴高采烈地去领礼品,场外的预热就做得很火爆,气氛热烈。肖洁文看到这场景,心里一直悬着的心开始落地。

想起当初在讨论方案的时候,她提出可以在场外做一些互动的预热,有助于活跃气氛,却遭到了潘博的质疑:"你觉得会有人玩吗?我们以前就做公司简介的布展,简洁、大气、上档次。没必要再增加这些不中用的东西。"

肖洁文也据理力争:"没搞过怎么知道它是不中用的呢?再说

几台触屏机是培训中心本来就有的,现在只不过移过来,除了增加一些搬动的人力成本,还能有什么成本呢?但对于准增员来说,他有兴趣更直观地了解公司,不是更好吗?"语气客气,面带微笑,但却也不示弱。

潘博摇摇头,不屑地说:"我们以前都不用搞这些,一样做得好。"他身边的帅哥小贾却轻轻捅了捅他,凑过来悄悄说:"头儿,我看增加这个也行,毕竟线下活动,气氛也很重要。试试无妨。"

潘博其实倒也不是真的反对增加这个项目,他只是气不过怎么自己负责的一个项目,现在却让一个小姑娘来指手画脚了。他的想法是,她的线上怎么弄他不想管,他只想做好线下这块,毕竟线下的操作他已轻车熟路,制式化的流程,闭着眼也能做出来了。现在这个小姑娘要增加这个,改掉那个,让他操心不少,他有点烦躁。

肖洁文无视他的不屑,继续说:"另外,江总分享的中间,会有一个互动环节,让来宾们抢答,答对了我们即刻送出礼物。这个,也请潘主任做好工作人员的协调,比如,递送麦客风的,送礼物的。同时,线上的观众也是有机会参与答题抽奖的,也请安排至少2个工作人员负责后台的操作。"

潘博瞪大了眼睛说:"啊?不是说线上你负责吗?怎么还要我的人?"

肖洁文还是面带微笑,说:"现在,线上线下是一体的,谁说能截然分开呢?我们第一次这样做,谁也不敢保证就一定是很成功的,但从目前预热传播、报名反馈来看,我是很有信心的。既然这

奔跑吧,高跟鞋

么多人来,咱难道不应该把每个细节都想得更细致一些吗?到时线上是直播,线下哪怕出一点纰漏,在线上也是很直观的,所以,前期的准备和讨论还是需要我们大家一起齐心协力的。潘主任做线下经验丰富,线上的成功与否,也与线下的运行密不可分呀,所以还是需要潘主任您坐镇的呀,您说是吧,潘主任?"

这软中有硬的话,让潘博也不好再发表什么,再说了,人家也都承认了要他坐镇,承认了他的权威,他要的不就是这个吗?如果在会上再跟小姑娘杠,显得他也不大气了。他摸了摸后移的发际线,说:"这不是大家头脑风暴嘛,我也是怕事情太杂乱出岔子嘛。既然这样,我们多增加2个人吧。"

肖洁文仍带着微笑,说:"那就太好了。就知道有潘主任出马,没有搞不定的事。"

潘博拨着发际线,觉得什么话都给这个小女子说了,他还能说什么呢?

镜头回到了会场现场,这边线上直播已经开始,领了小奖品的一些来宾也对着镜头发表了一些心得,看着网上在线人数在慢慢地飙升,肖洁文心情很激动,现在离正式开始还有15分钟,人数已经接近2.5万人,离3万人不远了。会场现场上座率已接近80%,还没算上在外面没进场的,看来这次的到场率也很高。

3点,正式开始。在主持人的介绍中,江陵风出场,场下掌声雷动。江陵风今天一身藏蓝色笔挺西装,肩、腰线都恰到好处,一分不多,一分不少。熨烫过的衬衣平整光洁,袖口打了玳瑁的袖扣，领带是星空蓝，配着小白花点，成熟、整洁、挺拔，一位年轻又充满个人魅力的少壮派领导一下子让人心生好感。线上的评论一片一片袭来："哇，好帅！""年轻有为，前途无量！""领导这么年轻这么帅，我也要去翊源！""明明可以靠颜值，却偏偏要靠才华！""长这么帅，说什么都是对的！""这么年轻就能做到广东分公司老总，有两把刷子！""帅！""爱了，我要去翊源！"……

  肖洁文看着线上的这些弹幕留言，心里乐开了花。在线人数在开始10分钟后已突破了3万，并还在快速飙升，超过了原定目标。肖洁文轻轻舒了一口气，看着台上的他，眼里都是仰慕的星星，看着他在众人面前释放着他的领导力、感染力和个人魅力，而他们不知道的是，他也是她的，虽然这种爱，不是全部，但她已经满足了。身边追求她的男生很多，但她都没怎么放在眼里，他们要么太幼稚，还不知道未来在哪里，只知道沉迷于游戏；要么太懒散，靠着优越家底，以为花钱买包包就可以征服所有女孩子。肖洁文也喜欢名牌包包，谁不喜欢呢？但她觉得跟这样的男生只能玩一玩，可是青春易逝，美貌不再以后，这样的男生是否能靠得住呢？但江陵风这样的男人，有钱，有权，还年轻，又成熟，不仅在职场里会给她依靠，在人生路上，他这样的成熟男人也可以给她很多建议。她爱他，虽然他是已婚男人，但她无所谓，也无所畏，她也不想去打扰他的家庭，她只要他能给的爱，就足够了。

  又过了15分钟，线上人数飙升到5万了。肖洁文和一直守在电脑前的白鹭飞都兴奋地叫了起来。"没想到这么火啊！看来江总真是有吸引力。"白鹭飞说,"我看数字还在涨,加油!"

江陵风在台上侃侃而谈。他22岁大学毕业到翊源,从销售的基层员工做起,伴随着翊源的发展而成长。中国经济的高速增长,时代带来的红利,让翊源直线型成长,而他,凭着聪明、努力,也很快成为翊源少壮派干部之一。16年的职场生涯,也是中国保险行业从无到有,从被拒绝和轻视,到被认可和重视的发展阶段。站在这个台上,他有太多可以讲的精彩故事,连腹稿都可以不用,他可以随手拈来,出口成章。这也是翊源干部的标配,不用讲话稿,能不停地讲上1小时,2小时,甚至3小时。听着台下不时响起的笑声、掌声,他知道今天的分享效果是成功的,而总经理、一把手亲自创业分享会的分享,可以说,在翊源,也是首创。为此,他踌躇满志,他可能没有意识到,这种自信散发出来的魅力,体现在线上直播上,就是一直不断在飙升的在线数字。

台下掌声雷动,江陵风的分享准时在1个小时内结束。这个时间恰恰好,时间短了,讲不透,时间长了,听众会疲劳,而江陵风适度的幽默,实战型的成长经历,良好的外表,让线上线下观众都听得很舒服,看得很舒服,完全是加分项。肖洁文看着一片一片点赞的弹幕,心里莫名地也有一种自豪感。

"看来我们这次线上的目标不仅达到了,还远远超出了。最高在线人数是6万人呢。"白鹭飞兴奋地说,从屏幕前抬头看了看肖洁文,只看见肖洁文无比崇拜地看着台上的江陵风。

"喂,花痴了呀,看把你迷的。"白鹭飞捅了捅发着呆的肖洁文,看她从花痴状态中回过神来,不禁笑了起来,"江总今天是妥妥的网红了，看把你迷的。"

虽说好像是很无意的一句话，但肖洁文却好像被别人发现了什么秘密一样，心里有一点点慌乱，但言行却很镇定："嗯，大网红。我们赶紧录一下数据，今天马上要出报告的。"她悄悄地瞄了一下白鹭飞，对方已好像忘了刚才说了什么，盯着电脑了，她心里才暗暗松了一口气。

江陵风无疑是有影响力的，这次线下出席率也奇高，超过原定人数，超100%，因为，谁会浪费一场由总经理亲自主讲的创业分享会呢？所以着力增员计划的代理人前期都是拼了劲地邀约有意加入保险行业的人。而对此有些许意向的准增员，既然是总经理亲自出马的一场创业分享会，当然也不会轻易不来，因为这是了解这家公司的最好时机。以往创业分享会出席率80%已经是很好的数据，今天超100%，让潘博惊掉了下巴，频频吸着气拨他的发际线。他也是资深老主任了，搞了无数场创业分享会，每个环节，每个效果，他都基本可以把控和预期，但今天这场，数据太漂亮了，不仅出席率超100%，连会后报训率也创了新高，达到了20%。要知道，平时一场创业分享会，会后现场报训率能有5%已经很不错，能有10%，就是满分了。"太棒了！江总这场，足以载入史册。"潘博说。他带的小帅哥小贾说："我就说嘛，凭江总的能量，哪有做不好的？"随即又低声说，"咱那时应该把线上的也拿过来。"说完偷偷瞄了潘博一眼。

潘博翻了他一个白眼，虽说心里承认他说得对，后悔小看了这分享会的影响力，早知道当初在讨论这个项目的时候就应该全盘接过来,那亮彩也不会落到肖洁文手里了,但口上也得死撑着:"没有我们前期力推,线上也不可能做得好呀。"小贾想了想,也对啊,竟无言以对。

而白鹭飞和肖洁文这边,同样也非常兴奋,录得在线人数最高时段为6万人,是预定目标的2倍。点赞12万。白鹭飞在原订的新闻稿件上补充数据,而肖洁文在电脑前飞快地写着活动报告,表面仍是平静的,但内心已在欢呼。她的江总,她爱的这个男人,她很高兴为他策划了一个创新的项目,让他大放光彩,她很高兴能深度参与他的核心业绩。

她让潘博把线下的数据给她汇总,潘博拨着他的发际线:"小美女,不错啊,一战成名。"

肖洁文微微一笑,说:"你说江总啊?那当然了。"

潘博狡猾地笑了笑,说:"江总那是人才,放哪儿都是星光灿烂的,我说的是你,你一战成名。"

肖洁文笑笑说:"活动搞得好,全靠潘主任前期的发动做得好,组织得好,不然,怎么可能有这么漂亮的数据,应该说,是销售部一战成名。这些别人看不见的工作,我都会写在汇报里的。"

潘博酸酸地说:"唉,谁在乎这些小事了,咱做创业分享会也不是一次两次了,程序都是差不多的,不过,这次的创新点很多,比如,总经理亲自主讲;比如,广州地区做大规模和做高档次;比如,线上同步全省直播,这都是亮点。看来还是后浪厉害啊。"

说完走了,跟在他身后的小贾朝肖洁文做了个鬼脸,也快步跟着他走了。

肖洁文耸耸肩，不跟他计较。傍晚5点时，肖洁文伸了伸懒腰，工作汇报已做好。她忙了一天，也不觉得疲倦，最后看了看，没有错误，点击发送，给江陵风发了过去。这个时间她也是掐好了的，不能再晚了，要预留江陵风可能要修改的时间，争取能在晚上8点前改好，这样，江陵风拿去跟总部的大boss汇报，时间也是正好的。

这时她转了转脖子，咔咔咔地响，她舒出一口气，脑海里都是江陵风今天风彩照人的样子。她托着腮帮子，看着窗外，傍晚金色的阳光下，高楼林立，玻璃幕墙上闪烁着光芒，她想，此时的他，在看报告吗？

大概过了10分钟，电脑收到邮件"叮"的一声响，肖洁文扑过去紧张地打开，果然是江陵风的回复。她紧张地打开，却是让她惊喜的两个字："同意。"她高兴得自己叫了起来。不用修改，就是领导对报告的最大满意。

她长长地呼出一口气。"肖洁文，你真棒！"她对自己说，说完自己就笑了起来。回想起这两周的辛苦，加班，失眠，还顶着一些同事不解的目光，但她都挺过来了，做成了一件自己想做的事，她觉得挺自豪的。

这时她的微信响了，是江陵风发来的："辛苦了！"

她心情又激动了起来。"有什么奖励吗？"她附加了一个调皮的表情。

"必须大大地奖励。今晚一起吃饭吧。"

"好呀！"

"悦云，天鲜汇。我已订了位。7点。"

肖洁文想了想,大胆给他回复了一个吻。

江陵风居然也给她发了一个吻。这可是第一次。一般来说,江陵风在微信上都是惜字如金的。

肖洁文合上电脑,回家洗了个头,穿上一条露肩小黑裙,在耳后、手腕上喷了香奈尔的"机遇",这是她最喜欢的一款味道。

周六的晚上还是很堵车,到达悦云酒店的100层天鲜汇的包房时,江陵风已坐在那儿。窗外正对着妖娆迷人的小蛮腰,华灯已亮,七彩斑斓。这里就是这个城市最豪华的客厅。

江陵风换上了一件休闲的黑色T恤,结实的胸肌隐约可见。

"漂亮。"他看着肖洁文说。

"你才发现?"肖洁文调皮地歪着头问他。

江陵风起身过来抱住她,亲密地刮了一下她的鼻子:"下午的创业分享会,干得漂亮!"

"真的?"虽然明知道结果的确是无可挑剔,但从江陵风嘴里说出来,还是让肖洁文感到很高兴。"刚刚你来之前,我把报告转给老大,总部的陈总,电话里也做了汇报。他非常认可,觉得我们广东敢想敢做敢创新,而且做出了喜人的成绩。他马上把我们的总结发到了南区一把手群里,以及全国一把手群里,亮丽的数据立马炸了。"江陵风亲了她一下,很绅士地给她拉好了椅子。

肖洁文崇拜地看着对面的他,精致的眼镜,温文尔雅,虽说只是一件简单的纯黑色T恤,但穿在他身上怎么就这么好看呢。

"怎么了?看痴了?"江陵风宠溺地看着她。平时都在工作场合,自然是克制的,现在是他的私人时间,在一个私人的空间里,他不需要掩饰对她的喜爱。

"你下午太帅了。你都没看网上那些弹幕啊,大家都被你迷住了。今天才发现你是带货王,哦,不,应该叫带人王,报训率这么高。"肖洁文说。

"你有很大的功劳。"江陵风说,"来,喜欢吃什么,随便点。"

"那我点了啊。"肖洁文娇俏地笑着。这段时间天天加班,的确也没好好吃过什么了,今天就应该犒劳一下自己,何况,还是和自己喜欢的这个男人。

她在点菜时,江陵风拿起手机翻看了一下几个重要的工作群,笑着说:"我们这种线上线下创业分享会的形式,真是火了。关键是数据也非常给力。刚才陈总说了,下周一的全国视频会上做分享呢。看来回头咱的报告还须再改改,做细一些。"

肖洁文点点头:"好,今天这个报告是赶着时间给你第一时间报告用的,明天我给你再补充多一些细节。"

江陵风欣赏地看着她:"还是要谢谢你,这次,让我们广东,也可以说,让我,有了一个聚光灯机会。你知道,陈总是翊源的改革派,他正在推行的互联网改革,正需要来自一线的案例。这次,我们是给了他一个好的模版。"

肖洁文微笑着看着他,心里也充满满足感。

菜很快点好了。江陵风也不看,让服务员下单了。

"今天我还带了一瓶红酒,咱俩好好喝。"江陵风让服务员开始醒酒。

"什么酒?"肖洁文问。他知道江陵风私下带的酒,一定品质都不错。

"侯伯王,"江陵风淡淡地说,"它还有一个挺美的名字,跟今晚很配,叫红颜容。"

"红酒我不懂,不过,这个名字我喜欢。"肖洁文调皮地说。

"就是为你备的。"江陵风握住她柔软的小手。要不是有服务员在旁边,他想立刻拥她入怀。

菜陆续地上来,江陵风给她夹菜:"多吃点,这段时间没少加班吧?"

肖洁文撒娇地嘟了嘟嘴。也只有在这个私密的场合,她释放自己这个年龄的天性。

暂时放下了业务压力,放下了各种KPI指标,放下了应酬场上的各种虚与委蛇,放下了平时的人设,江陵风也难得地轻松,享受这个浪漫时刻。

"试试这酒,我想你应该会喜欢。"他拿起酒杯,和肖洁文碰了一下。

"如何?"

肖洁文回味了一下,说:"说不上来。"然后调皮地笑了。

江陵风也没计较,晃了一下酒杯:"还没完全苏醒,这第一口,还有点青涩,含苞待放,像16岁的少女。"

"你得喝多少,才喝到这个境界呀。"

"酒和女人一样,"江陵风自己又喝了一口,"丰富,多姿。"

香煎鹅肝上来了,精致的摆盘和香气,让人欲罢不能。

第二杯酒也斟上了。

"来,试试,这时它应该有了变化。"

"这么神奇?"肖洁文说着端起了酒杯,她其实更想马上吃一大口新鲜的鹅肝。

一入口,的确和第一杯时不一样,丰富了很多。肖洁文也感受到了,惊奇地瞪大了眼。

"怎么样?"江陵风微笑着看她。

"没那种涩了,但,我说不上来。"她调皮地嘟了嘟嘴,在这个他喜欢和擅长的领域,她知道自己最好不要不懂装懂,最好虚心聆听,这是最正确的打开方式。

江陵风满足地喝下一口,回味着口腔里的味道:"现在,它就像苏醒的美人,纯和,清香满口,像春天,像……20多岁的女子,比如,"他握了握她的手,"像现在的你。"

她喝了一大口,虽然是感到了更柔和的变化,但她是说不出这么美的评价的。她崇拜地看着他。这个男人,带给她全新的世界。她爱这种感觉。这的确不是那些围着她转的20出头的小男生所具备的吸引力。"赶紧趁热,配着鹅肝吃。"江陵风说。

相比高深的品酒,她还是更愿意吃一口肉嫩汁多的鹅肝,以抚慰这大半个月以来的辛劳。

波士顿大龙虾也上来了。今天点的都是肖洁文喜欢的大菜,她调皮地看着江陵风:"这个你也爱吃吧?"

江陵风宠溺地看着她:"你爱吃的我也爱。"

他熟练地操作起刀叉,很快将大龙虾剥离,干净利落,动作优雅。肖洁文痴迷地看着,撒娇地把自己的那份也推到了他面前。他微笑着看她,优雅熟练地很快就帮她剥离好了,把盘子推到她面前。

她幸福地叉起一块龙虾肉,放进嘴里,享受着那种弹性的饱满肉感,边吃边看着他笑。

他看着她吃,享受着难得的轻松一刻,没有压力,没有防备,被崇拜着。

他喝了一口,说:"嗯,这个酒开始进入好的状态了。"

肖洁文喝了一口,又喝了一口:"啥状态?"

"你看,你连喝两口,说明她更顺滑了,口感,更丰富,像……35岁的女子。"

肖洁文认真喝了一口,果然,是比前面两杯的状态更丰润了。她感觉在他的引导下,也开始喜欢上红酒,或者确切地说,喜欢上这款酒。

菜慢慢地出完,酒也慢慢地品着,两人碰了杯,喝完了最后一口,江陵风说:"独立,温柔,内涵也丰富,像40岁的女子了。这款酒的变化,充满吸引。"

肖洁文也有了浓浓的酒意,她还是第一次喝这么多酒,借着酒劲,大胆地说:"像是你经历的所有的女人?"

"那又怎么样?她们都很优秀。"江陵风有些许得意,"不是所有人都能欣赏,就像不是所有人都有能力、有品味欣赏这款酒。不是吗?"

肖洁文有点微醺,看着他俊朗又成熟的脸,心里有点醋意,但笑着说:"我是新世界的酒,比它们热烈,比它们霸道。"

江陵风看着她,脸上微红,又可爱又妩媚,已让他不能自持。他握住她的手:"那我倒要好好品品。"

悦云酒店的江景房里,她站在落地窗边,看着窗外的夜色,赞叹着。江陵风走近她,从背后抱着她,吻着她的头发,她的脖子,她侧过头去迎接着他的热吻,他按下了窗帘的按钮,让繁华灯火留在窗外。

"你说你是新世界的酒,热烈,霸道?"江陵风一边吻着她,低沉的声音在她耳边说。

她笑了,随即又被吻封住,有点喘不过气。

"新世界的酒,也不是所有人能懂的。不过,我懂。"江陵风说着,已和她跌倒在柔软的床上,"而且,我比新世界的酒更霸道。"

27 / 该为她高兴呢，还是该为她可惜

线下创业分享会大获成功，江陵风在好几次不同层级的总部会议上都受邀做了经验分享。无论是形式，还是线下新人报训数字，还是这一个月来广东翊源的增员率，都有相当多可挖掘的亮点。在年底各分公司都在铆足劲冲刺的阶段，对于总部来说，乐于看见这样一个具有正能量的典型，况且又是大型机构，极具榜样性。江陵风成了年底业务冲刺的超级明星。

这天上午，分公司全体员工都收到了一封来自总经理江陵风的表扬信，信中高度肯定了这次线下线上与总经理有约的大型创业分享会成功举办的示范性意义，号召各营业区、各支公司也复制策划举行营业区、支公司总经理亲自主讲的高水平的大型的集中创业分享会。同时，高度赞扬了肖洁文等员工在线上创业分享会策划中所体现出来的创新精神、实干精神，这是翊源一直倡导的精神，值得全体员工学习，特别是骨干和中层干部，更不能待在舒适区，更不能经验主义，要保持年轻的心态勇于尝新，与时俱进，探索新的突破口。

一时间，各营业区、各支公司自然是掀起了一阵与"总经理有约"的同款线上线下创业分享会。大家都对线上数字有了焦虑症，

纷纷私下给肖洁文打电话请教经验。肖洁文已经不是一个安排领导日常生活的小秘书，而是一个创新项目的领头人。

茶水间里，林佩佩遇到了邓美莺。年底大家各自忙，倒是有一段时间似乎没见到她了，虽说脸上仍是化了精致的妆，但掩不住憔悴和疲态。

"莺姐这段时间忙啥去了呢？"邓美莺轻轻叹了一口气："去了趟英国，儿子不是毕业了吗，留在那边了，我去看看他。这不才回来嘛，飞十几个小时，睡不着，这时差也没倒过来。"

林佩佩说："你嘴里说着的痛苦，怎么在我们听起来却是难以企及的人生目标。"

邓美莺摇摇头："冷暖自知。"

林佩佩觉得有些意外，往常邓美莺听到这样的话语虽说也会谦虚一下，但还是会掩饰不住内心的得意和优越。但这次真的不一样。

不等林佩佩问，邓美莺就说了："一个家，分散在世界三处，老公常年在美国，感觉他已经不想回来了。儿子现在也留在英国了，我一个人在中国。你说，我家也够国际化的吧？"

她接着说："老公让我到美国去，我可是不愿意，这里还有我父母呢，他们都80多了，我能远走他乡吗？再说吧，我自己这么待着也没啥不好。"邓美莺说着已冲好了满满一杯咖啡。

林佩佩想，别人眼里的光鲜生活，也有不为人知的苦恼。

看了看周围没人，邓美莺凑近了低声说："新一轮的人事变动怕是要开始了。"

林佩佩有点吃惊："业务不是红红火火的吗？换什么人？"

邓美莺看着林佩佩："我的大美女，今天的总经理表扬信看了吗？读出什么了？"

林佩佩说："领导出了亮点，表扬一下身边的人……不正常吗？"

邓美莺点点头："这是第一层意思。"

"还有几个意思？"林佩佩有点好奇了。

邓美莺又看了看周围，确认没人，说："你说呢？特别点名，为什么呀？"

"肖洁文吗？她的确为这事立了头功呀。"

邓美莺点点头："为她开路呗。这是第二层意思。"

"还有第三层？"林佩佩吃惊了。

"表扬信最后怎么说的？特别是骨干和中层干部，那啥，不能待在舒适区，不能经验主义，要保持年轻的心态还有那啥，对，与时俱进。你读出了什么？"

林佩佩若有所思地看着她。

邓美莺又看了看周围，低声说："明显地在提醒45岁以上的干部，你们再不做出点什么亮点，就要下课了。这是一层意思。还有，最后一层意思，准备启用一批年轻人，后浪拍前浪，前浪准备死在沙滩上。也许，前浪并没有什么错，错就错在——老了。"

林佩佩心里暗暗佩服，这些其实她也读出了些许，特别是邓美莺说的前面几点。但最后一点，她的确没想到。但回想近些年其他分公司传出来的一些做法，的确有些50岁左右的干部提前内退了。

虽只是个别案例，都有自己的原因，但也让人觉得好像50岁也是中层干部的一个坎，特别对于女性干部。经邓美莺这么一提醒，感觉的确是有这么个意思呢。姜还是老的辣呀。

"还有，"邓美莺凑得更近了，压低了声音说，"听说没？说肖洁文和江总……"她点到即止，脸上是"你懂的"的表情。

林佩佩自然懂了，但肖洁文毕竟是自己部门出去的人，她还是想维护一下："也不一定吧，一般女孩子但凡有点姿色，工作能力又强，得到领导认可，就会伴随着这样的……闲话。"

邓美莺笑了笑："也就花边传闻，听听就好。给沉闷的生活带来些调味品。"

林佩佩也岔开了这个话题："莺姐你能力这么强，也是广东翊源的镇宅之宝，你担心啥。"

"说不担心是假，"邓美莺吹了吹她的咖啡，喝了一口，"但如果真落到我自己头上，我告诉自己，也别太吃惊，这就是职场规则。都说了，啥错没有，就是老了。所以，我现在考虑的是，万一提前内退这事落到我头上，我该怎么保持体面。"

林佩佩听了有点心酸，一时心情也复杂了起来。她去年从佛山晋升到分公司，34岁成为中层干部，不算早，不算晚，属于正常成长速度，现在36岁了，有了足够的工作经验的历练和积累，心智也成熟，体力也充沛，正是人生最好的上升年华。如果说40岁、45岁就得歇菜，那么能全力以赴做事情的年限岂不是更少了？她还没结婚呢，就要开始焦虑年龄的问题了吗？

一下子想到今年自己36岁了，如果说去年35岁，感觉还是30

多,那今年的36,却就像是奔四去了的感觉。心里一下子就拔凉拔凉的。为什么一直用年龄为难女人呢?

从茶水间回办公室的路上,经过总经理室,外面就是肖洁文的位置,她正在埋头写着什么,梳起了一个丸子头,成熟又妩媚。不知怎的,林佩佩看她的心情,已发生了改变,眼前这个女子,已不是公关传播部时需要她不时教导一下的小女生了。以前她只知道这个小女生情商高,聪明,能干,是可塑之才,但今天,她发现她蕴藏的能量比她想象中大得多,而且,这个聪慧的女子,在这个年龄,找到了启动这个能量的按钮。她不得不重新评价她。也许,从今天开始,她就已经成为她在职场上的竞争对手。

回到办公室,才处理了几个邮件,白鹭飞进来了,脸上有不一样的表情:"头儿,能跟你说个事吗?"

"行,来,坐。"

白鹭飞坐了下来,脸上有点不好意思,吸了一口气,说:"头儿,我怀孕了。"说完有点羞涩地笑了。

林佩佩很意外:"那……啊,那恭喜啊!"

白鹭飞还是有点不好意思,说:"也是没想到这么快。不过,想想我也28岁了,也该结婚生子。所以,下个月我要请婚假了。"说完又不好意思地笑了。

林佩佩调整了一下自己意外的心情,还是发自内心地恭喜她:"好啊,也是好事,恭喜恭喜!"

"我们打算在他老家结婚。"事情说开了,白鹭飞也就不害羞了,"只是最近工作这么忙,我这事吧,觉得特别不好意思。"

"千万不要这么说,没有什么事情比这个重要。这是个好事,值得庆贺!"

"那我就跟你打招呼了。我这段时间会好好把事情做好,尽量不给其他同事添麻烦。"白鹭飞一直都是这么知书达礼,看得出来这是来自很好的家庭教养。

"平时我也不八卦,倒也不常听你提起男朋友。"林佩佩决定八卦一下。

白鹭飞说:"其实很多年了,他之前出国留学,去年回来了。我们是大学同学。"

"哦!"林佩佩说,"这年头一起这么多年可不容易,要好好珍惜。"

"是啊,虽说怀孕这事有点意外,但也是时候了,所以,我们还是很高兴的,就结婚吧。只是一下子所有的事都凑一起了,买房子啊、装修啊、婚礼啊,想想也头大。"

虽说是头大,但白鹭飞的脸上分明写着幸福。林佩佩竟有些嫉妒呢,她也想结婚啊,想有个人爱他,也让她爱。她多久没有谈恋爱了呢?她是不是不会爱人了呢?她竟有点羡慕和惆怅。

白鹭飞一脸轻松地出去了,留下林佩佩一脸的惆怅,回到邮件里看,一封HR的邮件,"关于提前申报部门晋升潜才干部的通知"。就是报送明年3月前一季度拟晋升的初级干部。本来林佩佩是准备报白鹭飞的,无论是工作资历,还是能力经验,都符合标准,可是,她在这节骨眼上怀孕了,这就意味着未来的2年甚至3年时间里,产假、哺乳期、照顾年幼的宝宝,她将无法全力以赴地工作,这就不符合科主任这个岗位的工作要求了。

林佩佩轻轻叹了一口气,不知该为白鹭飞高兴呢,还是该为她可惜。白鹭飞作为部门骨干,已经连续两年年终考核A+,完全符合晋升条件。错过这一拨,明年是孕期,差不多到9月,孕期很多工作就要交接给别人,考核自然不会太好,然后就是产假,就到后年二季度以后了,那后年的上班期限不满1年,而且还要照顾到她的哺乳假,考核怎么可能是最好呢?那就是要到第3年了。白鹭飞啊,你知不知道你这一怀孕,就是错过了3年的晋升期。3年后什么世界?还有没有这个职位等着,就不好说了,毕竟部门科主任这个岗位不可能长期空缺,公司有这么多有资格提拔的年轻干部,正愁没位置呢,说不定自己部门空着,就会让别的部门的人来坐了。这也是很糟糕的事情。

林佩佩不得不重新考虑提拔的人选了。

她的目光落在了范东霖身上。这个男生是去年招的,广电传媒大学研究生毕业,有过2年的工作经验,他聪明,学习能力强,所以上手很快,现在已能独当一面地承担项目,经手的项目都完成得很不错。考虑到他人也活泛,最近林佩佩有意培养他在媒体公关方面的能力,已经常带着出去见媒体,个子高,也时尚,像韩剧里的欧巴,所以很快就和一些小记者妹妹混得很熟络。要论能力,也是不差的,论资历,固然比不上白鹭飞在翊源的时间长,但目前这个情况,在科主任位置已空缺了1年的情况下,如果这次再不报上人,就极有可能安排别的部门新晋升的人来坐这个位置了。上次邓美莺已提醒了她。

那看来，就是报范东霖了。虽说心里替白鹭飞感到惋惜，但这个名额给范东霖，也是不错的选择，对于林佩佩来说，提拔他俩中的谁，她都满意。对于范东霖来说，入司2年，就得到了一次难得的晋升机会，有助于他稳定军心。而对于白鹭飞来说，林佩佩本来第一人选是她，但要拥抱爱情的幸福，就只能放弃一次晋升的机会了。确切地说，是公司的潜规则让她放弃了这个机会。白鹭飞其实根本不知道有这个机会，也谈不上自己放不放弃。林佩佩想，这个晋升邮件如果能早2个月，等晋升流程走完，白鹭飞再怀孕，那对于白鹭飞来说，就完美了。当然，如果这样的话，对林佩佩来说，就很抓狂了。

林佩佩赶紧回复了晋升提名的邮件，心里闪过了当年自己的第一次晋升，好像也是在这个年龄。自己每天忙着加班，总有干不完的工作，几乎没有交际，男朋友从何而来？当时自己也是一把青春妙龄，公司里不少男生蠢蠢欲动。但她对自己设了一条规矩，不吃窝边草，所以对身边追求的目光视而不见，而自己在公司的圈外又没有什么交际。所以，一转眼，5年大好青春都贡献给了工作、加班。得到了一次晋升以后，才发现自己27岁了，身边的同学、同事，已经开始晒娃，而自己却到了一个不上不下的年龄。上吧，30多岁的男人，早已有主有家；下吧，比自己小的男人，又觉得他们幼稚。这段时间，抽空谈了两个恋爱，一个是33岁的男人，比她更工作狂，两人不是出差就是加班，似乎很难凑一起，而且这个男人的世界里，工作永远是第一位的，他甚至希望林佩佩待在家里，做好他的大后方。这对于喜欢工作的林佩佩来说，待在家里肯定是她不能接受的生活方式。另一个吧，她鼓起勇气喜欢的一个弟弟，比自己小6岁，虽然她并不认为年龄是爱情的障碍，但一个26岁的男孩，在一个32岁的成熟女性眼中，在很多时候，她感到压力重重，这个弟弟无法给她心灵的支撑。所以，坚持了2年，还是分了。她又把自己完全放在了工作和加班中，出色的忘我的工作表现，自然是符合翊源中层干部的标准的，所以她又得到了一次晋升，来到了分公司，翊源系统最大的公司担任公关总监。她的晋升不算快，但也不算慢，在后勤干部中，算中规中矩，但哪怕是这样的中规中矩，她也知道，很大程度上，也是因为自己一直未婚未育，全力以赴。而中间任何一次机会踩不好，都会在不知不觉中落空几年。

她轻轻叹一口气，唉，职场女白领，多美的标签，个中险阻，哪一步不是要乘风破浪。又像是穿着高跟鞋在奔跑，别人看见的是漂亮，只有自己知道痛在哪儿。

自从唐樱从韦太太那里签成了第一单1000万元5年交的大单以后，唐樱一下子成了分公司的业务红人，最辣的新人王，最厉害的大单王。她的部门总监戴明虽说大单件数多，但没有一件是上1000万元的呢，这也是年底业务冲刺打响以后，分公司的第一件大单。所以，唐樱一下子成了分公司的明星，各种经验访谈、大单经验分享的预约让她忙得一天的时间恨不能掰成两天用。这种忙碌让她好累，但也让她充满了希望，她萎缩已久的自信心开始真正地复活了。

"加油啊！唐樱，干得不错！我说嘛，这就是你的优势，别人无可比拟。"戴明总是时不时地鼓励她。她看着这个温暖的男人，虽然不再年轻，但成熟稳重，他做大单也是非常厉害，这不，年底业务冲刺一打响，他就已经签了4个大单，也是分公司的件数王了。唐樱这次能顺利签下韦太太这单，也得益于他的助力，最后一次见面拜访是戴明陪着她去的，短短15分钟，在戴明的助功下，韦太太就签单了。

回去路上唐樱说："明哥，你可真厉害，我前后说了两次，平时微信也有说，她都犹豫，你一来，她就签了。"

戴明还是那么波澜不惊，一边稳稳地开着车，一边温暖地笑着："如果说要吃三碗饭才饱，那么你就是前面那两碗，而我只是最后一碗。"

唐樱崇拜地看着她，觉得他专心开车的样子也那么让人放心："我看别人呀，每个月好像都被任务压得喘不过气，而你，我从未觉得你有过什么业务压力的样子，总是那么从容，那么举重若轻，还经常给别的团队做分享，做演讲，但业绩又总是做得这么好。你是怎么做到的？"

签了大单，唐樱心情大好，坐在戴明的宝马车上，她感觉和戴明之间的距离感已经没有了，更觉得他就像一个大哥，总能在兄弟姐妹需要时拉一把。

戴明还是温暖地笑着："哪有你说得这么厉害。你看别人举重若轻，是别人在你看不见的地方使了劲了。"

唐樱扑哧一笑："明哥，别来这种心灵鸡汤了。"

戴明看了看这个徒弟，说："你还是新人，现在可能就是盯着业绩,因为业绩意味着收入,意味着你能不能在这个行业活下去,所以,业绩很重要。等你在这个行业干10年,如果你还在这个行业活着,你看保险的眼光就会不一样了。它会成为你的信仰一样的东西,赠人玫瑰,手有余香,帮助别人解决问题,你会享受这种过程。业绩,只不过是享受这个过程时顺便收获的利益。那时,你才能体会到工作的快乐。"

唐樱好像听懂,但又没听懂。她只知道,这个行业,她才走出了第一步。戴明说得对,她现在满脑子都是会有多少提成、佣金,年底业务冲刺特别奖励,那是决定她是否可以活下去的重要指标。她还沉浸在首个大单的激动和喜悦中。

韦太太一下子给唐樱介绍了两位有同样需求的太太。她们在听完韦太太最近的一个"明智而伟大"的神操作以后,都纷纷觉得这是很有必要的,都给唐樱做了预约。唐樱感到了巨大的压力,怕自己的专业不足以支撑这突如其来的运气。但她也明显地觉得,这些太太的业务需求,只是冰山上的一角,还有冰山下的90%的需求还没有人挖掘出来呢。都说有钱人,似乎不应该再有什么钱的烦恼,那就真是错了,有钱人关于钱的烦恼其实大得很,大到需要专业的人士和专业的工具来解决。

这2个月,唐樱每天只睡5个小时,因为有太多需要学习的东西了。光是新财富类的产品条款,她就要求自己需要把核心部分倒背如流,怎么问都能应答。做这种财富类大单,婚姻法、公司法、遗产法、税法,她都要学习,时间哪够啊,她恨不得不睡觉。想想以

27 该为她高兴呢，还是该为她可惜

前一天到晚刷剧，早上自然醒来还不知道一天要干什么的日子，真是恍如隔世。如果那时能有现在一半努力，学习一下财经知识、法律知识，现在也不至于这么累啊……

不过，只要是正确的事情，任何时候开始，都不算晚。

"加油！唐樱，你行的！"新的一天要出发了，她对着镜中的自己说。

因为唐樱作为新人成功签千万大单的事，已轰动了分公司，林佩佩自然是第一个为她高兴的人。"真看不出呀，这一出手就是惊天动地。"林佩佩在电话里说。

"别笑我，还是戴明总监帮的忙才签的。不过，现在又已经开始有预约了。"唐樱真是控制不住的高兴，"我好激动，好想见你。"

"我也想见你。"林佩佩说，"是要做一篇千万大单的宣传稿子，要拍视频，你要火啦。要给你准备粉丝团等着签名吗？哈哈哈！"

"别逗了，说，哪里见？我也很多事要问你呢。"

"直接过来吧。你自己化好妆吧。你这么精致的人，什么化妆师都不如你自己。视频团队我已经约好了，我们抽个空可以聊聊。"

下午唐樱准时过来了。林佩佩看见她还真是有点意外，有两个多月没见了，眼前的这个女子，变化很大，一套贴身的米白职业

装，勾勒出美好的曲线，一条花丝巾衬在领子处，一点不多，一点不少，干练又柔美。而大半年之前那个惊慌失措茫然无措的失爱女人，已荡然无存，站在她面前的，是一颗冉冉升起的业务新星，那么美丽，那么自信，连她都被吸引。

"天啊，这是你吗？是谁让你变得这么美了？"林佩佩惊叹。

唐樱今天很高兴，一来要拍视频，二来，更重要的是，韦太太介绍的另一个客户，也约了今晚要谈一下，看上去已经有很强的签单需求。

白鹭飞已经协助拍视频的广告公司在布置灯光，见到唐樱，走过来也不禁赞叹："真美啊，让你做对外传播的代言人，真是不二人选。"

林佩佩对唐樱说："你知道吗？我们一直想找一个业务代理人，能作为广东翊源的对外传播的代言人，不仅是这次这种内部的分享，对外的，也很需要这样的一位代言人，年轻，高学历，业绩强，形象美。我们一直都没找到特别合适的。"

"樱姐就是最合适的人选！"白鹭飞说，"以后，恐怕很多传播视频都少不了要找你哦。"

"我还是个新人，不能这么高调。"唐樱笑着说，"但借你们的官方平台，出出镜，也是极好的。"

趁机位还没布齐，林佩佩问她："你说有什么事找我？"

唐樱说："我现在就是想打开这个高端人群的圈子，你说，还有什么更好的方法？"

"这的确应该是你走的路子。"林佩佩说，"你可以开公众号呀，开抖音号呀，慢慢积累你的粉丝，也做出你自己的品牌影响力。打造一个专业、美丽的保险御姐人设。"

"御姐？"唐樱笑了起来，"我可能吗？"

"怎么不可能？"林佩佩认真地说，"你看你现在？现在就已经是了呀。你可能没有感觉到你自己的变化。"

"变化嘛，怎么说呢？就是不那么害怕了。"

"你的变化比你自己感觉到的还要大。"林佩佩说，"挺好的，我看好你哦。"

唐樱突然百感交集，觉得人生中最大的财富是有一位这样的好朋友，好闺密，能分享自己的快乐，也能分担自己低落时的苦痛，给自己重新站起来的力量。

# 28 晋升

在翊源,说自己是广东分公司的,那种自豪感,是可以横着走的。年底业务冲刺一役,到现在又是1年时间,江陵风这个名字如日中天,人力规模跃上了翊源系统内第一,从原来的3万人达到了6万人,这个跃升,让多少分公司羡慕妒忌恨。人力规模跃升带来的是规模保费的跃升,翊源系统内第一,NBEV也是第一,并且在广东这个保险主体竞争最白热化的市场上,翊源已在人力规模、新单保费规模上超越了老牌竞争对手金粤人寿,规模保费市场占比上也已相当接近。行走保险江湖,说是广东翊源的,背后都是带着闪闪发光的光环。

江湖上都在传说江陵风即将高升,进入翊源总部的班子。新年刚过,也正是干部晋升和调整的常规时节。

对于江陵风高升的事件大家还在猜测中,但肖洁文晋升的事却已是板上钉钉,成为近日大家茶余饭后的首席谈资。肖洁文一年多前当上秘书,本身就已是晋升一级,岗位设置如此,倒没有什么好议论的。而一年多时间里,晋升为新成立的线上运营部副经理,妥妥的B级干部,这下可就在分公司江湖里炸了锅。

当然这锅也是闷炸,大家的讨论也是私下的,吃瓜型的。

"你知道谁做线上运营部经理吗？"

"谁？什么部？没听说过。"

"落伍了吧？再不懂线上运营，当心明天公司就把你炒了。"

"啥部门？干什么的？谁来做？"

"肖洁文。"

"谁？肖洁文？那个小靓女？"

"哪个小靓女？"

"就是江总秘书嘛。"

"哦，她呀？她去做线上运营部经理？哇，她升得好快。"

"你以为呢，人家是江总秘书嘛。"

"听说她跟江总……"

"什么？说来听听。"

"我也只是听说。不就是那么回事呗。"

"但她的确这一年也在线上运营这块做了很多项目呢。江总是挺器重她的。"

"能不器重吗？"

"也是，嘻嘻嘻嘻嘻……"

这样的私下吃瓜吃得很起劲，而最失落的就是销售部的潘博了。他在销售部做了5年主任，也是得力骨干，自认为没搞砸过什么项目，兢兢业业，勤勤恳恳，现在新成立一个线上运营部，而且这个部门原来的职能，就是销售部的。按理，该轮到他去坐这个位置，无论是年资，还是能力，他觉得他都是最合适的人选，没想到却让一个小姑娘抢了去。

"头儿,我说嘛,线上这块,一定是未来公司会重投入的一块,你不信,看,这回被人抢了位置了吧?"午饭时,小贾看着潘博低落的样子,忍不住鼓起勇气说。

"就你会马后炮。"潘博没好气地回他。

"谁说我马后炮了。去年第一次做线上创业分享会时我就跟你说了,要你把线上创业分享会这块也整个拿下来,是你当时说这事没搞过,搞不好搞砸了咋办,坚决不接的,就白白让肖洁文抢了风头。后来还有几个线上项目,比如线上获客、线上明星直播这些,你都没怎么参与,所以,这块就被肖洁文都拿去了呀,看,现在做得成熟了,都成立一个新部门了。你之前都没参与,所以……"

"所以什么?你懂什么?"潘博想想就来气,他觉得这个位置之所以没抢得过肖洁文,最主要的原因还是因为传闻中肖洁文跟江陵风有那啥。

"我知道你指什么,"小贾说,"回到线上运营这块来,从头到尾,到后来做出的成绩和亮点,对业务的创新推动,的确肖洁文也是功不可没。这点,倒是没说的。"

"我看你也是对美女没有判断力。"潘博狠狠地瞪了他一眼。小贾不敢再说了。

在众人私下的吃瓜热情中,线上运营部成立,肖洁文成为部门副经理,27岁,是分公司职能部门经理级别里最年轻的,确实是一波生猛的后浪。但鉴于之前她在一系列线上创新项目中的统筹和创造出来的亮点,众人虽说吃着没有实锤的瓜,但也在业绩上说不出什么闲话。毕竟，广东分公司在线上经营这块，不仅是全国系统内创新的典范，也有很多亮点，至今仍被各分公司学习着。这是广东翙源的荣耀，也是江陵风的上升台阶之一。而大家也更认为，这是江陵风高升的前奏，在高升前安排好自己嫡系的人。

茶水间里，林佩佩又遇到了邓美莺。"最近好像苗条了？身材也挺拔了。"林佩佩说，她的确注意到邓美莺的一些小变化。

"真的吗？"邓美莺高兴地说，"真有变化吗？"

"有啊。"林佩佩冲好了一杯咖啡，空气里弥漫着香气，"你最近在搞什么秘密武器？"

"我最近跟了一个私教在练瑜伽，怎么说呢，好像打开了一个新世界。"

"怪不得呢，体态是好很多。我真羡慕你，还可以静下心来学习一样新事物，而且是需要坚持的项目。我可不行。我办过的健身卡好几张，每一张都是用不过两星期。"

"唉，我反正现在是一个人，儿子在英国，老公在美国，都不回来了。我自己找乐子。"邓美莺叹一口气。

"让我们羡慕呢还是不羡慕呢？"

"我都快退休了，有啥好羡慕的，倒是那些后浪让我羡慕呢。"说完暧昧地看着林佩佩笑了笑。林佩佩知道她说的谁，也微笑不语，毕竟是茶水间，怕突然有人过来。

"咱已是前浪，我悄悄跟你说吧，总部已在制定政策，45岁干部如果连续两年考核不进前70%，就要下课。所以说，翙源可不是养老的地方呢。咱呢，有一天就干着一天，也把活儿干好，但也要为自己退休后的健康负责不是?"邓美莺瞄了一下周围,确定没有别人,说,"你呀,也不跟人学学。浪费了。"

林佩佩一下子不知怎么接话,笑着说:"没啥好浪费的,也学不来。各有各的路。咱老实憨憨就只能老实憨憨地干。"

"所以你进步慢。"邓美莺笑笑说,"不过你说的也是。各有各的路子,适合就好。"

林佩佩想起今年自己的年终考核只是C,跟往年王晓刚在的时候给她的B级考核下降了一个等级。这意味着今年的年终奖的奖金系数也会下降一个等级。而更重要的是,按翊源的干部晋升法则,必须连续两年年终考核在B级,或一年在A级,才可以晋升。所以前一年王晓刚给她的考核是B,但今年江陵风给的考核是C,那么就前功尽弃了。今年晋升无望。林佩佩觉得在工作上,自己问心无愧,无论是营销传播,还是媒体关系,都可圈可点,但也许这些并不是江陵风所重视的。他重视的户外广告项目因为资质问题也没成,会不会也是她今年考核C级的原因之一?林佩佩也不作太多想。做好自己专业范围内的事,是她一贯的原则。

邓美莺又想起了一个事:"对了,确定你部门是提拔东霖?那个帅哥?"

"嗯,"林佩佩说,"怎么了,有问题。"

"没问题,只是我以为你会提拔白鹭飞。"

"本来第一人选就是她的,但是她怀孕了。"

"哦,这样吗?"邓美莺说,有点意外,顿了一下,"也是好事。但那样的话,她至少3年都没机会了。不过,女人嘛,有稳定幸福的家庭，也是一种幸福。"

肖洁文任职新成立的线上运营部，一个全新的部门，包括岗位的设定，招聘，部门的业绩目标，考核标准，都须从零开始。而她也深知，江陵风很快就会高升，她也需要在他的照应下，尽快把部门导入正轨。

她相信自己有能力把这个新部门运作好，岗位班底先是从销售部划了2个男生过来，其中一个是之前做项目时打过交道的小帅哥小贾，也算熟络，而小贾也很喜欢来到这个部门。"原来的销售部制式化太多，有点闷，还是这种线上的好玩。"他说。

从销售部调人过来是江陵风的主意，不容分说，也让线上运营部在很短时间内就搭起了基本架构。肖洁文是知道领导的用心良苦的，但她也知道，动了销售部的蛋糕，像潘博这样的资深领导，会有怨言。她只有加快步伐，赶紧做出成绩，站稳脚跟。

外界都在传江陵风很快就要高升，进入总部的班子。肖洁文自然是替他高兴和自豪的，只是这个她崇拜的男人，就离她远去了，她未免有时也会感到失落，既希望他高升，又很舍不得他离开这天的到来。

"傻瓜，"江陵风在悦云酒店的江景套房里，搂着她，刮了一下她的鼻子，"现在是起步，以后，你愿意的话，到上海来。到总部，发展空间无限大。那时，我们又可以见面了。"

肖洁文知道这个不可期，她的当务之急是要站稳脚跟，步步为营。

她把头靠在江陵风结实的胸膛前，听着那有力的怦怦怦的心跳声,就如这个男人一样充满魄力,她相信这个男人的天空也不会止步于总部,他还会野心勃勃地往上走。"好,一言为定,我到时真去上海哦。"

江陵风低头吻她,疯狂地爱抚她,他也喜欢这个女孩,聪明,野心勃勃,像他一样。当初和她走在广州的老城里,他就觉得自己会和这个城市有某种非同寻常的关联。果然,广州,是他的福地,当然,还有这个女孩。先把她安置在分公司一个新的部门,上一个级别,日后等他在总部站稳,再看机会把她提携到身边吧。

他在广东翊源战绩相当亮丽,不到2年时间,人力翻番,业绩翻番,市场份额超越了老牌竞争对手,还有特别吻合总部创新口味的线上运营的先进案例。他已然成为翊源年轻鹰派干部的代表,血统纯正,翊源自己培养的干部,年轻,精力充沛,身上具备创新性,开拓性,是完全符合翊源标准的高管苗子。以他目前的年龄,大好的河山正等着他开创。

江陵风的调令很快就下来了,不到一个星期,就完成了工作交接,奔赴上海总部任职翊源人寿副总经理。林佩佩回想一下,如果说王晓刚是她的贵人,赏识她,提拔她,像一个父亲的慈爱。而江陵风就是江湖,她在江湖上自己游走,才能真正地经历磨砺和成长。所以,她这么一想,一切释然。新任领导是从四川分公司调过来的,也是战绩累累。能到广东分公司来做一把手的,谁又不是身怀绝技呢?至于他是贵人,还是江湖,那听天由命吧。只是,3年时间,自己不知不觉也成了两朝元老。当然,比起周明,比起邓美莺这些六朝八朝元老,自己还是嫩姜。

29 / 等着我

晚上翊源大厦68层已空无一人,只有肖洁文办公室的灯还在亮着。肖洁文正在加班为明天的全省线上运营推动会的方案做最后的修改。一个全新的战略,一个全新的部门,一支全新的人马,接下来是死是活,还得靠自己本事做出业绩,做出亮点。况且作为分公司最年轻的部门经理,有多少人羡慕的同时,就有多少人等着看笑话。

她深知这一点,她伸了个懒腰,活动了一下脖子。她想起白天有些人背后的窃窃私语,以及看她的眼神。她不在乎。她牢记江陵风说过的话,总部,上海,那才是天地辽阔。她坚信自己踩在今天这个起点上,会起飞的,上海,等着我。

同一时间,在几百公里外的一个三线小城,一个婚礼正在热闹地举行着。白鹭飞幸福地笑着。虽然近期公司的人事变动给她带来一些内心的波澜,比如,昔日一起共事、看上去很多事还需要请教她的肖洁文,仅仅1年时间,就已赶在了自己的前头,成了部门经理了,职级比自己高出两个级别,但论年龄,肖洁文还比自己小3岁呢。而部门一直空缺的科主任的位置,最后落到了刚入司2年的小男生范东霖身上,她才恍然大悟,自己这一怀孕,错失了什么。但看着身边对自己呵护有加的男友,今天开始,成为自己的丈夫。况且,爱情的结晶很快也会降临,自己期盼的全新的生活正在等着她。她觉得公司那些事,跟即将要出生的孩子比,都不值一提,那些内心的小波澜,也只是一晃而过。

这里的婚礼办完,他们将会回到广州,之前看中的一套番城100平方米的房子,要去再磨一下,希望房主能再降一点,然后,定金、首付、贷款、重新装修,要赶在宝宝出生前半年搞好他们的小窝。结婚、买房、生孩子,每一件都是大事,全凑一块了,白鹭飞对自己说,好嘛,来吧,伟大的30岁。

这个时间,唐樱自己办了一个小型太太沙龙,请了省中医院的养生专家,讲女性的保养和调理,她自己将带来女性的健康和财富关系的讲座。那些太太,有些已成为她的好友,太太们的背后是高端人群,她要用她的专业,帮助这些太太管理好这些家族财富,包括自己的财富规划。她现在已是公司里出了名的大单女王,专做高端人群,从最初的磕磕撞撞,到现在的从容自信。

前任老丁刚得了个儿子,作为潮汕人,最看重传宗接代,所以,那个女人也准备扶正了。唐樱已放下这些,只想要回果果。有了儿子,老丁在果果的事情上已不再坚持,下周,果果就要回到自己身边了。一想到这个,唐樱就充满希望。她相信,生活绊倒你的,也会最终偿还给你。

在沙龙的一个不起眼的角落里,坐着戴明。唐樱时不时向他投去感谢的目光。这个兄长一样的领路人,总是在合适的时候给她帮助,这不,这位中医专家,就是戴明帮她邀请的。

她最近才得知,原来戴明的太太2年前因为癌症去世了。

"不知我有没有机会,可以和你开始新的生活。"昨天晚上戴明跟唐樱说,"你不需要马上回答,但,也不要让我等太久。"戴明总是这样和风暖旭。

"给我点时间吧。"唐樱说。

"等我能成为那棵能和你并肩迎风的大树。"唐樱在心里说。

68层的听风轩咖啡馆里,余锋说:"我的辞职报告,报社领导今天下午终于批准了。"

看着林佩佩睁大了的双眼,他继续说:"我自由了。"

林佩佩说:"虽然听起来有点突然,但也不意外,好像也是必然。"

余锋说:"上次跟你说的时候,已经有了这个想法,我以为自己会做一个很艰难的决定,但没想到,其实真正下决心的时候,也没有想象的那么艰难。"

"离开你热爱的新闻事业,不觉得难过?"林佩佩笑着问。

"谈不上难过,甚至都没有不舍,但也问心无愧,也很感恩,我赶上了纸媒发展的黄金时代,也成就了我的新闻理想,我也知足了。现在,换个跑道玩玩,也很吸引。"

"准备换哪个跑道?"

"做新媒体吧,垂直领域,就做银行保险和财经类的。经过这段时间的接触,我觉得财经领域的新媒体还是大有可为。"

余锋甩甩额前的头发:"该换种玩法了。以前凭稿费挣生活,待在报社,记者的身份也有优越感,所以满不在乎的。现在出来自己混,到真正的市场大海里游泳,有风险,但也许更好玩呢?以后,可要抱紧你们大公司的大腿啊。"说完大笑起来,那种狂狷邪魅又回来了。

林佩佩白他一眼:"正想夸你一下呢,又没了个正形。"

余锋也收了笑容,正经地说:"自己创业,另一种生活要开始了。"

林佩佩拿起咖啡杯,说:"祝贺你!自由了!"

余锋看着她,突然握住她的手,说:"更希望我们……也有一个新的开始。"

林佩佩既不想抽回手,但又一时不知说什么。她对他,是什么感觉呢?她自己也说不太清。眼前这个男人,他聪明,有闯劲,有进攻性,敏锐灵活,有点小坏,这种小坏跟他的人品没有关系,这是她欣赏的,但这个够得上爱吗?她还不是很确切,她只知道自己被他的某些特质吸引着。

"从明天开始,不仅是职业上更换一条赛道,生活上,我也将更换一种生活方式,以前,光顾着工作,调查,写稿,错过了很多生活中本该是美好的相遇,但从现在起,我决定好好珍惜这些身边的美好。比如,你。"余锋说着,很正经地、目光灼灼地看着她。

有那么一瞬,林佩佩似乎被打动。眼看37岁即将到来,在37岁的世界里,是不是能找到一个和自己一起承担美好和压力的人呢?

眼前这个人,是吗?爱情是什么味道的?她好像早已忘记了,是不是自己也应该把它找回来。

她今天收到猎头的一个电话,提供的职位是深圳一家新保险公司总部公关传播部负责人的职位。职位、薪酬都充满吸引力,当然,新公司也充满不确定性。

而去了上海之后几乎没有联系的冯雪杨,今天居然给她发了消息:"亲爱的佩佩,告诉你一个好消息,我现在已晋升为总部数字营销部的负责人,下周应该就会发文了。我禁不住第一时间想告诉和分享的人就是你。原谅我当初没有和你好好告别,因为我觉得事业于我,是我的资本,我觉得没有很好的资本,何以配得上你的感情。在上海这一年,其中付出的甘苦不为人知,也希望有机会再和你倾吐,不知我是否还有机会?而且,我也希望你能到上海来。总部正在扩张,机会非省级机构可比,你这样的人才应该到更广阔的天地来。到上海来吧,我现在已经准备好。我等着你。"

林佩佩看了好几遍,本已平静的心又起波澜。

是为爱留下,还是为爱出发?

林佩佩一时没有答案。她看向窗外,云端里的小蛮腰摇曳多姿。

等那片云飘过,也许会有答案。她想。

2020.6.1 完稿
2020.9.9 完成修改